書下ろし

長編ハード・アクション

継承者の印（しるし）

傭兵代理店

渡辺裕之

祥伝社文庫

目次

殺人鬼の命日 7
若き襲撃者 38
クアラルンプール捜査 78
救出作戦 117
マレーの虎 150
生証人 180
山岳民族 215

カレン民族解放軍 249
北部第三旅団 287
キルゾーンからの脱出 325
越え難き国境 354
継承者の印 392
闇の逆襲 438

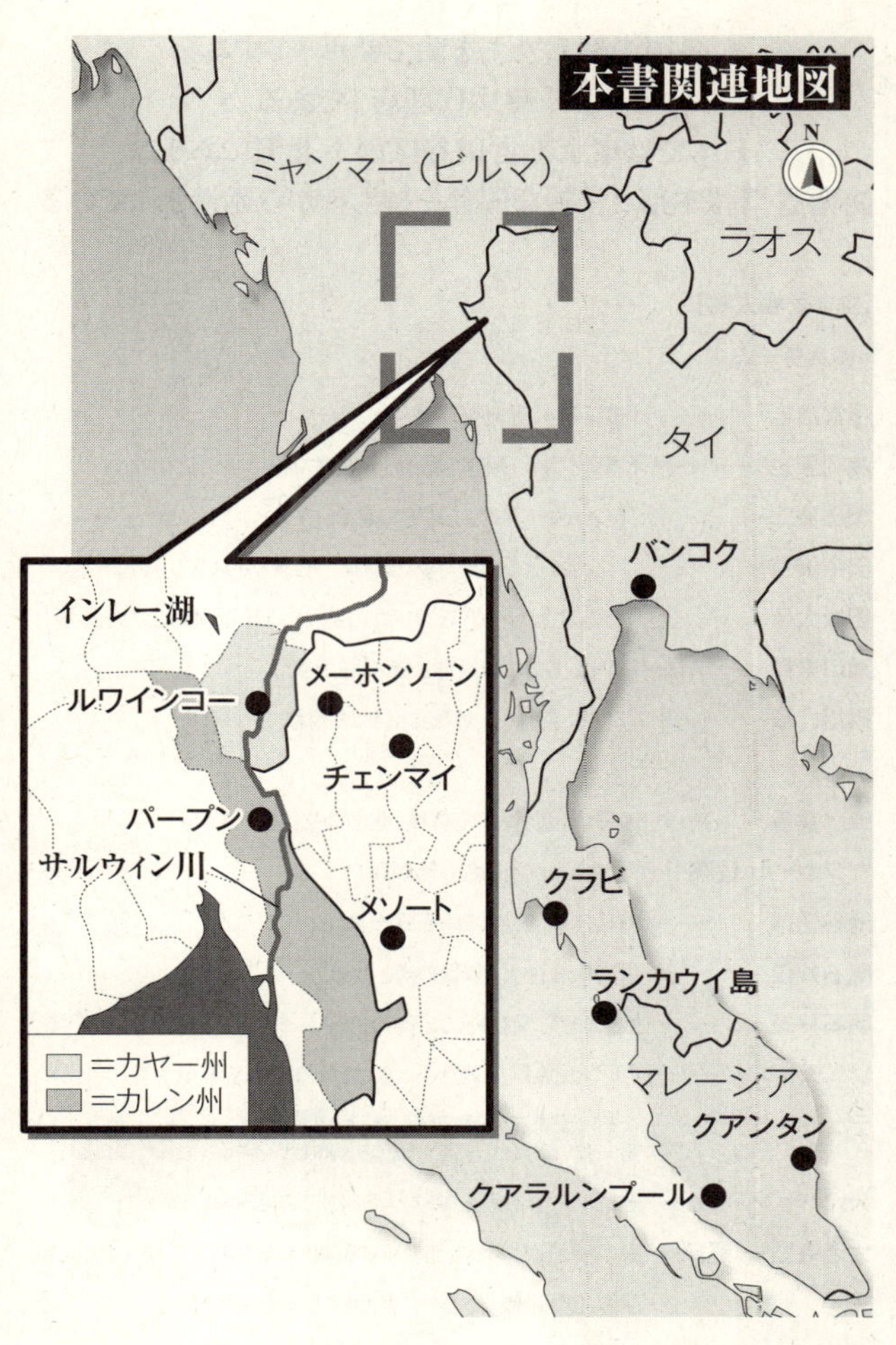

本書関連地図
N
ミャンマー（ビルマ）
ラオス
タイ
バンコク
インレー湖
メーホンソーン
ルワインコー
チェンマイ
パープン
サルウィン川
メソート
クラビ
ランカウイ島
マレーシア
クアンタン
クアラルンプール
＝カヤー州
＝カレン州

各国の傭兵たちを陰でサポートする。
それが「傭兵代理店」である。
日本では東京都世田谷区の下北沢にあり、
防衛省情報本部と密接な関係を持ちながら運営されている。

【主な登場人物】

■傭兵チーム

藤堂浩志（とうどうこうじ）……………… 「復讐者（リベンジャー）」。元刑事の傭兵。

浅岡辰也（あさおかたつや）……………… 「爆弾グマ」。爆薬を扱わせたら右に出るものはいない。

加藤豪二（かとうごうじ）……………… 「トレーサーマン」。追跡を得意とする。

田中俊信（たなかとしのぶ）……………… 「ヘリボーイ」。乗り物ならば何でも乗りこなす。

宮坂大伍（みやさかだいご）……………… 「針の穴」。針の穴を通すかのような正確な射撃能力を持つ。

瀬川里見（せがわさとみ）……………… 「コマンド1」。自衛隊空挺部隊所属。

黒川　章（くろかわあきら）……………… 「コマンド2」。自衛隊空挺部隊所属。


森　美香（もりみか）……………… 内閣情報調査室情報員。藤堂の恋人。

マジェール・佐藤（さとう）…… "大佐"という渾名の元傭兵。

池谷悟郎（いけたにごろう）……………… 傭兵代理店社長。防衛省出身。

明石妙仁（あかしみょうじん）……………… 古武術の達人。藤堂の師となる。

明石柊真（あかししゅうま）……………… 妙仁の孫。父を失った怒りを浩志に向けている。

ソムチャイ……………… カレン民族解放軍（KNLA）第八旅団の基地司令官。

デュート・トポイ……… タイ陸軍第三特殊部隊副隊長。少佐。

第一作『傭兵代理店』で浩志と作戦をともにした。

トゥン・セン……………… 全ビルマ学生民主戦線（ABSDF）の活動家
大道寺堅一・堅二（だいどうじけんいち・けんじ）…… 表の顔はS大学医学部の新井田教授。偏執狂的な双子の殺し屋。

王洋（おうよう）……………… 国際犯罪組織「ブラックナイト」上海支局のNO.2。

殺人鬼の命日

一

赤とんぼの大群が舞う草原が、夕陽を受けて赤く染まり始めた。

浩志（こうじ）は、左腕のダイバーズウオッチを見て舌打ちをした。

午後五時十六分。九月初旬とはいえ、日没は早くなっている。日が暮れれば、作戦を終えなくてはならない。それまでには、敵を殲滅（せんめつ）したかった。だが、仲間はすでに大半がやられている。生き残っているのは、浩志のすぐ横で銃を構える〝コマンド一〟のコードネームを持つ瀬川里見（せがわさとみ）と、二十メートル左方の岩陰にいる〝爆弾グマ〟こと爆弾のプロの浅岡辰也（あさおかたつや）、〝針の穴〟と呼ばれるスナイパーの宮坂大伍（みやさかだいご）の四人だけだ。対する敵は、あと五人いる。最後の銃撃戦が終わってから、三十分経過していた。

「どうしますか」

瀬川がしびれを切らして尋ねて来た。身長一八六センチ、八十キロ、タフな男だが、うっすらと生えた無精髭に疲れを滲ませていた。瀬川は、傭兵代理店のコマンドスタッフとして、黒川とともに参加していたが、すでに黒川は撃たれて戦線から離脱していた。

「奴らは、作戦終了まで動かないと思うか」

「いや、これまでの動きを見ていればそれはないと思います」

「俺もそう思う。敵は、我々の前方百三十メートルに三人、辰也の十時方向百四十メートル先に二人だ。敵は、一人多い。守りには入らないだろう」

「そうですね。我々がここに陣取ってから、敵は三名も失っていますが反撃してくるかもしれませんね。もっとも高台にいる我々には今のところ地の利があります。我々がここにいる限り、連中も動くとは思えませんが」

「弾薬の残りは、あるか？」

「拳銃のマガジンは、三つともありますが、小銃のマガジンはもうありません」

「俺もだ」

浩志が率いる傭兵チーム〝リベンジャーズ〟の装備は、八九式五・五六ミリ小銃に九ミリ拳銃。弾薬はそれぞれ予備のマガジン三つと、一発の手榴弾が支給されただけだ。

「瀬川、おまえならどうする」

「ここを捨てて、奴らの側面を攻撃するのは、どうでしょうか。有利な地の利を捨てるとは敵は考えないと思います」

「現状は、お互い支援部隊がない単独の戦闘状態にある。短期的に考えれば、ここは有利な場所だ。だが友軍の救援があり得ない以上、不利なのは同じだ。むしろ孤立しているのはこっちだ。それに側面攻撃は、連中も充分警戒しているだろう」

「それでは、どうしたらいいのですか」

「全員、単独で闘うしかないだろう」

「バディ（二人組）で行動しないのですか」

「バディで行動すれば、二方面からの攻撃しかできない。奴らの側面と背後から同時に攻撃する。この場合、非常識とも言える行動にこそ勝機がある」

「よほど、タイミングを合わせないと敵に読まれてしまいますね」

「この作戦に失敗すれば、俺たちは終わりだ」

浩志は、二十メートル左の岩陰に隠れている辰也と連絡を取るべく、後方に下がった。

辰也も浩志の動きを見て、後方に下がって来た。

「辰也、俺とおまえは敵の背後から攻撃する。瀬川と宮坂は、側面だ。俺たちの手榴弾を瀬川たちに渡し、手榴弾で敵の陣地を叩いてから、攻撃する」

「なるほど、手榴弾で叩いているうちに、背後から一気に近づくんですね」

浅岡辰也は、大きく頷いた。身長一八〇センチ、七十八キロ。辰也は、元陸上自衛隊出身の傭兵で、浩志と同じくフランスの外人部隊を経験した傭兵歴十九年の猛者であり、爆薬を扱わせたら右に出るものはない。今回もチームの副隊長を務めている。

「時計を合わせろ。一七三〇時に攻撃開始だ」

二人は、それぞれの持場に戻るとすぐに行動を開始した。浩志と瀬川は、一旦後方に下がり大きく右に迂回し、辰也と宮坂は左に迂回して、敵の側面と後方についた。

浩志は時計を確認した。午後五時三十分、瀬川と宮坂が側面から敵の陣地に手榴弾を投げた。一発、二発。爆発音を聞きながら、敵の陣地に走り寄った。

「しまった！」

敵は、もぬけの殻だった。

銃声がした。瀬川が背後から撃たれるのが見えた。前方に転がり、発砲してきた敵を銃撃した。背後から銃声がし、足下に弾丸が撥ねた。浩志は、素早く目の前の窪地に飛び込んだ。右後方にいた辰也が、銃撃された。完全な作戦ミスだ。敵は、攻撃に備えて密かに後方に下がり、大きく迂回して陣地の外側でアンブッシュ（待ち伏せ）していたようだ。

おそらく生き残っているのは、浩志だけだろう。浩志は窪地から素早く身を乗り出し、左後方から微かな足音が聞こえて来た。浩志は窪地の中を匍匐前進し、場所を移動した。敵を仕留めるとすぐに引っ込んだ。そして、

「あと、三人か」

今度は、右前方から木の枝が擦れる音がした。また、身を乗り出し、敵を一人撃つとその場に伏せた。足下に手榴弾が転がって来た。

「ちっ！」

手榴弾が爆発する寸前に窪地から転がるように飛び出した。目の前の岩陰に飛び込み、斜め前方の敵を銃撃した。その瞬間、背中に数発の銃弾を受け、前のめりに倒れた。

敵の最後の生き残りが、近づいて来た。

「なんとか、勝たせてもらいました」

陸上自衛隊特殊作戦群の指揮官である一色三等陸佐は、倒れている浩志に手を差し伸べて来た。浩志は、一色の手を掴んで起き上がった。

「こんなところでアンブッシュに遭うとは思わなかった。よく俺たちが陣地を捨てることが分かったな」

「一か八か、藤堂さんになったつもりで考えました。しかし、正直言って、バディでなく四方向から攻撃してくるとは思いませんでしたよ。我々も、すぐに単独行動に移りましたが、藤堂さんに四人も撃たれて、肝を冷やしました」

一色は、にやりと笑ってみせた。

「一勝二敗で、俺たちの負けだ。随分、強くなったな」

「模擬弾の演習ですから。実戦となれば、藤堂さんたちの足下にも及ばないでしょう」

一色は、はにかむように笑ってみせた。この男と初めて会ったのは、半年前、今回と同じく陸自のテロ対策特殊部隊である特殊作戦群チームと、浩志率いる傭兵チームで模擬弾（ペイント弾）による演習が行われる前のことだった。

一色は、浩志たち傭兵に対し剝き出しの闘争心を燃やしていた。だが、演習が始まると浩志たちのチームに赤子の手を捻られるように負けてしまった。しかも、軍艦島でブラックナイトの戦闘部隊セルビアタイガーに襲撃され捕虜にされた時に、浩志たちに救出された経験を持つ。以来一色は浩志を尊敬すると同時に、リベンジをするために厳しい訓練を積んできたらしい。

今回の演習も、一色が訓練を重ねたチームの実力を測るべく、傭兵代理店を通じて浩志に再戦を申し込んできたものだ。演習は、富士演習場で二日にわたって三度行われたが、浩志たちのチームは初日に一勝を上げたものの、二日目である今日の演習は、立て続けに二敗してしまった。

「次回、また付き合っていただけますか」

「俺たちが、生きていたらな」

浩志は、一色にそっけなく答えると、模擬弾のペイントマーカーを体に付着させた仲間に引き上げるように合図をした。

二

翌日の午前十時、傭兵チーム〝リベンジャーズ〟の面々は、下北沢にある傭兵代理店丸池屋の応接室に集合していた。

一人掛けのソファーに浩志が座り、その右側にある三人掛けの長いソファーにどんな乗り物も運転、操縦できるというオペレーションのスペシャリスト〝ヘリボーイ〟こと田中俊信と、追跡と潜入のプロ〝トレーサーマン〟の加藤豪二、それに代理店のコマンドスタッフの瀬川が座っている。

〝リベンジャーズ〟は作戦中、イーグルとパンサーの二つのチームに分かれて行動をとる。右側に座ったのが浩志の指揮するイーグルチームのメンバーだ。もっとも、前回の米陸軍最強のデルタフォースの脱走兵で構成された特殊部隊との闘いで、スナイパーだったドイツ人のミハエルは爆死している。

左側のソファーには、パンサーチームが座り、リーダーで爆破のプロ浅岡辰也と、スナイパーの宮坂大伍、それにスナイパーカバーとして〝クレイジーモンキー〟または、〝クレイジー京介〟と呼ばれる寺脇京介が座っている。浩志とテーブルを挟んで向かい側に、このチームに参加した代理店のコマンドスタッフである黒川章が、折りたたみイスに座っていた。

前回の戦闘では、パンサーチームには爆破のプロで〝ボンブー〟の渾名を持つジミー・サンダースもいたが、彼は戦闘終了後に引退し、今ではキューバから亡命した家族とともにマイアミに住んでいる。

チーム全員が一堂に集まったのは、もちろん特戦群との演習の件である。傭兵と聞けば、金で雇われる兵士ゆえに、世間ではいい加減な人間と見られがちだが、職業軍人として戦闘に関しては自他ともに厳しい目を持っていた。それゆえ、演習とはいえ誰しも昨日の敗北に納得が行かず、部屋の空気は重苦しかった。

「藤堂さん、週一、いやせめて二週間に一度ぐらい実弾で練習することができるといいんですが、何かいい方法はありませんか」

最初に口を開いたのは、辰也だった。チームのメンバーは、体力が衰えないように各自トレーニングを積んでいる。だが、民間人の彼らが軍用の銃の練習など日本では無理な話だった。演習前の三日間、全員で合同の訓練を行ったのだが、前回の戦闘から、二ヶ月間、銃にまったく触れる機会さえなかった。文句の一つも言いたくなるのは分かる。海外なら一般の射撃場に行くか、傭兵として雇われていれば、訓練場で練習はできるからだ。

「うーん……」

浩志も銃の練習に関しては、痛切に感じていたが、こればかりは首を捻るより他ない。

「俺たちは、政府の仕事を何度もしてきているんだから、それぐらい面倒みてくれてもよさそうなんですけどねえ」

辰也が恨めしげに苦言を呈すると、他の者も大きく頷いてみせた。

「この件は、うちの社長からお話がありますので、少々お待ちください」

瀬川は手を挙げて発言し、慌ただしく応接室を出て行った。

待つこともなく瀬川は、傭兵代理店の社長である池谷悟郎を連れて戻って来た。今年五十八になる池谷は表稼業である質屋の事務服を着込み、痩せた馬を連想させる顔を幾分紅潮させていた。

「今から申し上げることは、国家機密のレベル四に値します。みなさんもすでにご承知おきのように、当社は海外の傭兵代理店と違い、政府の特務機関だったこともありました。現在は、独立した機関になっておりますが、未だに政府とは太いパイプで繋がっております。詳しいお話はできませんが、政府のある機関に情報提供するサービスもしております。また自衛隊とは、幹部の方とのお付き合いから、何かと無理が利く立場にあります」

浩志は、これまで極秘にしてきたことを池谷が話し始めたのでほうと感心した。池谷との長い付き合いで傭兵代理店が、防衛省情報本部の末端機関だったことを知っている。また、形式的に独立しているとは言っても現在も事実上、情報本部の特務機関に変わりないことも知っていた。

浩志は、これまで大きな事件を解決する度に民間人でありながら、国のトップクラスの極秘情報を得る機会があった。また、その飛び抜けた戦闘能力と元刑事としての捜査能力ゆえに、浩志自身が国家機密のレベル四に指定されているほどだ。池谷の話を聞いても今さらという感じだが、他の傭兵仲間は一様に緊張した面持ちで聞いている。国の極秘情報に触れるということは、自ずと守秘義務が付いて回る。これが、ただの役人ならともかく、傭兵の場合、違反者は自らの命で贖わなければならない。そこまで、日本政府が求めるかどうかということもあるが、少なくとも浩志たち傭兵はそう考える。

「当社のコマンドスタッフは、現役の陸自の空挺部隊の資格を持っております。そこで、彼らは、一週間に一度交代で所属の部隊で射撃訓練をしています。もちろん、彼らは、一般の隊員との交流は禁じられておりますので、特別枠で練習をしております。この枠内で一緒に練習していただけるように陸自から許可を取り付けて参りました」

「空挺部隊というと、千葉の習志野演習場ということですか？」

辰也が挙手をして質問をした。これは浩志も初耳だった。以前から射撃訓練の件は、話題にはなっていた。浩志は、丸池屋の武器庫がある芝浦の倉庫の地下に練習場を作って欲しいと池谷に頼んでいた。武器の整理さえすれば、スペースは充分に確保できるからだ。問題は、防音装置のことがネックになっていただけで、予算がないなら自腹で作ってもいいとさえ思っていた。

「そうなりますね」

「自衛隊の基地ねえ」

辰也が不服そうな顔をすると、宮坂も同じように首を傾げて腕組みをしてみせた。この二人は、陸自出身だが、隊をいびり出された口だけに陸自に対する心証はすこぶる悪いらしい。

「そうおっしゃると思っていました。そこで、芝浦の倉庫にも銃の射撃場を作ることにしました。これは、藤堂さんからもご提案を戴いておりました。芝浦の倉庫の地下は、幅が十二メートル、奥行きが十四メートルあります。もともと地下ということで防音に問題ありませんでしたが、換気ダクトに防音装置をつけ、地下の一角に防音壁で囲まれたエリアを新たに建設中です。幅は、三メートル、奥行き十三・八メートルあります。二つの自動標的を設置しましたので、二人同時に練習ができます。ただ、ここでの練習は、ハンドガンのみにしてください。アサルトライフル、サブマシンガン等のご使用は、自衛隊の演習場でお願いします」

仲間から歓声が上がった。

「ただ、使用される方により不公平があってはなりませんので、芝浦の射撃場で使用される銃弾は、実費でお分けします」

「金を取るのかよ」

全員からブーイングが起きた。

「みなさん、工事費だけでどれだけ掛かったと思うのですか。正義の名の下にお金が掛からないのは、スーパーマンぐらいのもので、あの有名なバットマンなんか近代兵器をすべて自腹で賄っているのですよ。みなさんも正義は痛みが伴うことを充分ご理解ください」

アメコミのヒーローと一緒にする池谷の厚顔ぶりに浩志をはじめ、仲間も開いた口が塞がらなかった。

「つきましては、担当責任者を当社の瀬川が務めますので、ご自由にお申し出ください」

池谷は、言いたいことを言うとさっさと部屋を出て行った。

条件付きながら、少なくとも銃の練習ができるようになったことは喜ばしいことだが、浩志は浮かない顔をしていた。

「藤堂さん、何か他にあるようですね。おっしゃっていただけますか」

辰也は、浩志の表情からすべてを理解しているようだが、敢えて質問してきた。

「模擬演習ということもあって、緊迫感に欠けていた。それを理由にするつもりはないが、二敗もしてしまった。俺の作戦ミスが大きかった。原因は、俺がこの国の病に侵されているということだろう」

「この国の病？」

「日本にいる限り、武器も持たずに、外出できるし、女が深夜一人で歩くことだってできる。時には、変質者や強盗に襲われることもあるだろうが、ほとんどの日本人は、それは天災だと思っている。危険が少ないというだけで、日本人は偽りの平和を信じ、他国の戦争や貧困にまったく無関心だ。この国民性そのものが病でなくてなんと言うんだ」

今回の演習では、個人のミスが目立ち、作戦に支障をきたすこともあった。だが、浩志は敢えて仲間に責任を問うつもりはなかった。平和な国の傭兵は、陸に上がったカッパ同然だからだ。

「それは、俺たち全員が感じていることですよ。藤堂さんに作戦のミスは、ありませんでした。むしろ、作戦通りに俺たちが動けなかったというのが事実です」

辰也が、全員を代表するかのように答えた。

「いずれにせよ。俺たちの実力低下は、昨日の敗北ではっきりと分かった」

全員、しゅんとして静まり返った。

「同感です。しかし、どうしたらいいのですか」

「リベンジャーズを解散するつもりだ」

そもそもリベンジャーズは、ブラックナイトと一人で対決を覚悟した浩志に賛同して、仲間が自発的に集まったものだ。解散も何もないと思ったが、宣言することで浩志は、区切りをつけたかった。

「勝手なことを言うようだが、こうするより他ないと俺は思っている。俺自身、これからも傭兵として生きて行くだろう。銃撃訓練をすることも大事だが、何よりもメンタルな部分での衰えは命取りになる」

浩志に負担をかけまいと、仲間は、日本での生活基盤を築いた。だが安穏とした生活に浸り、闘うことを忘れてしまうようでは、傭兵は失格だ。闘争心をいつでも引き出せる能力がないのなら、すぐさま戦場に行くか、いっそ傭兵を辞めるしかない。

「分かりました。藤堂さんがそこまでおっしゃるなら、そうしてください。ただ一つだけお願いがあります。これからも、チームが必要になった時は、我々をメンバーの筆頭に上げていただけますか」

これでは、まったくこれまでと変わらないのだが、仲間たちの真剣な眼差しが射るように痛かった。

「むろん、そうするつもりだ。だが、ひとつだけ言っておく。命のやり取りをする傭兵として当然のことだが、俺自身も含め、査定はこれまで以上に厳しくする」

浩志が厳しい表情で告げると、全員緊張した面持ちで頷いた。

三

午後一時過ぎ、昼飯を食べようと丸池屋から出たところで、ジャケットに入れてある携帯が振動した。

「杉野です」

警視庁捜査一課の杉野大二からだった。浩志にとって、一課は古巣ではあるが、十六年前に殺人罪の濡れ衣を着せられ、辞職に追い込まれた過去を持つだけに、警察関係者と進んで付き合いたいとは思っていない。

「今朝の新聞を読まれましたか」

「ざっと、目を通したが、どうした」

「我々も、うっかりしていまして、昼休みにうちの係長が朝刊を見て、気がついたことなんですが、記事があまりにも小さくて」

「俺を怒らせるつもりか、さっさと用件を言え」

「すみません。新井田教授の訃報が掲載されていたのです」

「何！　どこの新聞だ」

「それが、全国紙には全部掲載されていました。いたずらかもしれませんが、現在、記事を載せた経緯を各紙に問い合わせている最中です」

「何か、分かったら、連絡をくれ」

Ｓ大学の新井田教授の正体は、闇の世界で〝ドク〟と呼ばれる殺し屋だった。しかも、大道寺堅一、堅二の双子の兄弟が一人の人物に成りすまし、長年世間を欺いて来た。今年の四月の初め、浩志は入院していた森本病院で大道寺堅二と乱闘の末、堅二に抱きかかえられるように三階の窓から転落した。浩志は路上駐車していた車の屋根に落ちて助かったが、堅二は道路に直接落下した。直後に瀬川らが現場に駆けつけたが、堅二の姿はなかった。もしあの時、堅二が瀕死の重傷を負っていたのなら、死亡したと考えてもおかしくはない。大道寺兄弟は、警察から手配されている。わざわざ訃報を全国紙に掲載する真意が分からない。

浩志は、すぐに丸池屋に戻ると事務室にあった朝刊を拡げ、訃報欄を見た。

〝新井田堅二　九月一日午後十一時四十二分、心不全にて死去。五十三歳
通夜、告別式は近親者にて相済ませました。
平成〇〇年九月四日
喪主　新井田堅一〟

「なんてことだ」

浩志は、訃報を見て思わず唸った。訃報に記載されているのは、大道寺の弟、堅二の名

前で、しかも、喪主には、兄堅一の名前が使われている。これは、堂々と世間に殺人鬼新井田が大道寺兄弟だったことを告知しているようなものだ。あまりの大胆な行為ということもあるが、この記事を取り扱った広告代理店や新聞社も、大道寺という名が使われてなかったために気づかなかったに違いない。

「何か、重大な事件でもありましたっけ？」

食い入るように新聞を見る浩志を訝った池谷が、新聞を覗き込んできた。

「大道寺堅二が死んだらしい」

「えっ、そうなんですか。それは、ある意味いいニュースですね」

「そうとも言えない。喪主が、堅一ということで訃報を出している」

浩志は、池谷に新聞を渡した。池谷は、新聞を受け取ると声を上げて訃報欄を読んだ。

「……喪主　新井田堅一。なるほど、自ら殺し屋の新井田と名乗りを上げるとは、大胆不敵、挑戦的ですね」

「この訃報が、何を意味するかが問題だ。今警視庁で、広告代理店を洗っているらしいが、おそらく何も出て来ないだろう。堂々と全国紙に載せるのは、これから何かを起こすという、言わば宣戦布告のようなものだと俺は思う」

「ひょっとすると、藤堂さんの命を狙って来るのかもしれませんね」

「当然、堅一は、因縁のある俺を標的にしていると思うが、当面は、新井田としての犯行が行われないか、注意する必要があるだろうな」

十六年前、世田谷の喜多見で起きた一家惨殺事件は、大道寺と衆議院議員鬼胴巌の手下である片桐勝哉が浩志を陥れるために行った犯行だった。また、この事件の発覚を恐れた鬼胴の命令で、大道寺は片桐に殺されかけたという裏の事情もあった。

「新井田としての犯行といいますと、気絶させた被害者の首を切るということですか」

「おそらくな」

大道寺兄弟が新井田教授と名乗り、残酷極まりない犯行を繰り返していた。大半は首を絞め、ほぼ脳死に近い状態に陥れた被害者の首を手術用のナイフで切り裂くというものだった。彼らは、犯行現場の写真を撮り、血液のデータを法医学の学会で発表するという学術的な行動をとる一方で、犯行現場には、彼らが殺した父親の指紋を必ず残すという陰湿なところがあった。

「やつらの対象が、俺だとは限らない。工藤代議士が殺されたように大物狙いで来るかもしれないからな」

「確かに。それにしても我々を陰で支えてくださっていた代議士の死は、未だに残念でなりません」

今年の二月に大道寺に殺された自由民権党の幹事長工藤進は、元防衛庁防衛局の局長で池谷の元上司でもあった。そもそも傭兵代理店は、工藤の極秘命令で池谷が退職を装い、実家の質屋を表の顔として作った特務機関が始まりだ。池谷にとっても大道寺は、宿敵と呼ぶべき犯罪者と言える。

「藤堂さん、捜査をされるのでしたら、資金面も含め全面的にバックアップしますよ」

「とりあえず、気持ちだけ貰っておこう。さっきも言ったが、訃報を載せたからといって、大道寺が足のつくような真似はしないだろう。当面は、奴の出方を待つより他ない。逆に池谷さん、あんたも安全とは限らない。俺のことは構わないから、ここの警備体制を強化しておいた方がいい。心配なら、辰也か誰かを雇ったらどうだ」

「うちには、コマンドスタッフが三人も居るのに、新たに人を雇う必要がありますか」

「問題は、そこだ。大丈夫と思うところが、そもそも隙なんだ。殺された工藤代議士は、殺害の予告までされていて、結局殺されてしまったんだぞ」

「確かに、あの時はそうでした」

池谷は、当時のことを思い出したのか、馬がいななくように身震いをしてみせた。

「それでは、藤堂さんは、当面は動かないということですね」

店から出ようとすると、池谷が背中越しに念を押して来た。よほど不安なのだろう。

「奴の出方を待つしかないだろう」

言ってはみたものの、大道寺が事件を起こしてからでは遅い。とはいえ、できることは、せいぜい大道寺を誘き寄せるために、囮になって歩き回るぐらいだろう。

四

新井田の訃報記事が掲載されてから四日経ったが、大道寺の犯行と思われるような事件は今のところ起きていない。この三日間、浩志は大道寺の兄堅一を挑発するため、弟堅二が重傷を負った松濤（しょうとう）の森本病院から自宅までの往復を夜中に散歩してみた。堅一なら、それが誘いと分かっていても、いつかは襲って来るだろうと思ったからだ。だが、夜の街をあてもなく徘徊（はいかい）するのもばかばかしくなった。

今日は、九月八日、明石妙仁（あかしみょうじん）の息子紀之（のりゆき）の月命日にあたる。毎月、八日は明石の家に伺（うかが）い紀之の仏前に線香を上げることにしている。夜の散歩を止（や）めるにも良い口実になった。

今年の五月、大道寺堅二との闘いで痛めた腰の治療をすべく、甲府（こうふ）にある快整堂（かいせいどう）という治療院で整体治療を受けた際に、古武道の達人である明石と知り合った。治療後、目黒（めぐろ）にある明石の道場で古武道の居合いと体術を教わり、これまでとまったく違う闘い方を身につけることができた。その後も暇（ひま）を見つけては、足しげく明石の道場に通ったのだが、それが仇（あだ）となった。明石の息子紀之は、浩志と体型が似ていたため、米陸軍のデルタフォースで最強、最悪と言われたチームに浩志と誤認され殺されてしまったのだ。

この三ヶ月の間、紀之の仏前に手を合わせ、身代わりとなった紀之にせめて謝罪をと思っているが、亡くなった人間に今さら何を言っても始まらない。そんな浩志の心情を察してか、明石は何も言わずにいつも笑顔で迎えてくれる。夜の七時を過ぎていたが、今日も明石は浩志の来訪を喜んで迎え入れてくれた。

「藤堂君、君も義理堅い男だな。ちょうど良い所に来た。まあ上がりたまえ」

明石の家は目黒不動尊の近くにあり、息子が経営していた剣道場の隣りにあった。紀之亡き後、剣道場は師範代と有段者が、交代で指導にあたり無事に運営されているという。

仏間に上がると、二人の青年が仏壇の前に座っていた。上手に座る一人は、ジーパンにカラーシャツを着込んだどこにでもいそうな若者だが、正座した姿は、凛々しく隙がない。もう一人は、ジーパンにTシャツと服装は目立たないが、何よりも目つきが鋭いのが印象的だ。二人とも、座っているので身長までは分からないが、逞しい体をしている。

「紹介しよう。孫の柊一と柊真だ」

長男は、二十歳、次男は、十七歳と聞いている。紀之の妻は、三年前に病気で亡くなっているため、二人は両親を亡くしたことになる。

柊一は、両手をついて丁寧に頭を下げて来た。古武道の流儀は、茶の世界と通じると言われている。彼の所作には優雅で清々しさすら感じさせられる。長男の柊一が家伝の疋田新陰流と剣道場を引き継ぐことになっていると明石から聞いていたが、会うのは初めてだった。

浩志は、緊張の面持ちで挨拶をした。何よりも二人の少年から父親を奪ったのは、自分の責任と言っても過言ではないからだ。

「藤堂さん。亡き父に代わり、お礼を申し上げます」

「はあ？」

「父は、卑怯な敵に飛び道具を使って殺されたと聞いております。武道家としては不覚を取りましたが、道場で死ねたことは幸いだったと祖父からは教えられました。また、四人組の犯人は、藤堂さんが敵討ちをされたと聞いております。我が父を殺害した犯人を討ち取っていただきましたこと、本当に感謝いたします」

二ヶ月前、米陸軍デルタフォースの指揮下にある特別編成された特殊部隊との闘いは、熾烈を極めた。彼らは、デルタフォースでも精鋭と呼ばれたタスクフォースの中の二チームで米国大統領の暗殺をも計画していた凶悪な連中だった。

浩志の率いるリベンジャーズと傭兵代理店のコマンドスタッフ、そして、唯一外部から参加した陸軍犯罪捜査司令部のヘンリー・ワット大尉が加わった混成チームで闘い、最後は勝利を収めた。だが、その闘いは飽くまでも裏の世界の出来事として、一切公開されることはない。それゆえ、明石にも敵を殲滅させた後日、仇は取ったと一言だけ伝えてあった。それ以上のことは、何一つ語ることは許されないからだった。これは、国から命令されたからではなく、傭兵としての守秘義務は、自らの命と引き換えという暗黙の掟があるからだ。

「藤堂君、君の了解も得ずに孫たちに君が仇を討ってくれたことを伝えた。許せよ」

明石の言葉を受けて、柊一は、再び深く頭を下げた。

「いえ、とんでもない」

「藤堂さん、どんな方法で敵を討ったのか、教えてください」

それまで、柊一の横で、浩志に鋭い視線を投げ掛けていた柊真が初めて口を開いた。

「これ、柊真、藤堂さんにも立場がある。詳しく話せないことぐらい分かるだろう」

明石は、柊真を軽くたしなめた。

「しかし、じいちゃん。ちゃんと聞かないと、本当にこの人が、敵をとったのか分からないじゃないか」

「馬鹿者！　失礼にもほどがある。柊真、控えよ」

明石が怒鳴りつけると、柊真は、真っ赤な顔をして唇を嚙んだ。

「すまない、柊真君。日本では馴染みがないが、私の職業は傭兵といって職業軍人なのだ。だから、任務に就いた作戦の内容は、誰にも話すことができない。たとえそれが肉親であってもね。だから、敵の四人を倒したことも詳細は語れないんだ。ただ、敵は取ったが、それで君たちへの罪が消えたと思ってはいない。本当に申し訳ないと思っている」

浩志の言葉に、柊真は、横を向きふんと鼻で笑ったような音を出した。

「柊真、いい加減にしろ！」

明石は、烈火の如く怒った。さすがに柊真も明石は怖いらしく、しゅんとして俯いてしまった。

これまで、傭兵として様々な戦場を流浪し、手にかけた敵の数も数えきれないくらいある。また、昨年日本に帰って来てから、傭兵代理店絡みで政府の仕事をしているが、やはり倒した敵は、数知れない。傭兵に限らず軍人なら、倒した敵のことは、過去の出来事として考えないようにしている。なぜなら、倒した敵にも家族や恋人、友人はいる。一人一人の繋がりを辿れば、そこには数えきれないほどの悲しみがあるからだ。それらを顧みれば、悲しみと苦しみに押しつぶされてしまう。だが、死んだ明石の息子紀之は、浩志の身代わりとなって死んだ犠牲者だ。関わらずに過ごすことはできない。

「二人とも、もう家に帰りなさい」

明石は武道家らしく、怒りをすぐ納めると普段と変わらない様子で二人を家に帰した。

「明石さん、お願いがあります」

「何でしょうか」

「また、私が道場で修行することをお許し願えますか」

浩志は、両手をついて頭を下げた。

「君は、孫の心配をしてくれているのだろうが、それは要らない心配だ。父親の死すら越えねば、武道家としても、人間としても成長はないだろう」

「はあ……」

「だが、君が道場に戻ることは大歓迎だ。君がいつそう言うのか、私はずっと待っていた。君のようにたった半年で、段位を取れるほど上達する人間もそうはいないからな」

明石は、屈託のない笑顔をみせた。

五

明石の家を訪れた翌日、浩志は警視庁の地下にある死体安置所にいた。

朝一番で捜査一課の杉野から、大道寺堅一の犯行と思われる事件が起きたと連絡が入った。被害者の死体を見て欲しいと言うのだ。

死体安置所には、浩志の他に鑑識課検死官室の室長新庄秀雄警視と一課の係長佐竹学と杉野大二の三人だけだった。

浩志は現在、不本意ながら警視庁犯罪防止支援室の犯罪情報分析官という肩書きを持っている。これは、警察嫌いの浩志の力を借りるため佐竹がとった苦肉の策で、犯罪防止支援室なら民間人でも採用することができるからだ。もちろん警官とは違い逮捕権はない。

しかし、少なくとも庁内や犯罪現場を分析官の身分証明書で入ることができるため、浩志も未だに肩書きを捨てないでいる。

「どうだ。驚いただろう」

死体の傷口を丹念に見る浩志の肩越しに、新庄は声をかけて来た。

「犯行を大道寺堅一と断定する理由は?」

詳細を聞かされずに死体を見てくれと新庄に言われたが、大道寺の犯行と聞かされていただけに首を捻ってしまった。これまで大道寺兄弟が新井田教授、闇の世界では〝ドク〟として犯行を重ねていた頃とは、明らかに手口が違っていた。

大半は、第一段階として、首を絞めて脳死に近い状態にするケースが多かった。そして、第二段階として、意識のない被害者の耳のすぐ下から、反対側の耳の下まで手術用メスで切り裂く。頸動脈(けいどうみゃく)も切断するため、失血性ショックにより死亡する。最大の特徴は、犯行現場に大道寺兄弟の父親の親指の指紋を残して行くことだ。

「遺体は、九月五日の午前六時五十分、代々木(よよぎ)公園の駐車場近くでジョギングをしている男性に発見された。死後六時間以上経っている。被害者は、松井智博(まついともひろ)、三十四歳。身長一六七センチ、体重七十一キロ。元代々木町(もとよよぎ)でレストランを経営している。家族の話では、前日の夜の十一時に被害者は経営しているレストランを閉めてから連絡を断っている。死因は、首を鋭利な刃物で切られたことによる失血性のショック死。なお財布や時計など被害者の金品は、一切盗まれていない」

浩志の問いかけに、佐竹がメモを読んで答えた。

「確かに、首に切られている。だが、これは、手術用のメスで切られたものじゃない。もっと肉厚な刃物で切られている。しかも勢いよく刃物が振られたはずだ。でなければ、傷口はこれほど深いはずがない。大道寺の犯行というには、繊細さに欠ける」

死体の首の傷は、喉仏（のどぼとけ）の少し上を真一文字に切られ、気管支まで切断されていた。

「君の言う通りだ。メスでないことは、切断面を見れば明らかだ。だから、我々も新手の通り魔事件かと思っていた。しかし昨日分かったことだが、被害者の免許証に大道寺が犯行時に使う指紋が残されていたことが判明した」

「指紋！　本当か！」

新庄の答えに、浩志は驚きの声を上げた。

「だから佐竹君に、君を呼んでもらったのだ。この不可解というか、ちぐはぐな大道寺の犯行の謎を解き明かすには、大道寺のスペシャリストとも呼ぶべき君の協力が必要だ」

浩志は、新庄検死官とともに、大道寺の犯行の手口を熟知している。しかも十六年前に当時新井田と名乗っていた大道寺に殺人の濡れ衣を着せられたばかりでなく、今年に入り、二度も大道寺兄弟と接触している。捜査にこれ以上の適任者はいない。

佐竹ならいざ知らず、新庄に頼まれては首を横に振るわけにはいかなかった。浩志は、捜査に協力することを約束し、警視庁を出た。タクシーに乗ろうと内堀通りに出たところで、ジャケットの携帯が振動した。

「アイラか、久しぶりだね。……大佐が、三日ねえ、……それは、心配のし過ぎだろう。子供じゃないんだから、大丈夫だよ。何か分かれば、すぐにこちらから連絡をする」

友人の元傭兵〝大佐〟ことマジェール・佐藤の妻アイラからの国際電話だった。大佐とは、彼が現役の傭兵だった九年前からの付き合いだ。今は、引退してマレーシアのリゾート島ランカウイで観光会社を経営している。

アイラによれば、大佐はここ一、二ヶ月様子がおかしく、クアラルンプールに行くと言って、三日前に家を出たきり連絡が取れないらしい。クアラルンプールには、大佐の経営する観光会社の出先事務所があるため、月に二、三度は出かけるのだが、これまで外泊する際、大佐は必ず電話をしてきたらしい。なんとかアイラをたしなめたものの、浩志もひっかかるものを感じた。電話を切った直後に、大佐の携帯にかけてみたが、電源が切れているというメッセージが流れてきた。

浩志は、タクシーで下北沢まで戻ると丸池屋を訪ねた。住宅街にあるしがない質屋の裏稼業が傭兵代理店で、しかもその真の姿は防衛省情報本部の特務機関であることなど、表の質屋の金看板から誰が想像できるだろうか。店に入ると、店番をしていた黒川に奥の応接室に通された。待つこともなく、社長である池谷が馬のような長い顔をみせた。

「本日は、どのようなご用件でいらっしゃいましたか」

池谷は、年の割に丈夫そうな歯をにっとみせて笑った。

「さっき、アイラから電話があった。大佐と連絡が取れないと言って心配していた」

「やはり、藤堂さんにもかかりましたか。当方にも電話が入りました。相当ご心痛のようですね。こちらからも大佐の携帯に何度も連絡を取っていますが、未だに繋がりません」

「何か、大佐の件で情報はないか」

「私自身、大佐とは十年以上のお付き合いになりますが、連絡が取れなかったことはこれまで一度もありませんでした。大佐は、用心深い方です。なんらかの連絡方法を確保されているはずです。それができないということは、トラブルに巻き込まれている可能性もあります」

「たった三日連絡できないだけで、それほど心配することか」

「藤堂さん、大佐はあなたのように連絡もとらずに戦地に行ってしまうような方ではありません。私の勘では、今日一杯連絡が取れなかったら、トラブルに巻き込まれたと判断して、捜索チームをクアラルンプールに派遣する予定です。なんせ大佐は、引退したとはいえ、未だにアジア諸国の軍隊ばかりか、闇のシンジケートとも太いパイプを持つ重要人物ですから、当方としては、積極的に捜査に乗り出す予定です」

「捜索チーム？　誰を派遣するつもりだ」

「今のところ、当社で緊急な仕事はありませんので、瀬川と中條（なかじょう）を明日にでも派遣します」

「瀬川と中條か、現地の案内人はいないのか」

二人とも英語は堪能（たんのう）だが、現地の警察に協力を得られるわけでもない。クアラルンプールに行かせたところで、どうにかなるものではないだろう。しかし、池谷がアイラの言葉を受けて迅速（じんそく）に行動を起こそうとしていることで、かえって心配になってきた。

「大佐の会社で働いている中国系マレーシア人の李騰福（リー・タンフック）に頼んでいます。本当は、藤堂さんにもご同行願いたいところですが、今は大道寺の捜査が始まったばかりですので、ご無理は申しません」

李は、大佐と同年齢でクアラルンプール出身と聞いている。大佐が会社を興（おこ）した時からの社員で、大佐の信頼も厚い。

「現地からの捜査報告は、毎日俺にもくれ」

「そうおっしゃると思っていました。それにしても、大佐に何ごともなければいいのですが。私は、なんだか嫌な胸騒ぎがしてなりません」

池谷は沈痛な表情をしてみせた。

「そういえば、元リベンジャーズの皆さんですが、昨日の会議が相当堪（こた）えたようで、みなさんさっそく自衛隊の特別枠の訓練に参加されるようです。ただひとりだけ寺脇さんは、フィリピン国軍の傭兵部隊に短期で就職される申請をされてきました。あまりお勧めしませんでしたが、是非にとおっしゃるものですから」

「ミンダナオ島か」

フィリピンのミンダナオ島では、モロ・イスラム解放戦線（ＭＩＬＦ）急進派と政府軍との間で未だに激しい戦闘が続いている。その激戦地の最前線に派遣される傭兵部隊に雇われれば、死を覚悟せねばならない。モチベーションを上げようとする京介らしいクレイジーな行動だ。

「とりあえず一ヶ月の短期契約を結びました」

「傭兵部隊の交代が一ヶ月ごとということか」

「そうです。一旦ジャングルに入れば、一切連絡も取れなくなります。契約は一ヶ月ごとに更新することをお勧めしました」

「それが、賢明だ。フィリピンの政府軍から、死ぬほどこき使われるだろうからな。その割には低賃金と聞いている。応募する連中もみんな訳ありの連中ばかりだ」

「明日にも、出発するそうです」

「そうか。死ぬなよと伝えてくれ」

戦地に行く者に会おうとは思わない。浩志には、会って別れを告げるとそいつが戦死する確率が高いというジンクスがあるからだ。

若き襲撃者

一

港区の一等地にある青山霊園、元は美濃国郡上藩の藩主青山家の下屋敷跡だったそうだ。桜の名所でもあり、緑豊かな墓地に憩いを求め、散歩やジョギングする人の姿を多く見かける。第二の殺人現場は、霊園の西側を通る外苑西通り、外苑方面に向かって左側の港区南青山四丁目の歩道だった。

就寝中だった浩志は捜査一課の杉野から連絡を貰い、二十分で現場に駆けつけた。新たな事件が起きた場合は、現場で遺体を見たいと一課の佐竹に要望を出していたため、警察への第一報を受けた直後に杉野が連絡をくれたのだ。時刻は、午前五時四十分、検死官の新庄とほぼ同時に現場に着くことができた。

死体の簡単な検分を済ませた新庄は、首を傾げ傍らに立っている浩志に尋ねた。

「死斑の具合から、死後、数時間というところだろう。どう思う、藤堂君。持ち物に付けられた指紋を調べれば分かることだが、今回は大道寺の犯行とは違うような気がする。傷は首だけじゃないからな」

遺体は、三十前後の男性で、身長は一八〇近い長身だ。夜間のジョギングでもしていたのか、トレーニングウエアにジョギングシューズを履いていた。持ち物は特になく、ウエストポーチに携帯と音楽プレーヤーを入れていただけだった。音楽を聴きながら走っていたらしく、ネックストラップ付きのインサイドホンを両耳に着けたまま亡くなっている。このインサイドホンのケーブルごと首を斬られ、さらに右肩口から左胸の下まで斬り下げられていた。新庄は首だけでなく、大きく斬られた胸の傷に疑問を抱いているようだ。

「首の傷は前回の被害者と違い、左下から右に切れ上がっている。傷は浅く、気管どころか頸動脈すら、斬っていない。それに比べ、胸の傷は右の鎖骨から肋骨を斬り裂くほど深い。大道寺が、手術用メスを使うものとばかり思っていたが、先入観だったということか。むしろ堅一は、メスを使えないと言った方がいいかもしれない」

浩志は、腰を屈め、右手で傷口を指しながら自らに言い聞かせるよう説明をした。

「何！　君は、これも大道寺の犯行だというのかね」

新庄は、驚きの声を上げた。

「第一の犠牲者の傷口からは、凶器は包丁のような刃が薄いものではなく、ある程度肉厚の鋭利なナイフとしか言えなかった。しかし、今回の死体を見れば、日本刀で斬られたとほぼ断定していい。大道寺堅一は、居合いを使いこなす。犯行に反りのない刀を隠した仕込み杖を使ったとも考えられる」

「確かに、首を狙った一撃目に致命傷を与えられずに、犯人は止めを刺したことには違いないだろう。だが、鉈のようなものでも同じような傷口は付くと思うが、違うかね」

「第一、第二の被害者とも、正面から攻撃されている。特に第一の被害者は、首の傷が致命傷だ。犯人に対して警戒していない。顔見知りでないとすれば、警戒する距離に達する前に、犯人は攻撃をすることができた。つまり、凶器が長かったということでしょう」

「確かに、君の説に矛盾はない。だが、顔見知りの犯行だったということもあり得るのじゃないか。つまり、被害者は二人とも大道寺堅一の知り合いで、何かの口封じに殺されたとは、考えられないか。それにしても、二回も斬るなんて、大道寺らしくないな」

「藤堂、今の段階では、物証に欠ける。おまえの説は、憶測の域を出ないぞ」

二人のやりとりを見ていた一課の佐竹は、二人の間に割って入って来た。

「分かった。それなら、証明してやろう。杉野、午後警視庁に行くから、二つの人体模型と五、六キロのポリマークレイ（樹脂粘土）を用意しておくんだ。いいな」

浩志は、佐竹の後ろにいた一課の杉野に命じると、佐竹に歩道の脇にある駐車場の奥を見るように目で合図をした。歩道は狭いため、通行止めにしており、歩道脇にある駐車場まで立ち入り禁止のテープが張り巡らされていた。時間が早いこともあり、野次馬もまばらだが、駐車場の奥の西側の小道から、壁越しに事件現場の様子を窺う女の姿があった。

「俺は、南だ」

「分かった。俺は北だな」

さすがにベテランの刑事らしく、佐竹は浩志の意図を瞬時に理解したようだ。

浩志はさりげなく現場を離れるとみせかけ、西麻布交差点方面に歩き、すぐに路地を右に入り駐車場の裏の路地に向かった。

駐車場裏には、身長一六〇前後、ジーンズに麻のブラウスを着た、三十半ばの女が立っていた。女はロングヘアーで色白の美人だ。

浩志が近づくと、気配を察した女は慌てて反対側に向かって走り出したが、路地の北側から近づいて来た佐竹に行く手を阻まれた。佐竹は、脇を通り抜けようとした女の右腕を摑んだ。

「放してください。大声を出しますよ」

女は、佐竹の手を振りほどこうとしてもがいた。

「我々は、警察の者だ」

女は、抵抗を止め佐竹を睨みつけた。

「藤堂、この女、いったい何者だ」

佐竹は、訳も分からず腕を掴んでいるため、困惑した表情をみせた。

「俺が、現場に来る時、すれ違ったんだが、この女は咄嗟に顔を隠した。俺は知らないが、この女は俺のことを知っているようだ。しかも、現場にいる俺たちが、警察関係者と知った上で逃げ出した。叩けば埃が出ると自分で言っているようなものだ」

「なるほど」

「お願いですから、放してください。殺人と聞いて興味があっただけです。ただの野次馬ですから、許してください」

「分かりました。それでは、身分を証明するものを見せてください」

佐竹が、女の腕を放した。女は、考え込むように俯いたまま立っていたが、意を決したかのように小さく頷くと、肩から掛けていたバッグから、免許証を取り出し佐竹に渡した。佐竹はポケットから老眼鏡を取り出し、腕を伸ばして免許証を見た。

「白鳥雅美、本籍東京都品川区……」

「白鳥雅美！」

浩志は、佐竹から免許証を奪い、目の前の女と見比べた。

「確か、S大学の法医学研究室に同姓同名の研究員がいたはずだ」

「S大学の法医学研究室だと！ 新井田が主任教授をしていたところか。そういえば研究室を家宅捜査した時、白衣を着たあんたを見た気がするな」

佐竹は、驚いて女を問いつめると、女は黙ったまま頷いた。

「どうでもいいが、どうして俺のことを知っている？」

浩志の問いに女は答えず、また沈黙が続いた。

「とりあえず、一緒に来てもらおうか」

佐竹の言葉になぜか女はほっとした表情をみせた。

二

警視庁六階の会議室、普段はイスと机がぎっしり並べてあるのだが、浩志の指示によりすべて折り畳まれ、壁際に片付けられた。部屋の真ん中に、人体模型が床にガムテープで固定され、その首にはポリマークレイが厚く塗られている。

模型の高さを調整している新庄を佐竹と杉野が部屋の壁際で見守り、浩志は、自宅マンションから持って来た日本刀を右手で持ち、肩を動かし軽い運動をしていた。刀は明石の紹介で居合いを習い始めてから、自宅でも練習できるようにと購入したものだ。明石の紹介を受けた刀剣店で浩志に合わせて作らせた現代刀だが、身幅が厚い戦国時代の剛刀を思わせる名刀に仕上がっている。

「人体模型を最初の被害者と同じ高さ一六七センチに設定したが、これでいいか？」

「大道寺はおそらく一八二、三センチ、身長が高い分、五、六センチ低くしてください」

浩志の答えに新庄は頷き、模型の高さを変えた。

浩志は、左手に日本刀を持ち替え、息を整えた。本来なら、日本刀は帯に差すべきなのだが、大道寺は仕込み杖を使ったと考えてのことだ。

「エイッ！」

浩志は、気合いと同時に踏み込んだ。そして、刀を目にも留まらぬ速さで抜き放ち、その残像が消えぬうち刀を鞘（さや）に戻した。

「おおー」

観客と化した佐竹たちから歓声が上がった。人体模型の首のクレイはみごとに真一文字に斬れていた。

新庄と杉野は、人体模型を固定してあるガムテープを取り外し、模型を部屋の片隅に片付けると、別の模型を同じ場所に置いた。今度の模型には、首と胸にポリマークレイが厚く塗ってある。

「第二の被害者が身長一八三センチあったから、今度の模型は、君と同じ身長の一七六センチに設定する」

新庄は、メジャーで最終的な高さを確認すると壁際まで下がった。

再び浩志の鋭い気合いとともに、模型の首と胴が斬られた。胴を斬る際、踏み込みが深かったため、勢いよく刀が模型に当たり、模型は台座のガムテープを破り後ろにのけぞるように倒れた。

一瞬声を失った観客の三人は、我に返ると二つの人体模型を部屋の中央に置いた。

「確かに、藤堂君の言った通りだ。最初の犠牲者に見立てた粘土は、まっすぐ左から、水平に斬れているが、二番目のは、左下から右上に斬られている。傷口も被害者のものと似ている。単純に被害者の体格差で角度が変わったんだ。ということは、被害者はふたりとも歩きながら、あるいは立ち止まった瞬間を狙われたと考えてよさそうだな」

新庄は、何度も頷いて感心してみせた。

「藤堂、何も事件をそっくり再現しなくてもよかったんだぞ、二番目の人体模型は胸がばっさり斬れている。これじゃ備品係に怒られるじゃないか」

使い物にならなくなった人体模型を見て、佐竹が嘆いた。

「俺を信用しないから、実験してやったんだ。文句を言うな。ただ、再現するために斬ったんじゃない。普通、居合いで首を狙う場合、身長が自分より低いなら、水平に抜きつけて斬るかもしれないが、背の高い相手には袈裟斬りか、上段の突きを使うはずだ。それを犯人は、首を水平に斬ることに執着したために二番目の犠牲者は手元が狂ったのだろう。結果的に騒がれるのを嫌い、止めに袈裟斬りをしたと推測できる」

「すまんが、君の言っていることの半分も理解できない。おそらく古武道の常識を知っていれば分かるのかもしれないが、どうして高い位置を水平に斬ると手元が狂うのかね」

新庄が困惑の表情で尋ねて来た。

「居合いは、鞘から抜いてそのまま相手に斬りつける技だ。高い位置では、鞘も高く持っていないと、瞬時に抜くことはできない。だが、その格好で斬りつけると腕に力が入らない。もともと刀は腰に挿すものだからそんなことはしない。そこで、通常の構えで抜きつけると、抜いた刀を高い位置で水平にするために無理に軌道を変えることになる。そのために軌道がぶれ、遅滞を生じ、力も抜けてしまう。一撃目が失敗した理由は、その辺のところにあると思う」

「犯人は相当刀が使いこなせるが、無理な姿勢で刀を使ったのか。力が抜けた分、傷も浅かったのかもしれないな」

新庄は、両手をポンと叩いて頷いた。

「すみません。僕は、あまり時代劇を見ないものですから、袈裟斬りってなんですか」

杉野が恐る恐る手を挙げて質問をしてきた。

「坊さんが斜めに掛けている布が袈裟ということぐらい知っているだろう。だから、斜めに斬り降ろすことを袈裟斬りというんだ。ちなみに水平に斬った後で、正面や袈裟に斬ることを十文字斬りというんだ」

「ようやく、俺も藤堂の言っている意味が分かったよ。犯人は、飽くまでも被害者の首を斬って殺したかったということか。それだけ、首を斬ることに執着しているんだ。だから手口は違っても、犯人は大道寺堅一だと、藤堂は言いたいのだな。動機は、やはり弟の堅二が死んだ腹いせか」

浩志と新庄のやり取りを渋い顔で見ていた佐竹は、ようやく納得したらしい。

「おそらくな。ところで、あの女は、しゃべったのか」

朝方、現場で挙動不審の女がいたため捕らえてみると、大道寺兄弟がS大学の法医学研究室の新井田教授と名乗っていた頃、助手をしていた白鳥雅美だった。白鳥は、佐竹たちとともに午前中警視庁に来ていたはずだ。

「あの女も含めて、助手は、五人いた。だが、ほかの四人の助手は未だに法医学研究室にいるそうだ。なんせ、世間では新井田が殺人鬼だとは知られてない。しかも去年、銃で撃たれて死んだと思われているからな。だが、あの女だけは、新井田の正体を知っていたようだ。それで、身の危険を感じているらしい。警察で保護して欲しいと言って来たよ」

「保護?」

「ああ、だが、警視庁内で保護する訳にもいかないからな。とりあえず警官を付けて、家に帰したよ」

「あの女は、俺のことを知っていた。それと新井田の正体を知っていることと繋がるかもしれない。とりあえず。二十四時間警備させた方が、いいな」

白鳥がどんな秘密を持っているかは分からない。だが、大道寺を捕まえる手がかりになるという予感は少なくとも感じさせた。いずれにせよ、あの男と決着をつけるには時間がかかりそうだ。

三

警視庁を五時過ぎに出た浩志は、遅過ぎる昼飯と夕飯兼用で目黒駅近くのインド料理の店に入った。目黒駅周辺には、インド料理の店が多い。なんでもこの辺りのＩＴ関連企業に勤めるインド人が多いため、必然的に増えたのだそうだ。

店内は、インドのパンジャブ地方の田舎家をイメージしているらしく、インド画が飾られた素朴な雰囲気が気分をほぐし、香辛料の香りが胃袋を刺激する。チキン、野菜、マトンと三種類のカレーが一度に付いて来るセットメニューとナンを頼んだ。辛さは意外に控えめと思っていたが、食べているうちに香辛料が口に残り、食べ終わる頃には口の中と胃袋がほどよく火照った。食後のコーヒーも追加し、胃が落ち着いたところで明石の家に向かった。

電話で事前に在宅を確認していたが、明石の家を訪ねると留守だった。そこで、家の脇を奥へと進み、東屋風の明石専用の道場を訪ねた。

「藤堂君、入ってくれ」

玄関を開けようとすると、明石が奥から声を掛けてきた。いつものことだが、浩志の気配が分かるらしい。

手短に挨拶を済ませ、検死官の新庄から借りて来た遺体の写真をみせた。警視庁では一課の佐竹たちに日本刀を使って事件の再現をしてみせたのだが、古武道の研究家である明石の意見も聞こうと思ってのことだ。

「江戸時代じゃあるまいし、辻斬りが出たというのか」

事件のあらましを説明すると明石は驚きの表情をみせた。

「切り口から見て、犯人は居合いを相当使う。しかし、なぜ首を真一文字に斬ることに固執するんだ。首を狙うなら、突きでも袈裟斬りでもいいはずだ」

「犯人が、大道寺だとしたら、首を斬り裂くという行為そのものが奴の証（あか）しだからでしょう。これは、飽くまでも推測ですが、奴の母親と妹は実の父親に殺されています。しかも首を手術用メスで切り開くという残酷なものでした。その犯行を繰り返し再現することで大道寺は、父親への尊敬あるいは、憎しみを表現しているのだと思います」

「なるほど、犯罪者の心理は複雑だ。私には到底理解できない。ただ、この男は、人を殺すことに躊躇（ちゅうちょ）はない。最初の遺体だが、首を見事に一刀で斬っている。ためらっていては、踏み込みも浅くなる。二番目の被害者のようにな」

「ためらい……ですか」

「ためらいでなければ、犯人に身体的な問題があったのかもしれない。刀は腕の力だけで振れるものではないことは、分かるだろう。犯人は、足、あるいは腰が悪いか、それとも不自由ということも考えられる。背の高い相手の首を斬るなら、私なら、飛燕という技を使う」

明石は日本刀を腰に挿し、自然体に構えた。軽く息を吐いた瞬間、明石は高く跳躍し、刀を抜きつけた。着地と同時に刀は鞘に戻された。

「この技なら、相当背の高い相手でも首は水平に斬りつけることができる」

浩志は、明石の言葉で今年の二月に大道寺堅一に襲われた時のことを思い出した。大道寺は、わずかに足を引きずっていた。大道寺が一年前に襲われた際の怪我が完治してないのか、今もなお足が不自由なのかもしれない。

「いずれにせよ、奴は執念深く付け狙っているでしょう」

「おそらく、その犯人を相手に闘うことになるかもしれないのだな、君は」

「それなら、居合いの腕を上げねばならないな。今からでも稽古していきなさい」

明石の言葉に甘え、浩志は二時間にわたり居合いの稽古をつけてもらった。稽古が終わってからも、明石から武道の講釈を受けたので道場を出た時は、十一時近くなっていた。

明石の道場から目黒駅に行くには、途中目黒不動尊で有名な瀧泉寺の広大な敷地に沿った小道を通り山手通りに出る必要がある。寺の周りは住宅地だが、夜ともなると人の気配は失せ、深閑とした小道に行き交う人も少ない。

浩志は、小道をゆっくりと歩いた。柵越しに境内の黒々とした藪から痛いほど殺気を感じるからだ。敵の姿は見えないが、浩志の動きに合わせゆっくりと移動している。麻のジャケットの内ポケットから特殊警棒を出し、左手に隠すように持った。

突然無言の気合いを発し、黒い影が柵を越えて頭上から襲って来た。すばやく特殊警棒を右手に持ち替え、警棒を力強く振って伸ばした。敵の振り下ろした武器と警棒が当り、カーンという乾いた音がした。

敵は、浩志のすぐ目の前に飛び降りた。すかさず敵の背中に警棒を振り下ろすと、敵は、前方に一回転してかわし、走り出した。浩志もすかさず敵を追った。この場所で襲われたということは、明石のことも知られたことになる。三ケ月前、明石の息子は誤って殺されたが、今度も同じようなことが起こらないとは限らない。敵を逃すことはできない。

寺には、三十センチほどの低い石垣の上に二メートル近い金網の柵が、立てられている。場所によって柵の種類も高さも異なるが、この辺りの柵は、比較的高い方だろう。敵は、走りながら石垣を踏み台にして、金網を一気に飛び越し再び境内に入って行った。恐ろしい跳躍力だ。

「くそっ！」

浩志もすかさず石垣を踏み台にし、柵の上に手をかけ飛び越した。敵は、大本堂脇の漆黒の闇に呑まれた雑木林の中に消えた。だが、浩志は諦めず敵を追った。敵は逃げたと見せかけ、暗闇で待ち伏せているのが、その剝き出しの殺気を読み取ることで分かったからだ。ゆっくりと、林の中を進んだ。足下の落ち葉が消しても消しきれない微かな足音を立てる。

空気を斬り裂く音に反応して、特殊警棒で敵の武器を払った。再びカーンという乾いた音がした。敵は、一撃を避けられると再び闇に紛れて身を隠した。

浩志は、撃ち合わせた武器が何かを悟ると、敵の正体を理解した。

「柊真君、俺を殺したいくらい憎いのなら、木刀じゃ殺せないぞ」

三メートルほど右方向にある大木の陰で人の気配がびくんと動いた。

「それとも、その木刀でいいなら、雑木林を抜け、大本堂脇の空き地に出なさい。俺は、この特殊警棒で相手をする。君に殺されても仕方がないと思うが、無抵抗で死ぬつもりはない」

「どうして、俺だと分かった！」

「俺は、今まで何度も命を狙われて来た。銃やナイフ、手榴弾を投げられたこともある。君の殺気は充分に読み取れたが、どこか若く曖昧なものを感じた。殺気は人の発する気だ。その人物の人格そのものだ。だから、君だと分かった」

「馬鹿な！　殺気を読み取るなんて、できる訳がない。嘘をつくな！　じいさんも同じことをよく言うが、そんなのはでたらめだ」

柊真は木の陰から現れ、浩志の前に立った。暗闇で表情までは読み取れないが、身長は浩志とほぼ同じ一七五、六センチありそうだ。

長男の柊一は、明石家の跡継ぎとして、幼い頃より地道に武道の稽古をするタイプで、二十歳になった現在、死んだ明石の息子紀之が経営していた剣道場の師範とほぼ互角の腕前になっているという。

一方、弟の柊真は稽古嫌いだが、実戦の試合となると兄の柊一より秀でた力を発揮するという。身体能力もずば抜けており、武道にも天性のものを持っているのだが、むらっけのある性格ゆえ、まじめに学ぼうとする態度に欠けているそうだ。父親が死んだ上に年齢的な問題も重なり、反抗的な態度で学校でも問題になっていると明石が嘆いていた。

「父親が闇討ちされたのは、仕方がないと思っている。だが、闇討ちした犯人をあんたは倒したそうだな。つまり、あんたは俺の父親よりも強いと言いたいんだろう」

タスクフォースを殲滅させたことを、詳細こそ教えられないが明石に告げたのは、禍根を残さないように、犯人がもはやこの世にいないことを教えたかったからだ。だが、浩志の心遣いが若い柊真には、かえって仇となったようだ。

「君がどうとろうと、勝手だ。俺は、犯人はもういないと明石先生に告げたまでだ」

「格好つけるな！　父親の仇を、この手で取ろうとしていた俺は、どうなるんだ」

　体格は大きいが、中身はまだ子供のようだ。

「俺を殺すことで、気が晴れるなら、いつでも相手になろう。ただし、人の命を狙うなら、自分の命を差し出すつもりで掛かって来なさい。木刀じゃなくて、真剣でも構わないぞ」

「ふざけるな！」

　柊真は、遮二無二木刀を振り回してきた。鋭い打ち込みだ。とても特殊警棒でまともに受け止められるものではない。

　浩志は、左回りに素早く移動し、柊真の打ち込みをかわすと同時に、柊真の右足を蹴り、体勢を崩したところを、右腕を警棒で軽く打ち据えた。

　柊真は、前のめりになりながらも、体勢をすばやく立て直してきた。恐るべきバランス感覚を持っている。すぐさま体を反転させ、左手一本で木刀を振り回してきた。浩志は、紙一重で木刀を避けると、すかさず柊真の左手首を打ち据えた。柊真は木刀を落とし、両膝をついた。

「真剣なら死んでいた。そんな腕じゃ、俺は殺せんぞ」

　浩志は、あえて冷たく言い放った。

「ちくしょう！」

柊真は木刀を拾い、脱兎のごとく走り去った。

四

浩志は、山手通りからタクシーを拾い、渋谷の文化村の近くで降りた。

時刻は、十一時四十分、この街が眠るにはまだ早い。雑居ビルの地下に通じる階段を降り、ミスティックと刻まれた金属プレートが貼られたドアを開けた。

「いらっしゃいませ！」

店の看板娘である沙也加（さやか）の明るい声が店内に響いた。大きな瞳をした愛くるしい笑顔に、浩志は左手を軽く上げて答え、カウンター席の真ん中に座った。

「いらっしゃい」

店のママ、森美香（もりみか）が浩志の前に立った。ブルーのタンクトップにオフホワイトのジャケットを着ている。グッチの香水、エンヴィの香りが彼女の胸元から溢（あふ）れてきた。

「二週間ぶりかしら。忙しかったのね」

自衛隊との演習、それに演習前の訓練中は、下北沢のマンションには帰らなかった。それに、このところ大道寺の捜査に忙しく、一週間以上、店には顔を出していない。美香は、浩志のマンションの合鍵を持っているため、勝手に上がり家事をしてくれていたようだが、タイミングが悪かったのか、会うことはなかった。

「訓練があった。それに大道寺がまた動き出した」

「知ってる。警察では、発表してないけど、大道寺の件は、このまま闇で処理するつもりなのかしら」

美香は、浩志の前にショットグラスを置き、ターキーをなみなみと注いだ。この店のママになってから数年経つが、彼女の真の姿は、現役の内調（内閣情報調査室）の特別捜査官だ。潜入捜査のための名前と経歴を、捜査が終わった現在も使用している。一般社会に溶け込んだ彼女の身分とこの店が、内調にとって便利らしい。また、彼女自身も今では表と裏の顔を使い分け、楽しんでいるようだ。

「大道寺の表の顔だった新井田教授は、世間では死んだことになっている。それに、大道寺に殺された自由民権党の幹事長工藤進の事件を警察は闇に葬っている。今さら、表に出すことはできないだろう」

「そうね。でも、犠牲者がこれ以上、出なければいいけど」

「そっちは、何か動いているのか」

「本店は、警察じゃないから、表立って動かないわ。それに、今政局が不安定でしょう。このところ、総理大臣の早期自主退職が流行っているから、本店もその影響で、動き辛いの。総理が替わる度に、引き継ぎがあって、慣れる前にまた替わっちゃうんだから、どうしようもないわ。米国みたいに、無能な人がいつまでも居座るのも困るけど、人気がないからって、すぐ辞められても困るのよね」

美香が本店と呼ぶ内調は、政府に一番近い情報機関だけに政情不安は影響されやすいのだろう。職員である美香は相当ストレスが溜まっているようだ。

「飲むか」

浩志が、ターキーのボトルを持つと、美香は珍しくショットグラスを出してきた。彼女のグラスにターキーを満たし、二人で乾杯した。

「お腹、空いた？」

「今日は、晩飯が早かったからな。できれば、スープじゃないものを食べさせてくれ」

美香は、最近浩志の体を気遣い、十一時を過ぎると、腹が減ったと言っても野菜スープなどの健康的なものしか出してくれない。

「仕様がないな。我がままなお客さん」

美香は厨房（ちゅうぼう）に消えると、わずか二、三分で戻って来た。

「はい、特製コロッケ」

皿にソースがかけられたキャベツの千切りとコロッケらしきものが載っていた。形は、確かに楕円形をしているのだが、きつね色のパン粉を振りかけたような感じだ。用意されたフォークの腹でコロッケを切るとなんとも手応えがなかった。

「油で揚げてないの。コロッケの具に、オニオンバターで炒めたパン粉を振りかけたんだけど、食べてみて」

「要は、コロッケの中身っていうことか」

騙(だま)されたと思って口に運ぶと、衣のサクサク感はないが、見事にコロッケの味がした。しかも、オニオンバターの風味が口の中で広がり、ソースの味と絡まって絶妙の風味を出していた。思わず、キャベツとともに一気に腹に納めてしまった。

「うまかった。今度、これでコロッケサンドを作ってくれ」

「今日は、もうだめよ。コロッケの具は、作り置きしてあるから、明日の朝ね」

美香が、浩志の耳元でささやくように教えてくれた。どうやら、コロッケの下ごしらえは、浩志のマンションでしてきたらしい。

閉店後、二人は店の近くでタクシーを拾い下北沢のマンションに帰った。久しぶりということもあり、シャワーを浴びた後で飲み直すことにした。浩志は、ターキーのストレート、美香は、炭酸割りを飲んだ。ＢＧＭにスタンダードジャズを流し、二人は、リビングのソファーでくつろいだ。

「本店で、気になる情報を摑んだから報告するわ。あなたの活躍で日本からブラックナイトの支局がなくなったけど、アジアの拠点が新たに中国の上海にあることが分かったの。陳(チン)金属製品有限公司という名の会社で、表向きは、金属加工業で、裏では中国から武器を中東諸国に売りさばいている。社長は陳海峰（ハイファン）、四十八歳。陳は、ブラックナイトのロシア本部で幹部クラスだったという情報が、中国の六一〇弁公室から、友好的情報として内調にもたらされたわけ」

「六一〇弁公室が友好的情報だと、笑わせるぜ」

六一〇弁公室は、中国のＣＩＡと言われるが、国内の反国家分子の取締りにも権力をバックに徹底していると言われている。最近では、法輪功（ほうりんこう）愛好者の拷問や、北京五輪に備えた特殊部隊の養成など、国家の治安に関わることには直接関与しているらしい。米国では六一〇弁公室が非人道的だとして問題視されている。

「まあ、世間の批判は置いといて、情報によると、陳金属製品有限公司のナンバー二と言われる王洋（おうよう）という社員が、先月末、日本に入国したらしいの。六一〇弁公室は、情報と引き換えに、王が日本で誰と接触するのか知りたがっている」

美香は、浩志に王の写真を渡してきた。頭を剃り上げ、額が張り出し、目つきが鋭く、ボクサーのように鼻が曲がっていた。特徴のある顔をしている。

「俺に、こいつを探せというわけじゃないんだろう」

「一応、内調の捜査官と公安が動いているけど、王は日本に入国してから姿を消しているの。とりあえず、捜査のキャパを極秘に拡げたいだけよ。だから、どこかで情報を得られたら教えて」

美香のどこかというのは、傭兵代理店やその上部組織である防衛省情報本部のことだ。どこの国でもそうだが、情報機関というのは組織の性格上、他の情報機関との連係が悪いことが多い。トップダウンで命令が降りたとしても、情報が素直に戻って来るとは限らない。そういう意味では、浩志のように組織に縛られず、情報機関から極秘情報を得られる存在は、希少価値があるのだろう。

「分かった」

浩志に情報を渡し、仕事が終わったとばかりに美香はしなだれかかって来た。美香の体は、見た目よりも豊満、胸のボリュームは充分過ぎるほど浩志を悩ませる。彼女の存在は、今や浩志にとって生活の一部になりつつある。

先日、傭兵仲間に「日本の病」に侵されているという比喩的な表現をして、チームを解散させた。それは、自分だけでなく仲間も縛りたくないという気持ちが強かったからだ。日本で職を見つけ、中には会社を興している者もいる。それで、生活が成り立つならそれはそれでいい。何も銃を持って闘うことだけが人生ではないからだ。ただ、それが自分という立場に置き換えるなら、闘いを忘れてはいけないという使命感が何よりも強い。浩志の身代わりとなった明石の息子の件もそうだが、これまで一緒に闘い、命を落とした仲間のためにも闘いを止めることはできない。

「どうしたの」

美香の憂い顔が目の前にあった。

「いや、なんでもない」

美香の唇を吸った。甘美な誘惑は、たちまち全身を駆け巡る。戦場の合間の休息。今はそんな時なのかもしれない。これまで命懸けで彼女を守ってきた。そのご褒美が今の平和過ぎる生活なのかもしれない。だが、安穏とした生活に溺れない。浩志は、いつでも牙を剝く自信があった。精神の切り替えができてこそ本当の傭兵といえるだろう。

五

翌日の朝、浩志は丸池屋を訪れた。

いつもの応接室で池谷が長い顔に皺を寄せて渋い顔をしてみせた。

「この男が、ブラックナイトのエージェントですか。さっそく土屋君に調べるように指示しましょう」

昨夜、美香から預かったブラックナイトの上海支局から来た王洋の写真をみせたところ、池谷は情報本部から、何の連絡もないとこぼした。

「やっぱり、聞いてなかったのか」

「情報本部から、当社が独立した機関になったということもありますが、最近は、困った時の神頼み的な存在として、普段の接触はほとんどありません」

「友恵（ともえ）の情報収集と分析能力は、日本随一だ。頼らない訳が分からん」

米国陸軍の特殊部隊デルタフォースの脱走兵を、友恵は、独自に開発したソフトで見事に探し当てた。また、米軍の軍事衛星を駆使し、脱走兵の動向を調べるなど、彼女は、得意のコンピューターの能力で大活躍をした。

「逆です。彼女が米軍のセキュリティーを破り、システムを利用したことを知った防衛省の幹部が、米国にその事実を知られた場合の報復を恐れて、当社と距離を取っているらしいのです」

「なるほど、国防総省のセキュリティーを破ったハッカーを国で抱えていると思われたくないということか」

常々天才ハッカーである友恵が、質屋に偽装した小さな特務機関にくすぶっているのはおかしいと思っていたが、これで納得がいった。

ドアが大きな音を立てて開いた。足で蹴っているのではないかと思うほど乱暴だ。

「おはようございます。藤堂さん」

友恵が、二人分のコーヒーを両手に持って現れた。そして、いつものようにコツンと音を立ててコーヒーカップをテーブルにのせた。

「土屋君、藤堂さんからの依頼で、この男が今どこにいるか調べてほしい」

池谷が、友恵に写真を渡した。

「すぐにスキャンして、人相認識ソフトにかけます」

友恵は、浩志にぺこりと頭を下げて出て行った。相変わらずの無愛想さだが、それがかえって頼もしく感じさせる。

友恵の人相認識ソフトは、防犯カメラや監視カメラで撮られた画像から、目的の人物を探し当てるソフトで、ドイツのバイオメトリクス社のソフトを彼女が改良したものだ。変装していても割り出すことができ、認識率は八十パーセントに達するという脅威のプログラムだ。しかも、日本のエシュロンが日本中にネットワークを張り巡らした監視カメラの映像データをハッキングして使用するという裏技付きだ。

「ところで、大佐の件は、どうなっている」

「昨日、瀬川と中條をクアラルンプールに派遣しました。今朝から、李騰福と合流し、捜査を始めているはずです」

李は、大佐の会社の従業員というより、同年齢のため大佐の友人に近い存在だ。何か手がかりを摑んでくれればと願うばかりだ。本当は、今すぐにでもクアラルンプールに飛んで行きたいという気持ちもある。長年の付き合いから、大佐なら確実に生きているという確信が、かろうじて日本に踏みとどまらせた。

六

五反田の駅前から八ツ山通りを品川方面に向かって徒歩で数分という距離に、馴染みの飲み屋〝須賀川〟がある。

「へえー、ここが藤堂さんの行きつけのお店ですか」

捜査一課の杉野は、店先の暖簾を見て、珍しいもので見るような顔付きをしてみせた。

朝一で丸池屋の池谷と打合せした後、警視庁で杉野と合流し、青山で起きた殺人事件の聞き込みをした。代々木公園で起きた事件と違い、人目につきやすい場所のため、目撃者がいる可能性が高いからだ。一刻も早く大道寺とけりをつけ大佐の捜索に加わりたい一心で、刑事時代のように足をつかったが、徒労に終わった。午後八時を過ぎた段階で、捜査を打ち切り、晩飯がてら須賀川に杉野を連れて来た。

「刑事に似合うのは、赤提灯だろう」

「いえ、藤堂さんなら、渋谷のおしゃれなスナックに行くものとばかり思っていましたので」

杉野は、事件がきっかけでミスティックの沙也加のことを知っているため、暗に嫌みを言っているのだろう。

「文句言わずに入れ」

杉野との付き合いはまだ一年と浅いが、何度も捜査をともにし、まるで現役の刑事とその後輩というような関係にある。だが、ミスティックに連れて行くほど、人間関係が深い訳でもない。

「いらっしゃい」

店主の柳井(やない)が発する東北訛(なま)りが無駄足に終わった捜査の疲れを癒(いや)してくれる。奥から女房の香苗(かなえ)が顔を出して、愛想良く笑った。二人はカウンター席に座り、ビールを頼んだ。

「おやじさん、腹減っている。まかせるから適当に出してくれ」

柳井は、にこりと笑ってまな板に向かった。

「それにしても、いくら夜中とはいえ、目撃者がいないとは思いませんでしたね。他の捜査チームもまだ何も摑んでいないようです」

「殺害方法が変わったから、大道寺にしては、被害者を特定しない通り魔的な殺人だと思っていたが、どうやら違うらしい」

「どういうことですか」

「奴は、殺人を芸術作品として考えている。それだけに、犯行が緻密(ちみつ)に計画されている。これまでの犯行は、室内で自殺に見せかけるか、異常者による通り魔的な犯行と見せかけるものだった。今度の二件は、江戸時代の辻斬りを思わせるような偶発的な通り魔の犯行を装っている。だが、二件の殺人は、目撃者が絶対でないように計画されている。というか、目撃者がいない場所と時間と被害者を選んだのかもしれない」

「確かに、被害者は二人とも、毎日決まった行動をとっていたようですが、それにしても、目撃者は、いつもいないとは限らないと思いますが」

「確率の問題だ。最も確率の少ない人選をして、なおかつ、物陰に隠れ、目撃者がいないことを確認した上で、犯行に及んだと考えるべきだろう。大道寺は、通り魔の雑な犯罪と見せかけ、迷宮入りになることを楽しんでいるんだ」

「なるほど、プロの殺し屋でしかも猟奇的な殺人鬼の考えそうなことですね。いずれにせよ警察をこけにして、腹が立ちますね」

「はい、おまち」

杉野が溜息をついたところで、お通しの代わりにさんまの刺身が出て来た。

「へえ、さんまの刺身ですか」

杉野の顔色がたちまち良くなった。この男も、飯を食えば憂さを忘れるタイプだ。そういう意味では、刑事と傭兵は似たような商売なのかもしれない。

「これは、いける」

焼かずに刺身でさんまを食べる。これほど贅沢な食べ方もないだろう。

「脂が載って、うまいでしょう。今年は、さんまが大漁で、いいのが安く入るんだ。漁師さんはかわいそうだけどね」

柳井が、包丁を使いながら言った。二人がさんまを食べ終わった頃、カウンターに大盛りの肉じゃがが出て来た。

「今度は、肉じゃがですか」

この店の肉じゃがは、常連には人気のメニューだ。味がよく染み込んだおおぶりのジャガイモがとろけるようにうまい。

「あちっ、こっ、これは、うまいっすね」

杉野は熱々のジャガイモを頬張って、慌ててビールを流し込んだ。

「落ち着いて食え、子供じゃあるまいし」

ビールの追加もし、浩志はすでに一日の憂さを忘れていた。

「ところで、聞き込みをしているとき、我々をずっと尾行していた若い男ですが、本当にほっといてもいいんですか」

明石妙仁の孫である柊真は、朝から浩志の後を尾行していた。明石の下(もと)には何度も行っているので、知らないうちに尾行されマンションを突き止めていたのだろう。

「気の済むようにさせるつもりだ」

「あの青年との間に何かトラブルでもあったのですか」

「俺とあいつの問題だ」

「事情をお聞かせ願えれば、警察でもお力になれると思いますが」

柊真の心の傷は、誰にも癒すことはできない。たとえ、彼が浩志の心臓を貫くことができたとしても、癒すことはできないだろう。

「おやじさん。賄(まかな)いの飯まだ残っているか」

柳井は、酒の肴(さかな)にこだわり、店では一切ご飯ものは出さない。

「あるけど、どうしたの。もっと、腹に溜まるもの出そうか」

「俺のじゃない。仲間に渡してやろうと思っている。握り飯を握ってくれ」

「私は、要りませんよ」

杉野が、慌てて首と手を振った。

「馬鹿野郎、誰がおまえに食わせると言った」

浩志は香苗に握って貰った握り飯を持ち、こっそりと店の裏口から出た。裏口は、隣りのビルとの隙間とも言うべき幅八十センチほどの抜け道に面しており、表通りである八ツ山通りから一本入った裏通りに出ることができる。裏通りから、八ツ山通りに出ると店から二十メートルほど離れた電柱の陰に、木刀を入れるケースを持った柊真が立っていた。

「がんばるな」

浩志は、柊真の背中に声をかけた。

悲鳴こそ上げなかったが、柊真は飛び上がるほど驚いてみせた。

浩志は、持っていた握り飯の包みを投げ渡した。柊真は、受け取ったものの訳が分からないという表情をした。

「握り飯だ。朝から何も食ってないのだろう」

「あんたに、恵んでもらう義理はない」

柊真は一人で尾行しているため、一切食事を摂ることはできなかったはずだ。

「遠慮する必要はない。俺は、さっき飯は食った。俺を殺すつもりなら、それを食べろ。腹が減って俺を襲えないなんてのは、フェアじゃないからな。俺は、そんな奴と闘おうとは思わない」

柊真は、俯いたまま黙ってしまった。

「一人で尾行するのは、プロの刑事でも難しい。相手が店に入ったら、せめて裏口の有無は確認することだな」

「待ってくれ」

店に戻ろうとすると、柊真は慌てて浩志の前に立った。

「この前、あんたは傭兵という仕事をしていると聞いた。だが、今日は刑事と一緒に仕事をしている。本当は一体何の仕事をしているんだ」

「正確に言えば、元刑事の傭兵だ。今、警察の仕事を手伝っているだけだ」

「俺の親父を殺したのは、どんな奴だったんだ。教えてくれ。警察も教えてくれないんだ」

「それを聞いてどうする」

「いつも親父に怒られていたけど、それでも尊敬していた。その親父が殺されたんだ。知る権利ぐらいあるだろう」

「確かにそうだな。詳しくは言えないが、犯人は、米陸軍最強の特殊部隊の脱走兵だった」

「特殊部隊。……脱走兵」

「四人いた。奴らは、闇に紛れるため、暗視ゴーグルを使っていた」

「暗視ゴーグル……。卑怯な奴らだ。あんたは、奴らを殺したのか。本当に」

「この国は、法治国家だ。大きな声では言えないが、二人は殺したが、一人は自殺した。残りの一人は大怪我をさせたが、今はもうこの世にいないはずだ」

一人だけ殺さなかったが、大統領暗殺を企んだ脱走兵は、密かに米軍の手で始末されているはずだ。

「俺は、あと十分で店を出る。それまでに腹ごしらえはしとくんだな」

柊真は、小さく頷いた。

七

飲み屋の須賀川を出ると、杉野と別れて五反田駅に向かった。タクシーに乗ってもいいのだが、柊真が諦めて帰るまで電車を使うつもりだ。柊真は、朝から飯も食わずに浩志を尾行していた。尾行は、体力と精神力を消耗するものだ。顔を見たところ、疲れた様子はなかった。体力もそうだが根性があることが、これで分かった。

新しい目的地は、品川区の戸越にある白鳥雅美のマンションだ。五反田から東急池上線に乗れば三駅と近い。晩飯を五反田で食べたのも、初めから白鳥を訪ねるつもりだったからだ。

池上線で三駅目の荏原中延駅で降りた。振り向くまでもなく柊真も電車を降りてきた。今日の柊真からは殺気を感じることはない。だが、木刀のケースを持っているからには、浩志を襲うつもりがまったくないと言う訳でもないのだろう。おそらく自分でもどうしたらいいか分からず、自らを納得させる落としどころを見つけようとしているのかもしれない。

駅を背に東に向かい、第二京浜を渡る。四百メートルほど東の交差点に目印としていた国文学研究資料館の鬱蒼と茂る庭木が見えて来た。ここを右折すると、美しい日本庭園がある戸越公園に出る。熊本藩主細川家下屋敷の庭園から幾世代も経て整備されたという由緒ある公園で、この公園に面して、白鳥の四階建てのマンションがあった。マンションの上層階からは、公園の見事な緑を借景として眺めることができるに違いないが、彼女の部屋は、一〇五号室、一階の一番奥の部屋だった。彼女の連絡先は、杉野から聞いており、昼間のうちに夜訪ねると連絡を入れておいた。

「どうぞ。……お上がりください」

呼び鈴を鳴らすと、白鳥は、硬い表情で浩志を招き入れた。

部屋は、独身者向けの一ＬＤＫらしいが、リビングは、十畳はありそうで広々としている。部屋の右側の壁際に二人掛けのソファーが置かれ、その前に小さなガラステーブルがある。反対の壁際にテレビでも置いてもよさそうだが、テレビどころか、カレンダーや壁時計すらない。よくよく見れば、道路に面した部屋の窓ガラスには、カーテンすらない。背の高い生け垣があるため、外から見えないのかもしれないが、方角からして西日が直接部屋に射し込むことになる。

「殺風景でしょう。引っ越して一ヶ月以上経つけど、また、引っ越すかもしれないから、何もしてないの。第一、カーテンて結構高いでしょう。だから買ってないの。寝室は別よ。一人でいる時は、この部屋は使わないから、気にならないわ」

白鳥は、浩志の視線の先を読んだのか、聞きもしないのにべらべらとしゃべった。

「コーヒー飲みますか」

「いいえ、構わないでください。警察に保護を求められたそうですが、大丈夫ですか」

「今は、ちょっと考えすぎていたのかもしれないと思っているのです。それに、制服のおまわりさんを玄関に立たせるっていうから、びっくりしちゃって、断りました」

「白鳥さん、単刀直入に聞きますが、殺人現場にどうしていたのですか」

「青山に、母の実家があって、……それに、……代々木の殺人事件があった近くには父の実家があります。偶然だと思いますが、なんだか、恐ろしくなってしまって」

白鳥の言葉は、浩志を驚かせるには充分だった。今回の大道寺の犯行は、浩志、あるいは警察への見せしめだと思っていたのだが、白鳥への脅しという可能性も出て来た。

「そのことを警察に言いましたか」

「いいえ、だって、どちらの殺害現場も、実家から、二百メートル近く離れていましたから。それに、テレビのニュースでは、凶器は、刃渡りの長いナイフ、あるいは日本刀だって言っていました。絶対、教授の」

白鳥は言葉を切り、びくっと体を震わせ、慌てて右手で口を押さえた。

「手術用のメスを使う新井田教授の犯行じゃないと思った訳ですね」

両目を見開き、白鳥はゆっくりと頷いた。この女は、やはり新井田が殺人鬼だったことを知っていたのだ。

「新井田の正体をどこまで知っているのですか」

白鳥は、激しく頭を横に振った。みるみるうちに両目に涙が浮かび、頬を伝った。

「藤堂さん、ごめんなさい。本当は、怖くて何も言えないの。お願い私のことを守って」

白鳥は、浩志に抱きついて来た。

バンという破裂音と同時に部屋の照明が消えた。

浩志は、すぐさまいつも持っている特殊警棒を出し、柄に付いているLEDライトのスイッチを入れた。この手の護身用武器には、様々なアイテムが付いていることが多いが、ライトは便利だ。白鳥を照らし出すと恐怖で顔を引き攣らせていた。浩志は、彼女をトイレに押し込むように入れた。

「俺がここを開けるまで、外に出るなよ」

浩志は、寝室に異常がないか調べ、ベッドの近くに置いてあった部屋の鍵を見つけるとポケットに入れた。そして、風呂場、台所と調べた。台所にブレーカーがあったのだが、どのスイッチも異常はなかった。部屋の外に出ると、廊下の照明も落ちていた。どうやら、マンションの電源装置が壊されたらしい。部屋のドアを施錠し、マンションの外に出てみた。

「待て！」

目の前の戸越公園から、柊真の声がした。次いで、何かを打ちつけるような音。

浩志は舌打ちをして、音のした方角に向かって走った。公園の中央にある池のすぐ手前で、柊真が木刀を持ち、杖を構えた大道寺堅一と対峙していた。

「藤堂さん。こいつがマンションを停電させた犯人です。手出しは無用です」

「藤堂、随分と青臭い若造を使っているんだな」

大道寺は、薄笑いを浮かべた。

「柊真。おまえには手が負えない」

浩志は、持っていた特殊警棒を振って伸ばした。

「俺は、後継者の兄より、強いんですよ。見くびらないでください」

「馬鹿野郎！　死にたいのか！」

「なんなら、二人同時に掛かって来ても構わんぞ」

大道寺は、右手を杖の柄の部分に添えた。

「いかん！」

浩志は、二人の間に割って入った。同時に大道寺は仕込み杖から真剣を抜き放った。浩志は咄嗟に特殊警棒を振ったが、不充分だった。真剣が浩志の右上腕を斬り裂いた。すかさず大道寺は、二刀目を下段から、柊真に向けて斬り上げて来た。かわすことはできないと見た浩志は、柊真に体当たりをして避けた。

柊真は、真剣が杖から出てきたという事実が理解できないのか、木刀を落とし、尻餅を突いたまま動こうとしない。

「柊真！　しっかりしろ！　殺されるぞ！」

浩志は柊真が落とした木刀を拾い、正眼に構えた。もともと剣道は三段の腕を持ち、さらに明石から居合いの稽古をつけてもらっている。大道寺と五分で闘える自信はあった。

「大道寺、逃がさないぞ」

「愚かな、藤堂よ。最後に勝つのは私だ」

大道寺は、すばやく刀を杖に仕舞い、居合いの構えになった。すると、遠くからパトカーのサイレンが聞こえて来た。

「残念だな、藤堂」

大道寺は、目にも留まらぬ速さで右手を動かし、何かを投げつけてきた。

「ぎぇっ」

柊真の悲鳴が聞こえた。振り返ると小さなナイフが柊真の太腿（ふともも）に刺さっていた。

「さらばだ。藤堂」

大道寺は笑いながら、公園の闇に消えて行った。

浩志は、柊真を残して追いかけることもできずに地団駄（じだんだ）を踏んだ。

「ちくしょう！」

柊真は、太腿からナイフを抜こうと柄に手をかけた。

「触るな！　医者に抜いてもらうんだ、柊真」

浩志が追ってこないように、大道寺は柊真に怪我をさせたに違いない。実に狡猾な男だ。

パトカーが二台、公園の出入口を塞いだ。

「貴様ら！　そこで何をしている！」

公園に乱入して来た警官に浩志らは、取り囲まれた。

クアラルンプール捜査

一

Tシャツにジーパン姿の浩志は、成田発クアラルンプール行きのビジネスクラスのシートで熟睡していた。

前夜、公園で所轄(しょかつ)の警官に取り囲まれた浩志は、警視庁犯罪防止支援室の犯罪情報分析官の身分証明書を見せ事情を説明し、なお不審がる彼らに一課の佐竹と杉野を呼びつけることで納得させた。現場に駆けつけた佐竹らに大道寺の狙いが白鳥雅美であったと教え、彼女の正式な保護と、浩志と柊真のことがマスコミに漏れないように要請した。

怪我をした柊真を傭兵代理店の支援組織である松濤の森本病院に連れて行き、無事手術も終え、ことなきを得た。また、右上腕を斬られた浩志も、五針縫うだけの軽傷で済んだ。

病院に見舞いに来た明石は、柊真の不審な行動を知っていたようで、命に別状がないと聞き、柊真を叱りつけることもなく帰って行った。むしろ、命のやり取りをしたと聞き、武道家として柊真は好機に恵まれたと密かに喜んでいる節もあった。

柊真は大道寺を見つけ出したのだが、彼の蛮勇と呼ぶべき行動で取り逃がすはめになった。連続殺人の目的を知られてしまった大道寺は、また地下に潜ると浩志は判断した。今後の対策を徹夜で各方面と打合せを済ませた浩志は、マンションで着替えると、まるで通勤電車に飛び乗るように、午後一番に出発するＫＬＩＡ（クアラルンプール国際空港）行きの飛行機に乗ったのだ。

大佐が失踪してから六日経っていた。現地からの報告も思わしくない。我慢の限界だった。そういう意味では、柊真の行動は、大佐の捜索に参加できる良い口実になった。また、白鳥の監視を警察だけでなく、傭兵代理店と森美香にも頼んできた。何かあれば、直接浩志に連絡が入る手はずになっている。白鳥は浩志に側にいて欲しいと言ってきたが、しばらく留守にするからと言い聞かせた。大道寺の秘密を知っているだけに、昨日の出来事はよほどショックだったのだろう。

午後七時五十分、定刻より十分遅れでＫＬＩＡに着陸した。いつもながらだだっ広い空港ビルは、エアコンが効き過ぎている。東南アジアの特徴だが、公共施設やホテルは肌寒いくらい冷房が効いていることが多い。熱い国では、寒いことが贅沢、あるいは富の象徴を意味するのかもしれない。浩志は、着替えを入れただけの使い古したサブザックを肩に掛け、空港の駅からKLIAエクスプレスに乗った。

KLIAエクスプレスは、KLIAとクアラルンプール駅をノンストップで繋ぐ四両編成の特急列車で、クアラルンプールから車で一時間近くかかっていた移動時間を、二〇〇二年の開通から、わずか二十八分に短縮させた。

先発の瀬川らとは、宿泊先のホテルで合流することになっている。瀬川らと同じチャイナタウンのスルタン通りに面したフラマホテルだ。宿泊代が安く、屋台街がすぐ近くにあり、クアラルンプール駅にも近いという好立地条件のホテルだ。普段はトランジットで経由するだけだが、クアラルンプールには、過去に二度観光がてら大佐に案内されて来たことがある。

浩志は、KLIAエクスプレスの先頭から二両目の乗降口に近い席に座った。二人掛けのイスが対面になり、通路を挟んで対称に並んでいる車内は清潔でデザインも悪くないが、イスはリクライニングでないため、座り心地がいいとは言えない。

時刻は、午後八時を過ぎているためか、乗客は少ない。人相の悪い中国系マレーシア人が、同じ車両に数名乗っているだけだ。ふと後ろの車両を見ると同じような連中が、浩志の様子を窺っている。風体(ふうてい)からして中国系マフィアの下っ端らしい。どこの暴力組織でもそうだが、一番危険な連中だ。

第二次世界大戦で南方の日本軍は、現地に潜入した特務機関の主導でインド、マレーシアに融和政策をとり、英国からの独立を援助した経緯がある。そのため、この地域では、比較的日本人に対して友好的だ。ただし、華僑(かきょう)に対しては、当時の日本は中国と戦争中だったこともあり、一部の例外を除き徹底的な敵対政策をとった。そのため、今でも日本人の受けが悪いらしい。

治安のいいマレーシアで、しかも公共の交通機関を中国系マフィアが団体で使用するというのは、クアラルンプールでマフィアの集会かデモがあるのなら分かるが、目立った行動を嫌う彼らの習性からは考えられない。狙いは、浩志にあるようだ。だが、さすがにいつも持ち歩く特殊警棒さえ持っていない。クアラルンプール駅まで、あと十分以上かかる。しかもノンストップの電車で逃げ場がない。

三つ後ろの席に座っていた二人の男が立ち上がった。一人は、ランニングシャツに黒い半袖のシャツを着ている。身長は一七〇センチほど、目つきが鋭い。しかも左胸に危ない膨らみがある。もう一人は、柄シャツを着て、両腕にタトゥが覗(のぞ)いている。一八五、六、体重も百キロ近くありそうだ。

「あんた、俺の知っている日本人に似ている。名前は何と言うんだ」

黒シャツの男が、独特の中国訛(なま)りの英語で話しかけてきた。どうやら代表らしい。

「俺が、どんな名前だったら、気に入るんだ」

浩志は、座ったまま答えた。

「俺たちが手に入れた写真が不鮮明だから、困っている。一般の日本人旅行者に危害を加えるつもりはない。この国は、日本人には寛大だ」

男は、右頬を引き攣らせながら笑ってみせた。

「俺の名は、キム・ヨンジュン。韓国人だ」

「でたらめを言うな。俺たちは、空港からあんたと一緒なんだ。あんたは日本から来た飛行機に乗っていた」

「日本で商用があったんだ」

「それなら、パスポートをみせてくれ」

「断る。警官でもない奴に見せる必要はない」

「どうやら、あんたは俺たちが、探している男らしいな。ミスター・トウドウ」

「藤堂？　俺は韓国のビジネスマン、キム・ヨンジュンだ」

「ふざけるな。俺たちを相手にビビらねえ野郎がいるはずないだろう」

だめ元で嘘をついてみたが、さすがに怯える演技までしようとは思わなかった。

大男が、浩志の右斜め前に立ち、いきなり右手で肩口を摑んで来た。左手で男の小指と薬指だけを持ち、逆に捻ってやった。派手な音を立てて男の指が折れ、男は牛のような咆哮を上げた。黒シャツは大男を脇に押しやり、いきなりナイフを突き出してきた。

浩志は、右斜めに立ち上がり、ナイフをかわしてカウンターで右裏拳を男の顎(あご)に入れた。男は、あっけなく気絶した。男が倒れないように抱きかかえ懐から銃を取り上げた。〝五九式拳銃〟いわゆる中国製マカロフだ。銃をジーパンの後ろにねじ込み、通路に出た。

ＫＬＩＡエクスプレスは、最高速一六〇キロで走行できるが、路線の総延長は五十七キロ、クアラルンプール駅まで半分の距離しか走っていない。先は長い。

二

二人の男を倒すと、周りにいた男たちが一斉に立ち上がった。敵は、前にも後ろにもいる。それでも、先頭車両に向かうべく浩志は通路を急いだ。車両の出入り口に三人の男が立ち塞がった。通路が狭いため、男たちは、並んで立った。一番前の男のくり出したパンチを左手でブロックすると、男は機敏に前蹴りを放って来た。素早く右足を引いて半身になり蹴りをかわすと、左裏拳で男の顔面を強打した。男が倒れるのと同時に右手で銃を抜き、後ろにいた男の顔面に突き出した。

「どけ！」

男たちはすぐに両手を上げた。銃を右に振ると、男たちは、手を挙げたまま右側の席に寄った。男たちの脇を通り抜け、車両の連結部を渡ろうとすると、背後で銃声がした。目の前の連結部に二つの穴が空いた。後ろの車両にいた男たちが、発砲して来たのだ。手を挙げている男を引き寄せ、男を盾にしながら連結部まで行った。さすがに仲間まで撃つつもりはないらしい。男の背中を蹴って、車両に戻すと、先頭車両に移った。浩志の銃をいち早く見つけた中年の白人女性が悲鳴を上げた。先頭車両には、中国マフィアの姿はなく観光客らしい乗客が十人前後乗っていた。

「伏せろ！　座席から、頭を出すな！」

浩志は、後ろ向きに通路を移動しながら、乗客に頭を下げるように声を上げた。マフィアたちは、連結部から銃撃して来た。浩志は、反撃しながら運転席の後ろの席に飛び込んだ。悲鳴を上げ頭を抱える乗客越しに飛んでくる銃弾が、盾にしている座席や運転席の壁に当たった。

がくんと体に大きなGがかかった。急ブレーキがかけられたようだ。運転手に流れ弾が当たったのかもしれない。

停車すると、すべての車両のドアが開いた。浩志は、銃を撃ちながら外に飛び出した。五九式拳銃の装弾数は八発、最後の弾も撃ち尽くした。線路の右手に鮮やかな芝生が広がるゴルフ場がライトに照らし出されている。左手は熱帯の雑木林。迷わず雑木林に向かって走った。後ろから銃声が轟（とどろ）いた。マフィアたちは、しつこく追って来るようだ。夜間、照明もないところで、動く標的を走りながら撃って来る。素人は弾の無駄遣いをするものだ。

浩志は雑木林の暗闇に入り、身を潜(ひそ)めた。浩志は夜目が利く、星明かり程度の光があれば充分だ。男たちは、声を交わしながら雑木林に入って来た。さすがに野外で闘うことは想定していなかったようだ。誰一人ハンドライトを持っている者はいない。敵は、五人ほどいるようだが、そのうちの一人がライターに火を点けて、仲間に注意されている。男たちは捜索範囲を広げるべく、分かれて行動を始めた。野戦が得意の浩志の思う壺だ。

男が一人、ナイフを構えながら近づいて来た。暗闇で銃を使うことは同士討ちに繋がる。最低限の知識は持っているようだ。

浩志は、背後から近づき後頭部を拳銃の銃底で殴りつけ、男がうめき声を出さないように左手で男の口を塞ぎ、茂みに寝かせた。男のポケットから、五九式拳銃を抜き取ると、持っていた拳銃の指紋をシャツできれいに拭(ふ)き取り、草むらに捨てた。

浩志は、次の標的を探した。数メートル先に足音がした。彼らは、足音を忍ばせているつもりなのだろうが、つま先を先に降ろし、体重を前のめりに移動させている。これでは、ここにいますよと言っているようなものだ。先ほどの男と同じ要領で倒したが、まだ三人もいる。チンピラ相手に気を使っているのが面倒になった。

浩志は、一人目の男の正面から近づき、男のナイフを払い落とすと、首を掴み膝蹴りを二発喰らわした。男は、大げさにうめき声を上げ気絶した。残りの二人が、中国語で何か叫んだ。声の主の正面に走り寄った。男は、驚愕の表情を見せ、ナイフを持った右手をがむしゃらに振り回してきた。浩志はなんなく男の右手を掴み、捻りを入れて投げ飛ばした。男の肩の関節が外れ、のたうちまわりながら男は悲鳴を上げた。最後の男が、雑木林から逃げて行った。

浩志は、ポケットから携帯を取り出し、瀬川に電話した。

「藤堂さん、もうエクスプレスに乗りましたか」

「途中下車したよ」

「途中下車！　藤堂さん、途中で、停まるのは、エクスプレスじゃなくて、トランジットという電車ですよ。どこの駅で降りたのですか」

瀬川が咎めるような口調で言ってきた。連絡が遅かったため、いらついているようだ。

「運転士が、撃たれて緊急停車した。ゴルフ場のすぐ脇だ。これから、大通りに出てタクシーを拾うつもりだ」

「襲われたんですか」

「中国マフィアにな」

「災難でしたね。それにしても、藤堂さん。郊外じゃ、大通りでもタクシーを拾うのは、難しいと思いますよ。どこかで待ち合わせしましょう。レンタカーを借りていますから」

「李はいるか。彼と電話を替わってくれ。とにかくポリスが来る前にここを離れたい」

浩志は、現在いる場所の概要を李に説明した。

「ミスター・トウドウ、とにかく北を目指せば、クアラルンプールには来られますが、まだ直線でも十五キロ以上あると思われます。そこから、三キロ北にプトラ・マレーシア大学があります。敷地内に白い大きな建物がありますので、すぐ分かると思います。そこの正門前で待ち合わせしましょう」

さすがにガイドを買って出るだけのことはある。李は、詳しい道順を教えてくれた。

携帯をポケットに仕舞い、北に向かって歩き出した浩志は、思い立ったように携帯を再び取り出し、フィリピンの傭兵代理店の社長アントニオ・E・ガルシアに電話をかけた。五分ほどで話を終えると、携帯をポケットに片付け、ズボンに差し込んでおいた銃の指紋を拭き取り、近くの藪(やぶ)に捨てた。

三十分後、瀬川の運転するレンタカーのランドクルーザーが、浩志の待つ大学の正門前に停まった。

「藤堂さん、こちらにお乗りください」

後部座席から中條が顔を出して手招きをしてきた。浩志は、中條の隣りに乗り込んだ。

「それにしても、どうして中国マフィアが藤堂さんを襲ったのでしょうか。人違いをしたのかもしれませんね」

助手席の李は中国系マレーシア人のため、すまなそうに呟(つぶや)いた。

「いや、人違いじゃない。奴らは、俺の顔写真を持っていたようだ。それに名前も知っていた。とりあえず、フィリピンのアントニオに中国マフィアの動きを探らせている」

マレーシアに傭兵代理店はない。近場は、インドネシアのジャカルタとフィリピンのマカティにある。フィリピンの代理店の社長アントニオとは、付き合いが古い。彼は、フィリピンの武器シンジケートとパイプがあるため、東南アジアの裏事情にも詳しかった。

「ひょっとして、大佐の行方不明と関係があるのかもしれませんね」

「俺も、そう思っている。大佐は、麻薬シンジケート、武器シンジケートにも顔が利く。中国マフィアにもパイプがあったと聞いている。彼らと何らかのトラブルがあったのかもしれない」

「それでアントニオに調べさせているんですね。また、襲ってきますかね」

「列車を銃撃して止めてしまったのを乗客に見られている。彼らの風体からして、誰が見ても中国マフィアだと分かるからな。さすがに当分の間はおとなしくしているだろう」

「なるほど……」

李は、まだ疑問を残しているのか首を傾げている。やはり、同胞意識が強いのだろう。

「藤堂さん、食事はされましたか」

瀬川がバックミラーを見ながら、話しかけて来た。

「いや、昨日、徹夜したから、機内では熟睡していた。着陸前にコーヒーを飲んだだけだ」

「それじゃ、屋台で晩飯食いますか」

「そうだな。簡単に腹ごしらえをさせてくれ」

「実は、みんな食べてないんですよ。少しでも、大佐の行方に繋がる手掛かりが欲しくて、聞き込みしていたら、遅くなってしまいました」

瀬川の声の調子からして、どうやら今日も有力な手掛かりは摑めなかったようだ。

「それじゃ、ちょっとスピード出しますよ」

車がぐんと唸りを上げてスピードを増した。

三

浩志たちが宿泊するフラマホテルは、屋台が出るチャイナタウンの東側のスルタン通りに面している。この通りも賑わってはいるが、チャイナタウンで一番の賑わいを見せるのは中華街の象徴とも言うべき門があるペタリング通りで、スルタン通りと並行して二本西側にある。

浩志たちは、車をホテルに置いて、ペタリング通りに繰り出した。

「屋台で手軽にワンタンミーもいいですが、体力をつけるためにバクテーを食べに行きませんか」

瀬川は、まるで地元の人間のように、ガイド役の李より先に歩いている。この男のことだから、捜査と食はきっちりと分けて考えているのだろう。毎晩、屋台をはしごしている様子が目に浮かぶ。

「バクテーか、何年も食べてない。早く連れてってくれ」

バクテーは、野菜と豚肉の塊（かたまり）が柔らかく煮込まれた料理だ。薬草の香りに癖があるが、肉と野菜のコラボレーションは絶妙だ。浩志も、専門店で何度かご飯とスープのセットを食べたことがある。バクテーと聞いて、急に腹が減ってきた。

「みんな、俺から離れて、他人の振りをしろ。中條、もし何かあったら、李を連れてホテルに帰れ」

腹が減って血糖値が下がり、少々五感が鈍り始めているが、背中に射すような視線を感じた。浩志は小声で指示を出し、三人から距離を取った。

瀬川たちもさりげなく距離を取り、三人で談笑している振りをしながら浩志の後をついて来る。それにしても、考えが甘かったようだ。列車で中国マフィアに襲撃された時点で、チャイナタウンに来ることは避けるべきだった。

人でごった返す中、どこから監視されているのか分からず緊張した。張りつめた気持ちをあざ笑うかのように、浩志の携帯が振動した。

「藤堂君か。もうクアラルンプールに着いたのか」

松濤にある森本病院の院長、森本からの電話だった。

「どうしたんですか」

「君から預かった柊真君が、勝手に病院を抜け出したんだ」

柊真は、無事手術を終えている。筋や神経に損傷がなく、もともと二、三日で退院できるはずだった。怪我が思いのほか軽かったので、病院を逃げ出したのだろう。気持ちは充分分かる。

「心配することはありませんよ」

「それが、……先に謝っとくよ。君が、クアラルンプールに行ったことをうっかり教えてしまったんだ。私としたことが、彼の巧みな誘導尋問に乗せられてしまったんだ」

「大丈夫ですよ。ここまでは、いくらなんでも、追いかけては来られないでしょう」

「そうは思うのだが、一応報告しておくよ」

電話を切る前に森本が大きく溜息をついたのが、携帯からもよく聞き取れた。

同じような経験を去年もした。半殺しの目に遭った河合哲也を暴力団の事務所から救い出してやったのだが、哲也は仲間のことを思い病院を抜け出した。そういえば、哲也と柊真は同じ歳だ。何かと難しい年頃なのだと改めて思い知らされた。

携帯をポケットに仕舞い、やれやれと思った途端、浩志の前の屋台で鉈のような中国包丁を振るっていた男が、いきなり包丁で斬りつけてきた。浩志は咄嗟に避け、同時に右の裏拳で男の顔面を殴った。すると、左に座っていた客の一人が、ナイフで斬りつけてきた。さすがに避けるだけで精一杯だった。店の周りにいた客が悲鳴を上げ、辺りは騒然となった。浩志は舌打ちをし、ナイフで斬りつけてくる男を突き飛ばすと、市場小路と呼ばれる細い道に逃れた。案の定、数人の中国人が手に棒やナイフを持って追いかけて来た。その後ろには、瀬川が抜かりなくついて来ている。市場小路は、狭い路地に様々な屋台がひしめいている。表通りからはよく見えないために、観光客はめったに入って来ないエリアだ。

浩志は、市場の屋台で買い物をしている通行人の間を縫うように通り抜けた。追っ手の男たちは、立ちはだかる通行人や市場の関係者をまるでブルドーザーのように押し退けながら迫ってくる。浩志は角を左に曲がり、市場小路を抜け、さらに狭い裏通りに入った。幅二メートルに満たない狭い路地のあちこちに派手な化粧をしている女たちが立っていた。啞然とする浩志を女たちは怪しげな笑顔を浮かべながら手招きしてみせたが、その後ろに武器を持った男たちが現れたので、女たちは慌てて近くのドアから建物の中に消えて行った。どうやら、観光ガイドにも載っていない赤線地帯に迷い込んだようだ。

浩志は振り向くと軽く肩を回し、準備運動をした。狭い路地なら、敵も一度には襲って来られない。それにここなら、観光客や住人を気にせずに闘える。

敵は、八人、体格は一七〇から一八〇とバラバラだが、全員鍛え上げられた体をしている。いずれも手に武器を持っているが、町中だけに銃は使わないらしい。列車で襲って来た連中よりも、数段手応えがありそうだ。

まずは二人の男が、前に出て来た。二人とも、二十センチほどの刀の柄（つか）のようなものを右手に持ち、それを勢いよく振った。すると中から剣の刀身が伸び、全長九十センチ近い長剣になった。中国拳法で使われる伸縮宝剣だ。伸縮するものは、練習用と聞いていたが、彼らの持っている剣は、いずれも剣先が鋭利で実戦用に改良されたものらしい。形こそ時代掛かっているが、密かに携行できる実用的な武器と言える。

男たちは、独特の掛け声をかけながら斬りつけてきた。ある時は交互に、ある時は同時に、右、左と浩志に反撃の隙を与えない見事な連携した攻撃だ。だが伸縮宝剣に刃はないため、攻撃は、打撃と突きが中心だ。浩志は、攻撃のパターンを読み取り、素早く左に移動した。男たちの連携は崩れ、左の男の右手を取り、逆に捻った。男は苦し紛れに右足で後ろ蹴りをしてきた。浩志は、蹴りを脇腹に喰らったが、男の剣を奪うことに成功した。宝剣は、思ったより軽く、片手で振り回すにはちょうどいい。

浩志は、素手になった男の首を打ち据え、すかさずもう一人の男に斬り掛かった。小手、面、横面と連続技で相手の体勢を崩し、最後は胴打ちで気絶させた。

ビューと何かが飛来し、顔面すれすれで避けたが、剣を持った右手にロープが絡み付いてきた。後ろで控えていた男の一人が、縄の付いた鋭利な錘（おもり）を投げつけてきたのだ。中国拳法で使われる縄標（じょうひょう）と呼ばれる武器だ。投げつけてきた男は、にやにやと笑いながら、縄をたぐり寄せようとしている。その男の隣りに、伸縮宝剣を持った別の男が立っていた。引き寄せておいて、剣で突き刺そうという魂胆なのだろう。

「藤堂さん。お手伝いしてもいいですか」

路地の陰から現れた瀬川が、男たちの後ろから声をかけてきた。市場で拾って来たのだろう、長い棒を持っている。

「こんな時遠慮するな！」

「了解しました」

瀬川は、最後尾にいる伸縮宝剣を持った男にいきなり殴り掛かった。身長一八六センチ、体重八十キロ。鍛え上げられた体からの渾身（こんしん）の一撃は、受け止めようとした剣をはじき飛ばし男の脳天を直撃した。男は、後ろにいた男も巻き込んで倒れて気絶した。

「瀬川、手加減しろ！　殺すなよ」

「了解しました」

瀬川は、にやりと笑って頷いた。修羅場でこれほど頼もしい男もざらにいない。瞬（また）く間に三人倒してしまった。

浩志も、負けじと縄標を投げつけて来た男に体当たりをして倒すと、隣りにいた男の太腿を剣で刺し、すかさず首筋を打ち据えて気絶させた。最後に、一人だけ残ったが、完全に戦意を喪失させた男は、浩志と瀬川に囲まれ武器を捨てて手を挙げた。瀬川が男の右手を逆にひねり、建物の壁に押し付けた。

「なんで俺を狙うんだ。おまえたちの目的は何だ」

浩志が英語で尋ねると男は、中国語でわめき散らした。

「こいつ、英語が分かるくせに、わざとらしいですね」

瀬川は握っている男の腕をさらに締め上げ、男の顔を壁に押し付けた。

浩志は、男が顔を背けてしまったため、瀬川の後ろから回り込もうと一歩下がった。その瞬間、乾いた破裂音がした。

「伏せろ！　瀬川！」

破裂音は、続けて三発した。壁に二つの穴が開き、最後の一発は立っていた中国人に当たった。敵は、ライフル銃で撃ってきたのだ。

「逃げろ！」

浩志は、瀬川の背中を叩き路地を走った。敵は、路地の反対側のビルから撃っている。今度は連続して銃撃してきた。足下を銃弾が飛び跳ねた。二人が路地の外に出るまで執拗(しつよう)に銃撃は続いた。

「瀬川、ホテルには戻らずに移動するぞ」

浩志は、そう言うと大通りに出て、タクシーを止めた。

四

チャイナタウンからタクシーに乗った浩志と瀬川は、クアラルンプールの北側にあるペトロナス・ツインタワーに隣接する最高級のマンダリン・オリエンタルホテルに向かった。ちなみにペトロナス・ツインタワーは八十八階、四百五十二メートルの高さがあり、高層ビルとしては、世界三位、ツインタワーとしては、世界一の高さを誇る。

地理的にチャイナタウンから離れていることもあったが、警備の厳しい高級ホテルではさすがに中国マフィアも手が出せないと考え、このホテルを選んだのだ。部屋をとった浩志は、フラマホテルから、中條と李を呼び寄せた。

「どうやら、大佐を拉致したのは、中国マフィアらしいですね」

ツインのベッドに座る瀬川はまだ興奮が冷めないらしく、いつもより高い声を出した。

「いや、もし、そうだとしたら、瀬川、おまえたちは、昨日から捜査をしているのだろう。とっくに襲われていてもおかしくないはずだ」

浩志には、中国マフィアよりも、最後に銃撃して来た犯人がむしろ気になっていた。

「確かにそうですね。しかし、襲われる理由が他にありますか」

「俺は、最後に銃撃してきた奴が、大佐と関係しているような気がする」

「あれは、中国マフィアが仲間の自白を恐れて、撃ってきたのじゃないですか」

「中国マフィアは、自分たちの縄張であるチャイナタウンでの銃撃を避けて攻撃してきた。それなのに口封じのために仲間を銃で殺したんじゃ、警察に組織の手入れをしてくださいと言っているようなものだ。そこまで彼らは馬鹿じゃない。それに、撃って来た奴は、狙撃兵としての経験があるはずだ」

「……そういえば、最初は、三連発で撃ってきましたね。ということは、最初狙撃用に銃を三点バーストにセットして撃ってきた。しかし、狙撃に失敗し、犯人は即座にフルオートに切り替えて撃ってきたということですか」

「そういうことだ。あの時たまたま一歩下がらなかったら、撃たれていたのは俺だった」

「藤堂さんを狙っているのは、中国マフィア以外にもいるということですか」

「今推理しても答えはでない。それより、二日間の捜査で分かったことを教えてくれ」

「まず、大佐は、今月の六日、日曜日にランカウイ島を出ています。宿泊することは、奥さんには知らせずに出たそうです。それで彼女もてっきり日帰りだと思っていたそうです。我々は、大佐の痕跡を求めて、宿泊先をまず探しました。クアラルンプールには大佐がよく使っていたホテルが三つあり、いずれもチャイナタウンにありました。一つずつ調べたところ、フラマホテルに一週間の予約が入っていました」

「それで、あのホテルにおまえたちも泊まっていたのか。まてよ、瀬川、奥さんには知らせずにと言ったな」

「そうです。李は、外泊することを大佐から知らされていたようですが」

全員の目が、瀬川の横にちょこんと座る李に集まった。

「社長は、一週間ほど帰らないかもしれないと言っていました。奥様には、心配するといけないから、宿泊先から、連絡を入れると言っていました」

李は、それだけ言うとふうと息を吐いて項垂れた。

「目的も何も聞かされていなかったようです」

瀬川が李に代わり先を続けた。

「大佐は、午後二時にチェックインし、午後三時に外出しています。フラマホテルでの記録はそこまでです」

「それで?」

浩志は、瀬川の報告を促した。

「大佐が、ホテルからどこに行ったのか調べるために、まずはその時間にホテルのタクシー乗り場に停車していたタクシーをすべて調べましたが、乗車した記録はありませんでした」

「おいおい、その前にホテルの玄関先にいるドアボーイとベルボーイの聞き込みが先だろう。職業柄、彼らが大佐の外出時の姿を見ている可能性が高い」

「すみません。ドアボーイとベルボーイの中に休んでいる者もいたものですから、後回しにしていました。それで今日の夕方全員の聞き込みを終えました。すると、大佐は、徒歩でホテルを出られたようです。タクシーの捜査は無駄足でした。調べられたことは以上です。我々も一応、捜査、諜報の訓練は受けたのですが、実戦が伴いません。明日からは、藤堂さんの指揮下で動きますので、よろしくお願いします」

浩志は、瀬川が話している間、隣りに座る李の様子を観察していた。大佐の妻アイラが聞いていないことを知っていたこともあるが、どこか落ち着きがない様子が気になった。

「李、大佐のことで何か知っていることがあるのじゃないのか」

「わっ、私ですか。いえ、何も、知りません」

やはり、この男は、何かを隠しているようだ。浩志の目をまともに見ようとしない。改めて、質問しようとするとポケットの携帯が振動した。

「ミスター藤堂、聞いたよ。中国マフィアに派手に歓迎されたんだって」

フィリピンの代理店社長アントニオ・E・ガルシアの陽気な声が聞こえて来た。しかもラテン系特有の独特な節をつけるような話し方をする。

「ずいぶんと、早耳だな、アントニオ」

「何を言っているんだ。中国マフィアの動きを調べてくれ、と言ったのはあなただよ。クアラルンプールの中国マフィアの幹部には、武器のシンジケートの関係で知り合いがいるんだ。名前は言えないけどね。その男が、ミスター藤堂、あなたに組織を壊滅させられるとぼやいていた」

「馬鹿な、俺は降り掛かった火の粉を払ったまでだ」

「本当に、そうなのか。連中は、あなたがマフィアのボスの暗殺を依頼されて、クアラルンプールにやって来たと信じているよ」

「何だって！　やつらは、俺がヒットマンだと思っているのか」

「そう、だから、彼らも必死なんだ」

「誰かが、マフィアに俺の始末をさせるために、ガセネタを流したんだな。だが、ガセにしては、俺が乗って来た飛行機のことも連中は知っていたぞ」

「それは、彼らも同じでしょう。ヒットマンの写真を送られ、搭乗機の情報も教えられた。念のために、迎撃するチームを空港に配備しておいたら、ミスター藤堂、あなたが本当に現れた。しかも、迎撃チームを殲滅させてしまった。疑う余地はないでしょう」

「確かに、そこまで情報を与えられたら、誰でも信じるな。問題は、ガセを流したのは誰かということだな。少なくとも、俺が飛行機に乗ることを知っていたはずだ。……とすると日本に情報源があり、中国マフィアに情報を流すことができる人物、あるいは組織か」

ここ数日、浩志は大道寺の捜査で忙しかったため、決まった動きはしていなかった。飛行機も思い立って乗ったようなものだ。敵は、その間の浩志を監視していたということになる。

「肝心の大佐のことは、どうなんだ」

「大佐のことをその幹部に聞いたら、逆に驚いていました。本当に知らなかったようです。大佐の件がなければ、私もあなたを疑うところだったよ。それじゃ、あなたをヒットマンとして、マフィアに情報を流した奴を今度は、探してみるよ」

「分かったら、また連絡をくれ」

浩志は、アントニオに礼を言って携帯を切った。

「誰かが、藤堂さんを中国マフィアに狙われるように仕向けて来たのですか」

会話を聞いていた瀬川が尋ねて来た。

「そういうことだ。中国マフィアは、大佐の失踪とは関係ないらしい。とにかく鍵はチャイナタウンにあるということだ。ひょっとすると大佐は、チャイナタウンのどこかに捕われているのかもしれない」

「どうして、そう思われるのですか」

「俺たちが、中国マフィアを敵に回している限り、チャイナタウンに入ることはできない。真の敵は、自分の手を汚さずに、中国マフィアに俺たちを始末させようとし、同時にチャイナタウンに防衛ラインを築いている。ポジティブに考えれば、チャイナタウンに入れないうちは、大佐は生きているということになるのじゃないか」

「なるほど、確かにそう考えられますね。しかし、捜査ができないとなると、どうすればいいのですか」

「刑事の真似ごとは止める。これからは、俺たちの出番ということだ」

「とすると、武力で、ということですか」

「それしかないだろう。一旦、ランカウイの大佐の家に行くぞ。あそこで武装化する」

大佐の自宅には、様々な武器が隠された武器庫がある。真の敵が、マフィアでなく狙撃銃を使う人間だとしたら、こちらも武装化しなくては闘えない。

「よっしゃあ」

瀬川と中條が、互いに手を叩いて喜んでいる。彼らも、捜査という慣れない仕事よりも武器を持って闘った方がいいに決まっている。特に、中條はいつも控えに回されるために喜んでいるようだ。

「ところで、ランカウイには、どうやって行きますか？」

「国内便を使うに決まっているだろう」

「大丈夫ですかね」

「俺たちが空港を使うのは、クアラルンプールを離れるということだ。奴らの思う壺だ。文句はないだろう。それに、空港で騒動を起こせば、国を敵に回すことになる」

「なるほど。空港まで車で行けば、問題ないですね」

「明日の一番の飛行機で行くぞ」

浩志の言葉を聞いて、李は複雑な表情をしている。大佐の友人であり、社員でもあるこの男が、まさか裏切っているとは思えないが、何かを腹に持っている。元刑事の勘は、ポジティブに物事を判断しないものだ。

五

翌日の午前九時、ランドクルーザーで浩志らは、空港に向かった。ランカウイ島に行く国内便は、日に数便しかない。しかも、一番早いものでも、午前十一時と昼近くなってしまう。おそらく国際便との連絡の関係だろう。クアラルンプール市内から、KLIA（クアラルンプール国際空港）までは、南におよそ七十五キロ、高速道路を使っても一時間はかかる。クアラルンプールの中心部を避け、西の外れのトゥン・ラザク通りを抜け、高速道路に入った。今のところ、何の問題もない。中国マフィアも二度の襲撃に失敗している。諦めてくれればいいが、昨夜、仲間を一人殺されている。浩志が殺したものと思っているなら、さぞかし復讐心に燃えていることだろう。

携帯が振動した。表示を見ると、明石からの電話らしい。

「はい、藤堂です」

「君に柊真のことで頼みがある。柊真が病院から抜け出したと、連絡を貰って探していたんだが、成田発の午前の便でクアラルンプールに向かったらしい。君がそっちにいると誰かから聞いたらしいんだ。すまんが、空港で見つけたら、そのまま日本に送り返すなりなんなり、手のかからない方法で対処してくれないか。そっちには午後四時四十分着と聞いている」

「まさか、しかし、どうやって、航空券を買ったのですか」

「それが、長男の柊一が弟に頼み込まれて、手配したらしいんだ。孫たちは、息子と何度か海外に行っている。それに長男は、短期だが留学経験があるから、航空券を買うのは簡単だと言っていた。最近柊真の様子がおかしいことは分かっていたが、まったく馬鹿なことをするものだ。外見は大人と変わらないが、所詮、まだ子供だ。どういうつもりで君を追いかけて行ったのかは知らないが、頼れるのは君だけだ。手数をかけるが、よろしく頼む」

「……分かりました」

柊真がここまでするとは思ってもいなかった。それだけ、亡くなった父親への愛情が深かったのだろう。浩志を付け狙うのも、憎しみより、やり場のない怒りが原因であることは、先日無謀にも大道寺に挑みかかったことでよく分かった。柊真の心の悩みは、浩志や明石が考えているよりも深刻なのかもしれない。浩志を追ってクアラルンプールに来たのは、敢えて危険に飛び込もうとしているとも考えられる。もし、危険な目に遭って、死んでもいいと思っているのなら、事態は深刻だ。

「何か、新たな問題でも発生しましたか」

携帯を仕舞うと、瀬川が運転しながら、尋ねてきた。

「俺は、空港に残る。後で合流するから、先に武器の用意をしておいてくれ」

浩志は、柊真に関する一連の出来事をかいつまんで説明した。

「藤堂さんは、戦場じゃ鬼のようですが、どうも人に優しすぎるんですよ。もっともそれが、魅力なんですが」

「俺のどこが、優しいんだ。笑わせるな」

「哲也君をヤクザから救って、未だに面倒みているじゃないですか」

「行きがかり上、たまたま、そうなっただけだ」

確かに、哲也を救った後、都築雅彦（つづきまさひこ）という老人に預けた。都築老人は、元々大道寺による殺人事件の被害者遺族だった関係で知り合っていた。家族を失い落胆の日々を送っていた老人は、哲也を預かり、生き甲斐を見いだした。そればかりか、今度は哲也を更生させようと農業をしながら大学を目指すという私塾を開設した。浩志も行きがかり上、その学校設立のために、大金を投資していた。先月、学校は完成し、これまで老人が世話をしてきた哲也とその仲間以外にも、九月から新しく生徒を募集していると聞いている。一見親切と映るのかもしれないが、気まぐれでやっているに過ぎないと自分では思っている。

瀬川らとは、ＫＬＩＡの駐車場で別れた。ＫＬＩＡは、森の中の空港というコンセプトで黒川紀章(くろかわきしょう)が全体設計をし、日本のゼネコンが施工した世界で第二の規模を持つハブ空港だ。国際空港ということで二十四時間営業をしていることはもちろん、その巨大さゆえに敷地内には様々な施設がある。レストラン、カフェ、ラウンジ、バー、ファーストフード、もちろん土産(みやげ)物屋からブティックなどの商業施設や、トランジットホテルもある。数時間時間をつぶすことなどわけがない。

浩志は、トランジットホテルのジムとサウナで汗を流し、ラウンジでくつろいだ後、柊真を国際線の到着ロビーで待った。

メインターミナルビルの三階にある到着ロビーで、現地の新聞を読みながら待っていると、入国審査を受けた日本人の団体が現れた。バックパックを担いだ柊真は、足の怪我は大したことはないのか、普通に歩いている。だが、落ち着きのない歩き方は、度胸があるようでも、やはりまだ高校生だ。浩志は、思わず吹き出しそうになったが、柊真の数メートル先を歩く男を見て咄嗟に新聞で顔を隠した。

男は、頭を剃り上げた目つきの鋭い特徴のある顔をしている。美香が上海にあるブラックナイトのエージェントだと言ってみせてくれた写真の男、王洋に間違いない。それにしても、大道寺といい王洋といい、柊真は危険人物に関わりをもつ星の下に生まれて来たとしか言いようがない。

浩志は、男をやり過ごすとさりげなく柊真に寄り添った。

「柊真、落ち着いて聞け、立ち止まるな」

柊真は突然浩志に呼びかけられて、一瞬立ち止まりそうになった。

「どうして、俺が来ることが分かったんだ」

「声が大きい。どうでもいい、そんなことは。このまま何も言わずに日本に帰るか、俺に従い行動するかすぐに決めろ」

「どういう意味？」

「観光で来たわけじゃないだろう。質問は、するな」

「分かった。貯金を全部はたいて、兄貴に借金までして来たんだ。帰るなんてごめんだ」

「よし、決めた以上、俺の言うことは絶対だ。いいな」

「はっ、はい」

浩志の有無を言わせぬ口調に圧倒されたのか、柊真は素直に返事を返してきた。

「数メートル先を歩くスキンヘッドの男を今尾行している。おまえが、もし、馬鹿なことをしでかしたら、その場に置き去りにするからそう思え」

柊真は、生唾（なまつば）を飲み込み頷いた。

王は、到着ホールの出口に停車していた白いベンツに乗り込んだ。浩志は、近くに停まったタクシーから降りる客を押し退けるように乗り込むと、柊真を車内に引っ張り込んだ。

「あの白いベンツを追ってくれ」

インド系の運転手は頷くと、スピードを上げた。

「ベンツとの間に車を入れてくれ。俺は探偵で、クライアントから調査を依頼されている」

「悪い奴が乗っているの?」

「ああ、クライアントの女房と浮気しているんだ」

運転手は、鼻で笑って大きく頷いた。

「藤堂さん、本当に質問はだめですか」

柊真は、遠慮がちに聞いてきた。

「なんだ」

「マレーシアで何をしているんですか」

浩志に従うと決めたせいか、柊真の言葉遣いは急に丁寧になった。

「観光には、見えないか」

ジーパンにTシャツ、袖をまくったオフの麻の長袖のジャケットを着ている。ジャケットを着ているのは、朝晩の寒暖差のせいもあるが、空港や公共機関の建物は冷房が効きすぎているためだ。

「見えません」

「友人が、クアラルンプールで行方不明になった。その捜査をしている」

「すると、今追っている男が関係しているのですか」

柊真は目を見開き、尋ねてきた。

「いや、あの男は、国際犯罪組織のメンバーだ。居場所を突き止めて知り合いに連絡するつもりだ」

柊真は、頷くというより首を傾げた。社会人の一般像から、浩志は大きく外れている。彼の物差しでは計ることなど不可能だ。

浩志は、携帯を取り出し、美香に連絡をした。

「王洋を見つけた。今、尾行している」

「えっ、あなた、クアラルンプールにいるんじゃなかったの」

「だから、ＫＬＩＡで王洋を見つけたから、尾行しているんだ」

「本当！　やられたわ。王洋の出国記録は出てないの。偽造パスポートで出国したのね」

「場所を特定したら、連絡をする」

「うーん。どうしようかな」

「どうした」

「日本から出国したら、私たちの管轄外になってしまう。それに中国の情報局六一〇弁公室は、日本での活動を知りたがっていたから……。分かったわ。とりあえず、居場所を特定できたら教えて、その情報をそのまま六一〇弁公室に伝えるわ。くれぐれも危ないことはなしよ」

「ああ、分かっている」

世話女房のような美香の口ぶりに思わず苦笑した。

ブラックナイトには積年の恨みがある。十六年前、浩志を殺人の罪に陥れたのは、大道寺と片桐が引き起こした世田谷区喜多見殺人事件が発端だった。だが、片桐はブラックナイトのエージェントであり、大道寺は片桐から依頼されて猟奇的殺人事件を演出した殺人のプロだった。浩志が今あるのは、ブラックナイトの陰謀が発端だと言っても過言ではない。美香が言うような、管轄どうのこうので割り切れるものではない。

六

ブラックナイトの王洋の乗ったベンツは、空港からマレー半島を南北に縦断する南北高速道路をひたすら北に走っている。

「ありゃ、お客さん、前のベンツ、クアラルンプールじゃありませんよ」

タクシーの運転手は、クアラルンプールの市内に向かうものと決めつけていたらしく、ベンツがクアラルンプールのインターチェンジを通り越したため、驚きの声を上げた。目的地がクアラルンプールより離れたことにより、追跡に時間がかかりそうな雰囲気になってきた。浩志は、瀬川に合流は遅くなると携帯で連絡をした。

ベンツは、結局クアラルンプールを数十キロ過ぎた地点で高速を降りて北東の山間に向かって走り出した。乾期に入ったマレーシアは、この時期、空の色はすっきりと抜けて青く、気持ちがいい。タクシーの運転手は、エアコンを切って窓を開けた。標高が高くなるにつれ気温も下がり、窓から吹きこむ心地よい風がさわやかな気分にさせてくれる。

「お客さん。ベンツが何処に行くか分かりましたよ。この道に入る高級車が向かう先は、フレイザーズ・ヒルしかありませんよ。半年ぐらい前かな、金持ちの観光客を乗せて行ったことがあります。クアラルンプール駅から乗ったくせに、遠いって文句言われましたよ」

インド系の運転手は、未だに腹が立つらしく、ハンドルを右拳で叩いてみせた。

「フレイザーズ・ヒル？　どんなところだ」

「高原の別荘地ですよ。なんでもイギリス人かスコットランド人か忘れちゃったけど、避暑地として別荘を建てたのが始まりらしいです。あんまり観光客は、行かないところ。行くとしてもやっぱり金持ちだね」

「そうか。ベンツとの距離をもっと開けてくれ」

観光客がいないと聞いて、尾行に気づかれないように車間距離を前もって開けさせた。

浩志は、携帯でフィリピンの傭兵代理店の社長アントニオに電話をした。

「アントニオ、ブラックナイトのことは知っているよな」

「もちろん、知っている。奴らは、既存の組織と手を組もうとしない。だから、どこの国でも、トラブルを引き起こす。だが、連中の組織力は大きい。しかも実態すら摑めないときている。幸い、フィリピンに連中はまだ目を向けていないらしい。来ないことを願うばかりだ」

「奴らが、上海を拠点に中国市場で勢力を伸ばしていることは知っているか」

「噂では、聞いたことがある。中国本土だけでなく、東南アジアの中国マフィアともトラブルになっていると聞いている」

「さすがだな。今ブラックナイトのエージェントを追っている。そいつは、マレーシアのフレイザーズ・ヒルに向かっているらしい。何か心当たりはないか」

「フレイザーズ・ヒル！……」

アントニオは、押し黙ってしまった。

「おい、アントニオ、聞こえているのか」

「ああ、フレイザーズ・ヒルは、マレーシアの中国マフィアのボスの別荘が確かあったはずだ」

「詳しく、教えてくれ」

「いや、ミスター藤堂、あなたに教えていいものかどうか……」

アントニオは、浩志が中国マフィアのボスを殺すために雇われたというガセネタにまだ囚(とら)われているようだ。

「俺を信じろ。一度でもあんたを騙(だま)したことがあるか。それに、俺がブラックナイトの天敵だということぐらい知っているだろう」

「ああ、確かにそうだ。日本から、ブラックナイトを追い出したのは確かにあなただった。あれで、一時ブラックナイトは、闇の世界で信用をなくしたからね。彼らも、あなたのことは目の敵(かたき)にしているはずだ。……分かった。教えよう」

アントニオは、マフィアのボスの別荘の所在地を詳しく教えてくれた。

「あのう、藤堂さん。じいちゃんに傭兵って聞いたけど、どんな仕事をしているんですか」

柊真は、英会話の内容はある程度理解できるようだ。浩志が携帯をかける度に普通では考えられないことを話すために戸惑っているのだろう。

「傭兵は、読んで字のごとく、雇われ兵のことだ。好き好んで戦場で働く馬鹿な連中のことだ。日本では、珍しい職業だが、中東やアフリカの紛争地に行けばそこらじゅうにいる。それより、どうして俺に付いて来た。空港で俺と別れて、市内観光をして帰ることだってできたんだぞ。そもそも、高校はどうした。辞めちまったのか」

「……俺、……何をしたらいいのか分からないんだ。第一何のために生きているのか分からないし。先生に相談しても、とりあえず大学に行けって、言うだけだ。あんなところ、行くだけ無駄だよ」

柊真は、暗い声で口ごもりながら話し始めた。

「それは、お父さんが亡くなったからか」

「それも、ある。兄貴は、道場を継ぐという目標がある。だけど、俺には、何にもないんだ。俺は、道場を継ぐつもりはなかったけど、武道家としての親父を目標にしていたんだ。だけど、急にいなくなっちゃって、俺は、いったいどうしたら、いいんだよ」

「俺を殺す目標は、どうした」

「それは、もう言わないでくれる。藤堂さんが悪くないことぐらい分かっているよ。そんなこと目標になるわけないだろう。自分がいったい、何をしたらいいか分からないんだ」

「誰だってそうだ。最初は誰にも目標は分からない。目標を求めるから、人は生きて行けるんだ」

「それは、嘘だね。自分のために何がいいか分かっているから、生きているんだ。社会人は、大抵は自分のために仕事を見つけるんだろ。だから、文句を言いながらでも働いているんじゃないの」

「違うな、本当の社会人は、自分のためじゃなく、人のために何をしたらいいのか分かっている。それが結果論として、自分のためにもなる」

「人のために？」

「誰かのために何かをしたい。それが、本当の意味で職に就くということなんだ。人を育てたいと思うから、学校の先生になる。人の家を造りたいと思うから、建築家になる。だが、自分のためにと思ってする仕事は、ともすれば利己的になる。そういう連中は、本当に何をするべきか分かっているとは、俺には思えない」

「それじゃ、藤堂さんは、誰かのためになるから、傭兵をしているの？」

「だから、言ったろ、傭兵は馬鹿な人間のすることだと。俺は、命を粗末にする馬鹿者だ。それでも、人の命を時に救えることもある。だから、この仕事を続けているんだ」

「明石家は、代々武道家の家系だから、いつでも死ぬ覚悟は必要だって、親父からも聞かされていた。藤堂さんは、自分では命を粗末にしていると言うけど、それって、死ぬ覚悟ができているっていうこと？」

「死ぬ覚悟ならある。逆に質問をしよう。戸越公園で、大道寺に本当に勝てると思ったのか」

「確かに、あの大道寺とかいう奴は、恐ろしかったけど、何とかなると思っていたんだ」

柊真は、浩志から視線を外すように窓の外を見た。

「何とかなるだと。奴は殺人鬼だ。奴の殺気を感じなかったのか。死にたいと思うのは勝手だ。それに、人間、いつだって死ぬことはできる。死ぬのは簡単だからな」

「誰も、死にたいなんて思ってないよ」

「死ぬ覚悟があるのと、死んでもいいと思うことは違う。死を求めたところで救われはしないぞ」

柊真は答えず、黙って窓の外を眺めている。泣いているのか目頭を手でそっと拭(ぬぐ)っている。両親の不仲が原因で一家離散してしまった経験を持つ浩志の青く、切ない青春時代の思い出が、柊真の横顔と重なった。

救出作戦

一

クアラルンプールから約百キロ北の地点にある高原リゾートのフレイザーズ・ヒルは、二十世紀初頭に探検家ルイス・ジェームズ・フレイザーによって開発されたことに名前の由来がある。後に英国人らが避暑地として別荘を建てたため、現在も英国風の別荘やホテルが点在し、情緒豊かな高原として親しまれている。また、動植物の宝庫でもある高原にはネイチャートレッキングのコースが豊富にあり、世界バードレースが開催される鳥の聖地としても有名だ。

ＫＬＩＡ（クアラルンプール国際空港）から二時間半、午後七時を過ぎて日は暮れてしまった。

浩志と柊真は、フレイザーズ・ヒルの入口近くでタクシーを降りた。村は、団体観光客が訪れるようなところではなく、行き交う人も少ない。一言で言えば、静寂に尽きるだろう。村の中心には、ツタの絡まるレンガ造りの時計台があり、その近くに観光案内所があった。

浩志は、村の概要を案内所の職員から聞き出し、地図を手に入れた。そして、隣接するホテルのショップで、バードウオッチング用の双眼鏡とチョコレートにクッキー、それに清涼飲料水のボトルを数本買い、柊真のバックパックに入れさせた。

「ひょっとして、あの男を見張るんですか」

「明日の朝まで付き合え、高原に鳥じゃなく犯罪者を見に来たと思えばいいだろう」

浩志らは、時計台の北側にあるマレーシア最古と言われるゴルフ場の南側の村道を東へと向かった。フィリピンの傭兵代理店の社長アントニオによれば、中国マフィアのボスは、陳鵬宇という名で、歳は四十八と若い。普段は、チャイナタウンの外れにある高級マンションに住んでいるそうだ。別荘は、フレイザーズ・ヒルの東側にある牧場の近くにあり、陳の父親で一昨年マフィアのボスを引退した陳鵬軍が住んでいる。陳鵬宇が訪れるのは一ヶ月に一度程度で、めったにここには来ないらしい。

浩志は、地図を拡げ位置を確認しながら、村道を六百メートルほど歩き、村道の脇に広がる鬱蒼とした森に分け入った。星明かりを頼りに道なき道を歩き、レンガ造りの英国邸宅風別荘の裏手を見下ろすことができる丘の上に立った。表玄関が北向き、裏手は南を向いている別荘は、村道から二十メートルほど小道を入った森の中にあり、百二十坪ほどの敷地に建っていた。二階建ての立派な建物の裏側には一階、二階とも真ん中に小さな窓を挟んで、左右に大きな窓がある。暗闇に別荘の窓だけがくっきりと浮かび、内部の様子がよく見て取れた。

「うん！」

浩志は、思わず声を上げた。二階の一番右側の窓から大佐らしき白髪頭の男の顔が見えたのだ。急いで丘を駆け下り、二十メートルほどの距離まで近づき、大佐本人だと確認した。後ろ手に手を組んでいるのか、あるいは拘束されているのかもしれないが、物思いにふけるかのように窓の外を見ている。だが、白髪頭だと思ったのは、包帯を頭に巻いているからだと分かった。

にやりと笑った浩志は、携帯を取り出し、ただちに瀬川に連絡を取った。

「瀬川、大佐を発見したぞ」

「本当ですか。我々は、いつでも出動できますよ」

瀬川は簡単に言うが、武器を持って一般の航空機には乗れない。ランカウイ島からは、フェリーと陸路を進むしかないだろう。早くても、明日の午後になってしまう。

「いや、おまえらを待っていたら、遅くなる。俺一人で潜入するつもりだ」

「場所は、何処ですか。李がヘリコプターをチャーターしてくれたので、移動は問題ありません。三人ともすでに空港で待機しています。ご連絡が遅いので、勝手に準備させていただきました」

「ヘリコプターか。さすがだな。場所は、フレイザーズ・ヒルという高原にある中国マフィアのボスの別荘だ」

「それでは、大佐を拉致したのは、中国マフィアということですか」

「いや、ブラックナイトらしい。たまたまエージェントの王洋を追跡した先で見つけたんだ」

「折り返し、お電話します」

五分と待たずに瀬川から連絡があった。

「特別料金を払えば、夜間でも飛んでくれるそうです。ただし、着陸地は、空港じゃないとだめらしいです。一旦クアラルンプール空港まで飛んで、駐車場に預けてあるランドクルーザーを飛ばします。二時間半から三時間というところでしょうか。待っていただけませんか」

時計を見ると、午後八時半、瀬川らの到着は十一時過ぎになる。事態が急変しない限り、潜入するにも都合がいい。

「分かった。それまで、下調べをしておこう。着いたら、連絡をくれ。標的は村の中心部から六百メートル東側の森の中にある」

携帯を麻のジャケットに仕舞い、袖を伸ばした。火の気もない丘の上はさすがに冷えて来た。

「柊真、何か上に着ろ。それから、さっき買ったお菓子で腹ごしらえをするぞ」

柊真は、素直に頷き、バックパックから半袖のTシャツと長袖の格子柄のシャツを出して袖を通した。二人は、草むらに腰を下ろしチョコレートとクッキーを食べ、水でなんとか腹ごしらえをした。店にせめてビーフジャーキーでも置いてあればと思ったが、贅沢は言えない。当面、血糖値を下げずに活動できれば充分だ。

「柊真、礼を言うぞ。おまえのおかげで、探していた友人が見つかった」

「さっき、大佐と呼ばれていたのが、そうだったのですか。軍人ですか」

「いや、渾名（あだな）だ。本名は、マジェール・佐藤と言うんだ。引退したが、前は俺と同じ傭兵をしていた。経験豊富で戦略的知識と能力がずば抜けていた。だから、どこの軍隊からも上級士官並みに扱われた。それで、大佐と仲間から呼ばれるようになったんだ。傭兵は、大抵コードネームにも使われる渾名を持っているもんだ」

「それじゃ、藤堂さんにも、渾名はあるのですか」

「……リベンジャーだ」

「リベンジャー、……復讐者という意味ですか」

「そうだ。俺は、十六年前は、刑事をしていた。だが、殺人の罪を着せられた」

浩志は、十六年前の殺人事件から、十五年も犯人を求めて戦場を流浪していたことを話した。

「それで、リベンジャーと呼ばれるようになったんですね」

「ああ、味気ない渾名だ。そう呼ばれることに昔は抵抗を感じた」

浩志は、一度はリベンジャーの渾名を捨てたが、明石の息子紀之が殺害された晩、一人復讐を誓って、再びこの渾名を使うことにした。むろん柊真には言わなかった。言えば、偽善者に陥る。

「ところで、さっき電話で、一人で潜入するって話してましたよね。俺は、外で待ってないとだめですか」

「いや、計画は、変更した。あと二時間もすれば、仲間が三人来る。そいつらと潜入するつもりだ」

「俺も連れてってください。きっと役に立ちますから」

「ここは、日本じゃないぞ。敵は、銃を持っている。それに、俺たちも銃で武装する。最悪、銃撃戦になるかもしれない。そうなれば、死人が出ることになる。それでも、ついて来るというのか」

「……いいえ」

柊真は、がっくりと首を垂れた。さすがの向こう見ずも銃撃戦と聞けば、諦めたようだ。

「今できることは、潜入ポイントを見つけるための偵察だ。手伝ってくれ」

「はい。何をしたらいいですか」

柊真の顔がぱっと明るくなった。

「足は、もう大丈夫だな」

「全然平気ですよ。百メートル全力疾走（しっそう）だってできます」

「そうか、それなら、まず一番に注意しておくが、歩く時は、踵（かかと）から足を降ろし、次につま先をゆっくりと降ろして歩くんだ。こうすれば、足音を立てずに歩ける。今から、俺とおまえは、バディで行動する」

「バディって、何ですか？」

「二人で組んで互いをカバーすることだ。別荘の周りは、約一メートル五十センチの高さがあるレンガ塀と、その内側は生け垣が巡らしてある。塀の周りには警報センサーや防犯カメラがあるかもしれない。何処から忍び込めば、建物の死角になるか調べる。もちろん、敵の見張りの有無もな。俺は、塀のすぐ近くまで行く。おまえは、俺の後方五メートルから、常に異常がないか監視するんだ」

「それって、何の役に立つのですか」

「俺の近くの物陰から、敵が急に現れたりしないように、離れた場所から俺の周囲を監視する。これは、軍隊では基本的な行動だ。それに、もし、俺が、捕まるようなことがあれば、後から来る俺の仲間に知らせて欲しい。二人とも捕まったら意味がないからな」

もちろんバディの基本的な動きだが、浩志は、できるだけ柊真がトラブルに巻き込まれるようなことは、避けたかった。

「分かりました」

柊真は大きく頷くと、力強く返事をした。その声は、明るく生き生きとしていた。

二

別荘を取り囲む森は深閑とし、時折思い出したように鳥の鳴き声がする。

右手の拳(こぶし)を軽く握りしめ頭上に上げて柊真に止まれと合図をした。最低限必要なハンドシグナルは教えた。星明かりの下で五メートル後方にいる柊真が、ゆっくりと頷くのが分かった。

浩志は、別荘の西側の塀にゆっくりと近づき、中の様子を窺った。表の門は閉ざされており、石の門柱の上にある監視カメラは、村道に続く小道の方角を向いている。別荘の建物の前は二十坪ほどの広さの芝庭が、照明で照らし出されており、玄関前のアプローチに王洋が乗って来たベンツが停められていた。

別荘の西側は、建物と塀の間が二メートルほどの間隔しかないが、玄関前の照明の光でかなり明るく見える。次に別荘の裏にあたる南側だが、窓から漏れる室内の照明が気になる。また、窓に防犯センサーが付いているかどうかまでは分からない。やはり、寝込みを瀬川らと一気に突入する他ないだろう。最後に別荘の東側に回った。東側は西側と違い、塀との間隔が数メートルと広く、シルバーのＢＭＷが停めてある。また東側の後方には裏口らしきドアがあった。

建物の前方で人の声がした。浩志は、玄関が見える位置まで移動した。

王洋が手下らしき男と玄関先に立っていた。手下が小走りにベンツに走って行くと、玄関から新たに男が二人出て来た。浩志は、舌打ちをした。二人のうち一人は後ろ手に縛られ、左右の足も鎖で繋がれた大佐だったからだ。大佐を別の場所に移すらしい。ここで逃げられたら元も子もない、だが、武器も持たずに襲えば、大佐が危険にさらされる。

ベンツに行った手下が、慌てて戻って来た。鍵でも忘れたのだろう。男は玄関のドアを叩き、大声で「ワン・ホウ！」と叫んだ。仲間の名前なのだろう。ドアが開き、男は中に入るとすぐに出て来て、またベンツの運転席に乗り込んだ。その後を王と左右から手下に摑まれた大佐が付いて行く。王は、助手席に座り、大佐と手下は後部座席に乗り込んだ。

門が自動的に開かれ、ベンツが走り去るのを見送った浩志は、すぐさま行動を起こした。ハンドシグナルで柊真を呼び寄せた。

「大佐は、連れ去られた。俺は、これから別荘に潜入する。おまえはここから離れるな。俺に何かあれば、さっき教えた仲間の携帯に連絡をしろ、分かったな」

「はっ、はい」

柊真は不満げに返事を返して来た。

浩志は、塀を飛び越え、玄関に走り寄り、ドアを叩いた。

「ワン・ホウ！」

ベンツを運転していた男の真似をして叫び、ドアをまた叩く。

ドアのロックが外される音がし、中から中国系の男が顔を出した。すかさず男の両肩を摑むと、膝蹴りを鳩尾(みぞおち)に入れ、崩れる男を外に引きずり出し、後頭部に肘撃ちを当て気絶させた。男が着ているジャケットやズボンを探ったが、マカロフが見つかっただけでＢＭＷの鍵はなかった。

浩志は、男から奪ったマカロフを握り中に入った。大きく開けた吹き抜けのホールの正面に階段があり、階段下にトイレと書かれたドア、右はリビング、そして左に両開きの大きな木製のドアがある。微(かす)かな硫黄(いおう)のような異臭が漂(ただよ)う。フルーツの王様と言われるドリアンかもしれないが、肉が腐った匂いのような気もする。浩志は銃を構え、まずは、見通しの利く二十畳以上あるリビングを覗いてみた。大型の液晶テレビがつけっぱなしになっているが、誰もいない。

ホールに戻り、左側のドアを開けた。大きなテーブルが置いてあり、両側に八つの椅子が並べてある。ダイニングのようだ。奥にドアが一つある。中から、お湯を沸かしているような音が聞こえてきた。ゆっくりとドアを開け、体を滑り込ませた。キッチンの前で太った中年の女が、コーヒーを入れていた。背後から近づき、左手で口を押さえ右手で身動きが取れないように女を抱きしめた。

「騒ぐな！　危害は加えない」

女は、悲鳴を上げようとしたが、すぐに諦めたようだ。左手をゆっくりと離すと、女は中国語でまくしたててきた。浩志は面倒くさいので女の鳩尾を殴り、気絶させた。

ＢＭＷの鍵が欲しくて忍び込んだのだが、簡単には行きそうにない。とりあえず、敵がいないかすべての部屋を調べ、玄関に倒れている男を起こして聞き出す他ないだろう。一階を確認し、階段を上がった。

二階は、ホールの吹き抜けを中心に手すりの付いたコの字型の廊下がある。ドアは全部で五つある。取りあえず、東の方角である左側の一番手前の部屋から調べることにした。ドアを薄く開けた。途端に猛烈な異臭が鼻を衝いた。口で息をしながら、中に入った。ドアを閉め、照明のスイッチを入れた。銃で撃たれた三人の中国人らしき死体が転がっていた。この中国マフィアの別荘は、ブラックナイトに占拠されていたようだ。

次に大佐がいた部屋を覗いたが、もぬけの殻だった。念のために二階のバスルームも確認し、大佐がいた部屋の反対側の西側の部屋のドアを開けた。部屋の中央に男が一人立っており、椅子に座っているパジャマ姿の男のこめかみに銃を突きつけていた。銃を持った男は、浩志の気配を察し、いきなり発砲してきた。浩志は、斜め前にジャンプし、男の額に二発銃弾を撃ち込んだ。椅子の男は縛られており、何か中国語で言ってきた。

「英語で話せ」

「撃つな！　助けてくれ！」

男は頭が薄く、年齢も六十後半、痩せていた。

「ひょっとして、陳鵬軍か」

「そっ、そうだ」

陳の顔がドアの方を見て、引き攣った。浩志は、すばやく横に飛び、振り向きざまに二発撃った。ドアの近くにいた男の胸と頭に当たった。男は、持っていた銃を天井に向けて撃ちながら倒れた。廊下に足音がした。浩志は、部屋を飛び出した。銃を持った男が階段を駆け下りて行くところだった。

玄関に柊真が立っていた。浩志は、舌打ちをし、逃げる男の背中に向けて連射した。男は、三発の銃弾を背中に受けて階段を転げ落ちて行った。

「柊真！　どこかに隠れていろ！」

浩志は、まだ調べていない二階の部屋を確認すると、陳がいる部屋に戻り、彼の拘束を解いてやった。陳の部下は、下にいる女以外誰も生き残っていないようだ。

「助かった。危うく殺されるところだった。おまえは息子の手下か」

陳は、額に流れる汗をパジャマの袖口で拭うと、横柄に尋ねてきた。

「俺は、藤堂だ」

「何！　あんたが藤堂か」

陳は、急に顔色を変えうろたえ始めた。

「私は、脅されて、あんたを狙うように息子に命令したんだ。本当だ。信じてくれ！」

「それは、信じてやる。だが、どうして、ここにマジェール・佐藤が監禁されていたんだ」

「マジェール・佐藤？　ランカウイのマジェールがここにいたのか？」

「知らなかったのか？　陳、いつから拘束されていたんだ」

「四日前からだ」

どうやら、大佐が監禁されていたことを知らないようだ。おそらく大佐は、別の場所から移され監禁されていたに違いない。だが、浩志が中国マフィアの襲撃をことごとくかわしたことで、また別の場所に移動させられたのだろう。

「取りあえずＢＭＷを貸してくれ、連れて行かれたマジェールの後を追いたいんだ」

「マジェールは、友人だ。助けてやってくれ」

陳は、窓際に置いてあるベッド脇の小さな中国タンスに近づき、引出しから鍵を取り出すと、浩志に投げて寄越した。

浩志が、一階に下りて行くと、柊真はまだ玄関に立っていた。

「柊真。あの男をよく見ろ。あれが死という現実だ。わずか数ミリの弾丸を二、三発受けただけであの世行きだ。人はあまりにも脆弱だ。たとえ殺されなくても病気や交通事故でも死ぬ。逆に言えば、生きていることは奇跡だとも言える。おまえの行動は、その内なる奇跡を否定する自殺行為に等しいんだぞ」

「……ごめんなさい」

柊真は、死体をまじまじと見てぼそりと言った。

「死にたい時は、いつでも言え。俺がおまえの頭を撃ち抜いてやる」

柊真は両目を見開き、ごくりと生唾を飲み込んだ。

玄関に倒れている男をＢＭＷのトランクに押し込み、浩志は運転席の前に立った。

「さっさと乗れ、置いて行くぞ！」

柊真は、緊張した面持ちで助手席に乗って来た。

三

浩志は車を運転しながら、携帯で瀬川に連絡をした。

「瀬川、今どの辺にいる？」

「高速を降りて、そちらに向かう山道に入ったところです」

山道に入れば途中で分岐する道はない。時間的に考えても、ベンツと瀬川のランドクルーザーがすれ違う可能性はまだない。

「大佐の乗ったベンツがそっちに向かっている。車を停めて、道を封鎖してくれ。ただし、攻撃はするな。飽くまでも、事故か車の故障に見せかけて道を塞ぐんだ。俺もＢＭＷでそっちに向かっている。俺が背後から襲う」

「了解しました」

浩志は、曲がりくねった夜の山道を飛ばした。ＢＭＷの足回りはいい。尻を振りながらも路面を確実にグリップしている。途中で、ベンツを抜くのではないかと思うほど急いだが、道を塞ぐように停められたランドクルーザーがヘッドライトに照らし出された。

「くそっ！」

浩志は、ランドクルーザーの手前で車を停めた。すると、ランドクルーザーの運転席から、瀬川が降りて来た。

「瀬川、すまん。俺のミスだ。てっきり、南北高速道に向かうものだとばかり思っていた。ベンツは、フレイザーズ・ヒルをさらに東の方角に行ったのだろう」

「それじゃ、すぐ追いかけましょう」

「無駄だ。フレイザーズ・ヒルの先のテラナムでさらに分岐している。それに、今さら追いつけない。とにかく、別荘に引き返そう。何か手掛かりでもあるかもしれない」

浩志らは、やむなく別荘へ引き返した。瀬川と中條と李の三人は、ＢＭＷのトランクから男を引きずりだし、一階のダイニングの椅子に縛り上げた。

自白の手段は彼らに任せ、浩志は大佐が監禁されていた部屋を調べた。部屋は、二十畳ほどあり、右奥の窓際にあるベッドの他にソファーとテーブルも置かれ、入って左手の壁には、洋書がぎっしりと並べられた本棚が壁一面にあった。この部屋の住人はよほど博学だったのだろう。本の種類は、多岐にわたっている。

浩志は、ベッドの下、ゴミ箱、本棚に入れてある本の隙間など、大佐からのメッセージが残されていないか調べたが、無駄だった。

「この部屋に、マジェールは監禁されていたのか」

振り向くと、陳鵬軍が立っていた。

「そうだ。おそらくあんたが、監禁されてまもなく大佐もここに連れてこられたのだろ

「この部屋は、死んだ家内の部屋だったのだ。本が沢山あるから、マジェールも退屈はしなかっただろう」

「そうかもな」

「さっき息子に連絡を取り、事情を説明した。ミスター藤堂、あんたに謝っておいてくれと、息子も言っていた。それから、私の命を救ってくれたことで、礼も言っていた。あと、一時間もしたら、息子が手下を連れてやって来る。その時改めて、礼を言わせてもらうよ」

「大佐を助けるついでに助けたまでだ。礼を言われる覚えはない。それより、なんで、ブラックナイトに襲撃されたんだ」

「奴らが、マジェールを襲った理由は知らない。だが、私が襲われた理由は、簡単だ。武器シンジケートの利権だ。奴らは、私を人質に取り、息子を脅すつもりだったんだ。だが、昨日になって、急にあんたが息子の命を狙っているという偽の情報を息子に教えるように強要された。連中は、よほどあんたが怖いらしいな。もっとも息子も、あんたに組織の人間をさんざんやられたとぼやいていた。ガセと知っていたら、馬鹿なことをしなかったのにと悔しがっていたよ」

陳は、低い声で笑った。さすがに元中国マフィアのボスだけのことはある。なかなかの大物振りだ。

「何か、手伝えることはあるか。マジェールを探すのなら、組織を挙げて協力をする」

「それは、助かる。逃げて行ったベンツの居場所を知りたい」

浩志は、陳にベンツのナンバーを教えた。大佐は、この部屋で二、三日過ごしただろうが、整然としていた。トイレに行く以外は、この部屋を出ることを許されなかったはずだ。父親がクリスチャンだった大佐らしく、ベッド脇に置かれた中国タンスの上に聖書が置かれてあった。

タンスは三段の引出しがあり、驚いたことに一段目に化粧品にまぎれ、花柄の万年筆が入っていた。見逃したのかもしれないが、大佐の手足の自由を奪っていたために、取り上げなかったのだろう。他にも何かないかと探したがメモ用紙の類いはなかった。もっとも、何か書き残されていたとしたも、ブラックナイトの手下が持ち去ったのだろう。残りの二段の引出しは、香水とハンカチが入っていた。ざっと部屋を調べたが、手掛かりになりそうなものは、見つけることはできなかった。

ひとまず一階に降りて、リビングに一人でいる柊真の様子を見に行った。さすがに疲れたらしく、ソファーに座ったまま寝ていた。人が殺されるのを目の前で見たために、興奮して起きているかと思ったが、疲れには勝てなかったようだ。浩志は苦笑を漏らし、捕まえた男の様子を見に行った。

「どうだ。瀬川」

椅子に縛られた男は、鼻と口から血を流していた。瀬川もなかなかやるもんだ。もっとも殴ればいいというものでもないが。

「だめですね。知らないの一点ばりです」

「あんたたちは、拷問(ごうもん)の仕方も知らないのか」

浩志の背中越しに、陳が声をかけてきた。

「少々殴ったぐらいで、人は口を割らんよ。程度にもよるがな。それに、あんまり殴ると今度は、頭が馬鹿になって自白したくてもできなくなる。私に任せなさい」

陳は、そう言うとダイニングを通り越し、キッチンに消えた。しばらくして陳は、手にアイスピックを持って現れた。

「これだよ。一番効くんだ。若い頃、よくやったもんだ」

陳は、縛られている男の手を摑むと、指の爪の間にアイスピックの先端を当てた。

「嘘だろう。いくらなんでも……」

瀬川の言葉が終わらないうちに、男の悲鳴が上がった。陳はアイスピックを爪に突き立てながら、様々な質問をした。男は、自分の名前と雇い主などは吐いたが、大佐の居所は知らないと答えた。

「この男は、本当にマジェールの居所は、知らないらしいね。これ以上、やっても無駄だ。後は、神に祈るしかないね」

「……神」

陳の言葉に血相を変えた浩志は、二階の大佐が監禁されていた部屋に戻り、中国タンスの上に置かれた聖書を手に取った。

後から、瀬川と中條、それに遅れて李も追いかけて来た。

「藤堂さん、どうしたんですか」

浩志は旧約聖書の第三章を開いた。

「思い出したぞ。大佐は、軍事作戦で敵の後方を攪乱（かくらん）する際に、旧約聖書の創世記第三章をよく引用していた」

旧約聖書の創世記第三章は、〝さて主なる神が造られた野の生き物のうちで、へびが最も狡猾であった。……〟という冒頭で始まる。蛇は、神が創造した最初の人間の女（イブ）に、神のように善悪が判断できるようになると言って、禁断の実を食べることを勧める。女は、その誘惑に負けて果実を夫（アダム）とともに食べ、神の怒りに触れて楽園を追放されたと記されている。

大佐は、敵を偽情報で攪乱するには、偽の情報を真実の情報で包み込み、敵を幻惑させることが重要だとよく言っていた。

「偽情報で敵を攪乱せよというメッセージですか」

瀬川が、首を捻った。

「いや、大佐は、自分が救出されることを願っているはずだ。そんな比喩的なことだとは思わない。第一、聖書を置いてあるだけだ。ブラックナイトの手下たちには、意味が分からなかったはずだ。俺に聖書が発見されることを期待して、単純なメッセージを残したに違いない」

浩志は、聖書の第三章をもう一度読み返すと、後ろの本棚を振り返り、本のタイトルを目で追った。

「へびが最も狡猾……。そうか、そういうことか」

本棚に歩み寄り、浩志は、一冊のハードカバーの本を取り出した。

四

浩志らは、大佐の残した手掛かりをもとに瀬川の運転するランドクルーザーで真夜中の山道を疾走し、マレー半島の東海岸を目指した。

中国マフィアの元ボス陳鵬軍の亡くなった妻の寝室には、壁一面の本棚があった。中国タンスの上に置かれた聖書が大佐からのメッセージと判断した浩志は、本棚から動物図鑑を取り出した。旧約聖書の創世記第三章に出て来るへびがキーワードだと判断したからだ。図鑑を開き、爬虫類のへびのページを開くと、案の定ページの余白に書き込みがあった。小さなカタカナ文字で〝アンブッシュ〟と書かれ、その下にマレー半島の東海岸にある都市クアンタンの住所が書かれてあった。

大佐は、日本語の読み書きはできる。カタカナでわざわざ書いたのは、ブラックナイトのエージェントが読めないようにしたのだろう。アンブッシュとは待ち伏せ攻撃のことだ。よほど、時間がない中で書いたのだろうが、これは、明らかに命令書のようなものだ。傭兵歴が三十年以上ある大佐は、策士としては一流だ。あらかじめあらゆる可能性を考えて、行動を取っていたに違いない。クアンタンの住所のところに行き、待ち伏せ攻撃の準備をして待機していれば、おそらく大佐に誘導されたブラックナイトは現れるはずだ。

「李、クアンタンには何があるのか知っているか」

浩志は、後部座席に座る李に尋ねた。大佐のメモを発見した時、李は驚くというよりは、納得するような表情をしていたからだ。

「すみません。大佐は秘密主義で今回のクアラルンプール行きも目的は知りませんでした。ただ、出発の一週間前から色々なところに電話されていて、たまたまクアンタンの不動産屋からの電話を一度だけ取り次いだことがあります。それで、メモを見て、関係があったのだと思いました」

「他にも、何か心当たりがあることはないか」

「ほとんどの電話を大佐はご自分の携帯で受けていたので私には分かりません。ただ、クアンタンは商業都市ですので、不動産の物件と言えば、事務所か、倉庫のどちらかだと思います。住所は、クアンタンの南西の外れです。多分倉庫だと思いますよ」

「倉庫か、いったい何を預けておくつもりだったんだ」

大佐にとって李は社員である以前に友人のはずだが、彼にも隠し事は多かったようだ。大佐は、東南アジア各国の軍部とのパイプを持つと同時に、中国マフィアなど裏社会との関わりもあった。ひょっとすると、武器シンジケートに関わりブラックナイトとトラブルを起こしていたのかもしれない。浩志も大佐とは十年来の付き合いだが、未だに彼の素性を知っているとはいえない。

クアンタンは、マレー半島東海岸のほぼ中央に位置し、クアンタン川の北部に開けた街は、観光地としてよりも商業都市としての色合いが濃い。クアラルンプールから離れていることもあるが、そもそも東海岸は、西海岸に比べ観光開発が遅れているということにも起因している。そのため、かえって手つかずの自然が多く、最近では自然を愛する観光客からは注目を集めているようだ。

午前四時三十分、浩志らはクアンタンの南西の外れ、クアンタン川に沿ったテルク・セック通りに面した倉庫が見える路上に車を停めた。街の外れということもあり、周りには住宅や商店などはない。倉庫は、川沿いのジャングルに孤立したコンクリートの平屋で、正面に搬入用のシャッターがあり、その横に出入口がある。遠目で見る限りは、中に人がいる気配はない。

日の出間近の東の空は、すでに明るいブルーに染まりつつある。浩志と瀬川と中條の三人は、サイレンサーを付けたベレッタとナイフ、それにハンドフリーのインカムと無線機だけを携帯した。浩志は、ランドクルーザーを降りると後部座席を覗き込んだ。

「李、柊真を見張っていてくれ、何をするか分からないからな」

李が頷くと、柊真は苦笑してみせた。

浩志ら三人は、川沿いのジャングルに分け入り目的の倉庫裏まで進んだ。倉庫の裏手は、クアンタン川からも荷物の出し入れができるようにシャッターと裏口とも言うべき出入口が一つあった。どのシャッターも出入口も鍵がかけられていた。もし、待ち伏せをするなら、できれば中にも人を配置しておきたい。

「瀬川、下になれ」

浩志は瀬川を壁際に立たせ、彼の背中と肩に足をかけて屋根の上に登った。屋根は、コンクリート製で等間隔に四箇所の明かり取りの窓があった。

「うん……」

四つの天窓のうち、川に近い左側の窓を見ると開閉式になっており、鍵が外されている。しかも、階段までかけられていた。浩志は迷わず天窓を開けて階段を降りた。倉庫は建坪にして六、七十坪はある。倉庫の前面は、車が三台ほど入れられるスペースが空けられており、残りのスペースに一メートル四方の木箱が三列三段、十八個単位で、六ヶ所、それぞれ、一メートル間隔で整然と置かれている。これなら、待ち伏せするには都合がいい。

浩志は、裏口の扉から外に出ると、銃を構えていた瀬川らに指示を出した。

「中條は、俺と建物の中、瀬川は、建物の左側のジャングルの中で待機」

続けて携帯を取り出し、李にも指示を出した。

「李、車を次の交差点まで移動させ、この倉庫から見えない位置で待機してくれ。もし、ベンツを発見したら、すぐ携帯に連絡をくれ」

全員が持場に着くと、浩志は、倉庫にある木箱の中身を調べてみた。すべてを調べることができないため、適当に選んで蓋を開けてみたが、どれも鉄くずなど取るに足りないものばかりだった。どうやら、この倉庫は、荷物も含めて囮として用意されたものらしい。それにしても、倉庫の契約も含め、二、三日で揃えられるようなものではない。おそらく一、二ヶ月前から準備は進めていたのだろう。とすると、大佐は、何ヶ月も前から拉致される危険性を考えていたことになる。ますます彼の意図したことが分からない。同時に、長年の友人でありながら何の相談もなかったことに訝しさを覚えた。せめて、危険性を考えて行動しているのなら、何がしかのサインを送って欲しかった。

浩志は、木箱のブロックの一番奥の左側に中條を付かせ、自分は右側に付いた。これからは、忍耐との勝負だ。大佐を拉致しているブラックナイトがこの倉庫にすぐ来る可能性もあるが、人目をはばかるようなら夜までは行動しないだろう。午前中に来ないようなら、おそらく夜更けまでは、姿を現さない確率が高い。

ふと目の前の二段目に積まれている木箱の中央部分に板目を横切る筋が入っていることに気が付いた。よく見ると、三十センチ四方の板が独立した構造になっている。試しに端を指で押してみると、板はくるりと回転し、中からグロック一八が出て来た。大佐が愛用している銃の一つだ。

グロック一八は、グロック一七に自動連射機構を搭載したモデルだ。スライド後方に、セミオートとフルオート（連射）の切り替えレバーがあり、フルオートにセットしてあった。浩志は、グロックのマガジンを調べ、銃がすぐ使える状態だと確認し、元に戻した。

別荘に残されていた走り書きは、万年筆を見つけてとっさに書き残したのだろう。大佐は、一人で片を付けるつもりで準備していたに違いない。ひょっとすると、この倉庫には他にも仕掛けがあるのかもしれない。さすが傭兵一の軍師だと浩志はつくづく感心した。

五

南シナ海から昇った太陽が充分な高度を得ると、アスファルトから陽炎（かげろう）がたち始めた。午前十一時まで待ってみたが、敵は姿を見せなかった。浩志は、李に頼んで車で食料を買いに行かせた。

「藤堂さん、敵が現れた時の対処ですが、今回の場合、何か注意事項がありますか」

中條は、浩志に持場を離れる許可を得ると、近づいて来て質問をしてきた。彼は瀬川と同じ陸自の空挺部隊に所属するエリートであり、傭兵代理店のコマンドスタッフとして一年以上勤務しているが、実戦経験が他のスタッフに比べて少ない。兵士にとって経験不足が何よりも不安材料となる。戦闘地域でのアンブッシュ（待ち伏せ攻撃）と違い、街中のしかも非合法な活動での銃撃戦を想定して待機している。心配するのも無理はない。

「相手が撃って来たら、迷わず撃ち返せ。自分だけでなく味方が危機的状態に陥っている時も同じだ。どこを撃っても構わない。殺してもいいから、敵を完全に戦闘不能にすることが肝心だ。倒した敵から、背中を撃たれるなんてドジはくれぐれもするなよ」

新兵でも知っているような基本を教えると、中條はまじめに頷いた。

三十分ほどすると、李たちが食料を調達して戻って来た。李に見張りを続けさせ、柊真に待ち伏せをしている三人へ食料を運ばせた。

浩志が決めた合図のノックの音が裏口で聞こえた。鍵を外し、扉を開けると柊真がにこりと笑って立っていた。緊張していないのはいいことだが、あまりリラックスされても困る。

「柊真、安全は確認しただろうな」

「えっ！」

「扉をノックする前に、周囲は見ただろうな」

「はっ、はい。瀬川さんからも注意されましたから」

「対岸や川の船も確認しただろうな」

「あっ、いえ」

血相を変えた柊真は、慌てて後ろを振り返った。

「まあ、いい。早く入れ」

柊真の腕を引っ張るように中に引き入れた。

「すみません。お食事お持ちしました」

柊真は、ショッピング袋から清涼飲料水とチョコレート、それにクラッカーを出してみせた。室内でハンバーガーのように匂いが残るものでは、気配を悟られてしまうため、匂いのしない手軽な食べ物と注文したので、こんなところだろう。

「リベンジャー、標的が現れました。例のベンツです」

外で見張る瀬川から連絡が入った。どうやら、李が見張る交差点とは反対の方角から来たようだ。時刻は、午後零時を過ぎたばかり、夜更けと思っていただけに想定外と言える。浩志は食料を袋に戻し、近くのジャングルに身を隠すように柊真に言い含め、倉庫の裏口から追い出した。

「リベンジャー、ベンツが倉庫の前に停まりました。二人の男に連れられ、大佐が車から降りました。……王洋と運転手は、降りないようです」

「用心深い男だな。大佐は、俺たちだけでなんとかする。瀬川、おまえはベンツを襲って、王を確保しろ」

「了解！」

入口のドアが開き、大佐は二人の男に両脇を抱えられるように入ってきた。男たちは、中に入ると懐から銃を取り出した。一人は、一八〇前後でがっしりとしている。もう一人は一七五、六で痩せ形。どちらも中国系の顔をしている。

「マジェール。これが、全部、あんたが言っていた財宝なんだな」

背の高い男が、口笛を吹いた。

「まさか。全部が財宝なら、世界一の金持ちになっちまうぞ。手前の木箱には、もしものことを考えて、わざと鉄くずを入れてあるんだ。一番奥に積んである木箱に金の延べ棒が隠してある。私が案内するから、ついて来てくれ」

「なるほど」

大佐は巧みにイニシアチブを取り、二人の男を従えるように倉庫の奥に向かって歩き出した。グロックが隠してある木箱まで来るつもりなのだろう。中国マフィアの別荘では、頭に包帯を巻いていたが、今日は、包帯も取れて元気そうだ。

「待て、俺が先に行く」

背の高い男が、大佐を押し退けて前に出ると、銃を構えながら用心深く歩き出した。歩き方に隙がない。おそらく軍隊の経験があるのだろう。

木箱が積み上げられているブロックの中央を三人が歩いて来るのを確認し、浩志は、中條に左側から三人の背後に回るように合図を送った。

先頭の男が木箱の終点に近づいて来た。角を曲がれば浩志が待ち構えている。浩志が前の男を襲い、背後から中條が後ろの男に銃を突きつければ、それで終わる。だが、背の高い男は、木箱の角の手前まで来ると一旦立ち止まり、姿勢を低くするとさっと浩志の前に飛び出した。浩志は、素早く男の銃を左手で払いのけたが、同時に自分の銃を男に払い落とされてしまった。大佐は、この機を逃さず後ろの男の顔面に裏拳を入れ、すかさず膝蹴りを鳩尾に入れて男を気絶させた。男は膝蹴りを入れられた衝撃で、天井に向けて銃を暴発させた。

浩志は、油断なく構えた。背の高い男は、カンフーを使えるらしい。独特の低い姿勢から、パンチと蹴りを組み合わせて打って来た。パンチは、速いが威力は大したことはない。だが、蹴りのスピードは尋常ではない。しかも、狭い空間でもコンパクトにハイキックを打って来る。

「お手伝いしましょうか」

中條が、声をかけて来た。大佐は、すでに高みの見物を決めつけ、木箱に凭(もた)れて眺めている。

「手は出すな。外に柊真がいるから、呼んで来てくれ」

中條が裏口を開けると、柊真は近くにいたのか、すぐ入って来た。浩志は、隠れているように言ったが、銃声を聞いた柊真が裏口近くに来ていると読んでいた。

浩志は、無言で背の高い男と闘い続けた。男のパンチを止め、関節技をかけようとすると、返し技で外された。浩志はすかさず蹴りを入れ、男と距離を取った。男の武術は本物だ。浩志の攻撃をことごとく跳ね返して来る。だが、それも最初手を合わせてみて分かっていた。男も、自分の攻撃が浩志に通用しないことが分かり、足下に落ちている銃を気にし始めていた。味方を失い、孤立無援の状態から脱出するには、銃を使うか、潔(いさぎよ)く降伏するか選択肢は、二つに一つしかない。

浩志は、左右のパンチから、コンパクトに前蹴りを放った。男は、思わず蹴りを腕で受けてしまい、後方に倒れた。だが、それは男の策略で、男は転がりながら自分の銃を拾い上げ、浩志に銃を向けた。だが、それを予期していた浩志は、大佐が木箱に隠していたグロック一八をすばやく取り出すと、男の頭に三発連射した。男は、脳漿を振りまきながら三メートル後方に飛んで行った。

柊真は倒れた男を見て口元を押さえていたが、我慢ができなくなったらしく倉庫の隅で嘔吐した。

「浩志、子供の前で頭を撃つのは、感心できんな」

大佐は、柊真を見て、渋い表情をしてみせた。

「武器を持った奴は死んで行く。死にざまは、関係ない。あえて現実をみせてやったんだ」

浩志が答えると、大佐は、にやりと笑って手を出してきた。二人は互いに手を叩き合って、喜びを分かち合った。

「柊真、帰るぞ」

浩志は、それ以上、何も言わなかった。柊真にも闘うことの愚かしさ、武器の持つ醜さはよく分かったはずだ。

倉庫を出ると、すでにランドクルーザーは、前に停められていた。瀬川がきまり悪そうに運転席に座っていた。

「すみません。藤堂さん」

「分かっている」

報告を受けなくても、最初の銃声を聞いた王洋は、いち早くこの場を立ち去ったに違いなかった。

「さて、取りあえず、みんなに近くのホテルで豪華なランチをごちそうするか」

大佐の言葉に、柊真を除いた全員が歓声を上げた。

マレーの虎

一

ランカウイ島には、日本と違い夜空を焦がすようなネオンはない。そのため、満天の星空という言葉通りの美しい夜空を見ることができる。

大佐を救い出した浩志らは、クアンタンにあるホテルで昼食を食べた後、クアラルンプールに車で戻り、夕方の便でランカウイ島に戻っていた。車に大量の武器を積んでいたため、李にクアラルンプール市内にある大佐の事務所に武器を片付けるように頼み、残りの全員でランカウイにある大佐の水上ハウスにやって来た。

王洋を逃がしてしまったため、また襲われる可能性があった。自宅に戻れば、アイラも危険に晒されると大佐に忠告したのだが、当分は大丈夫だと彼は楽観視している。一度失敗しているために敵は態勢を整えるのに時間がかかると言うのだが、他にも何か裏付ける理由があるような気がしてならない。浩志は首を傾げつつも大佐に従った。

大佐の水上ハウスはランカウイの北東、タンジュン・ルーの入り江に流れ込む緩やかな流れの川の上に建っている。三つの白い木造キャビンで構成されており、川上にはオープンデッキを備えた観光客用の小さなカフェレストランがあるキャビンがあり、真ん中には住居用の一番大きなキャビンがある。一番川下のキャビンは、大佐自慢の武器庫になっており、各キャビンは、狭い渡り廊下で繋がっている。

柊真は、丸二日、訳も分からず大佐の救出作戦に付き合わされたのが相当堪えたらしく、大佐の住居用キャビンのリビングにあるソファーで晩飯も食べずに寝てしまった。

時刻は、午後九時、大人が寝るにはまだ早いが、大佐の妻アイラも一週間ぶりに夫の無事な姿を見て安心したのだろう、早々と寝てしまった。残りの大人はというと、観光客用のキャビンで、瀬川と中條がカフェのテーブル席に座り、ナッツをつまみに缶ビールを飲んでいる。

浩志はターキーのボトル、大佐は缶ビールを持ち、瀬川らから少し離れ、オープンデッキの端に座って夜空を眺めていた。カフェキャビンは、壁があるのはキッチンだけなので、風通しがよく気持ちがいい。

「大佐、そろそろ話してくれてもいいんじゃないか」

浩志は、ターキーを注いだグラスを片手に呟いた。

「今回は、本当に面倒をかけて済まなかったな。ことの顛末を話すのにもう少し、時間をくれ」

大佐は、そう言うと呷るようにビールを飲み干した。

「一人で解決するつもりだったらしいが、俺が倒した男は手強かった。俺たちがいなければ、とても脱出できなかっただろう。事情を知らない限り、次に拉致された時、大佐を無事助け出せる保証はない。ブラックナイトの王洋が諦めたとも思えないからな」

「分かっている。私も迂闊だった。確かに一人で行動するには荷が重い。浩志にも助けてほしいのは、やまやまだ。だが、事情が複雑でな。正直言って、どうしたらいいか困っているんだ」

「ひょっとして、アイラに何か関係しているのか」

「どうして、そう思うんだ」

大佐が珍しく動揺してみせた。

「やはり、そうか。クアンタンの倉庫は、あらかじめ拉致された時か、敵を誘き寄せるために用意されたものだ。準備に一、二ヶ月の手間暇がいる。そこまで周到に準備する大佐が、アイラに対しては何の対策も取らずに出かけている。大佐は、拉致されて脅されたらしいが、俺が犯人なら、手っ取り早くアイラを誘拐する。違うか。おかしいのは敵もあんたもアイラの存在を度外視している。ブラックナイトと手を組んでいる敵は、おそらくアイラに手を出さないように指示しているとしか考えられない。ということは、アイラの身内がらみと思っていいのじゃないのか」

「参ったな。さすが優秀なポリスだっただけのことはあるな。図星だ。確かにアイラにも関係している。だが、これは単に身内の問題に収まらないことなんだ」

「当然だ。ブラックナイトが身内の喧嘩に手を貸すはずがない。クアンタンの倉庫で、ブラックナイトの手下が、財宝と言っていた。大佐も、金の延べ棒とか言っていたな。ブラックナイトの狙いは、それなんだろう」

「…………」

大佐は、答える代わりに口元を堅く結んで俯いてしまった。

「とりあえず、俺も瀬川たちもあと二、三日はいる。その間に答えを聞かせてくれ」

大佐は、手元の缶にビールが入ってないことに気がつくと、寝ると言って自分のキャビンに戻っていった。浩志は、その疲れた背中を見送り、後ろのテーブル席で聞き耳を立てていた瀬川らの近くの椅子に座った。

「おまえら、ご褒美（ほうび）に休暇を取ったと言っていたが、あの社長が簡単に許すはずがないだろう」

「やっぱり、そう思われますか」

瀬川と中條は、顔を見合わせ苦笑した。

「社長に今回の事件は、ブラックナイト絡みだと報告したせいもあるのですが、大佐が拉致された事情が分かるまで、藤堂さんと行動をともにしろと言われました」

「事情は、複雑らしいが、ブラックナイトを敵にしている以上、油断はできない。根本的な原因を取り除かない限り、これからも大佐は危ない目に遭うだろう。そもそも、王洋を見つけることができたのも、たまたま柊真を空港に出迎えに行ったという偶然に過ぎない。あれがなかったら、俺たちは未だに中国マフィアとクアラルンプールで争っていたかもしれない」

「まったくその通りです。柊真君のおかげですよ。それにしても、藤堂さんは、柊真君に厳しいですね」

「あいつは、死に憧れていた。それで、俺を襲ってみたり、俺を追ってクアラルンプールまで来るような馬鹿な真似をしたんだ。だから、死ぬことの恐怖をまずは教えたかった」

「なるほど、死ぬことは、普通の人間にとって、憧れでなく恐怖のはずですからね。柊真君には良い経験になったでしょう」

「問題は、これからだ。死の恐怖なんて、誰でもすぐ味わえる。難しいのは、生きる喜びを見つけることだ。何が何でも生きてやるという気持ちだ。今のあいつにはそれがない。もっともそれを奪ったのは、俺だがな」

浩志は、グラスに満たしたターキーを一息で飲み干した。

「藤堂さんは、優し過ぎます。人の悲しみや苦しみが分かり過ぎるのですよ」

「笑わせるな」

「だからこそ、俺をはじめとしたコマンドスタッフや、傭兵仲間は、藤堂さんに付いて行こうと思うのです。それにしても、柊真君をどうされるつもりですか」

浩志の頭には、世田谷の喜多見で農業学校を開いた都築老人の顔が浮かんでいた。あの学校には、柊真と同じ歳の哲也やその仲間がいる。そして何より、老体に鞭を打ち子供たちの教育に誠心誠意情熱を傾ける都築老人がいる。あの場所なら、行き場を失った若者にとって、どこよりも暖かく友情と愛情を感じ取れるはずだ。日本に帰ったら、柊真をあの学校に預けるように、明石に勧めるつもりだった。

二

微かな振動がする。細かい振動だ。

浩志は、ジーパンのポケットに入れてある携帯の振動でふっと目を覚まし、ハンモックに揺られていることに気が付いた。

観光客用のカフェレストランがあるキャビンの片隅にハンモックが張ってある。瀬川らと飲んだ後、アルコールの火照りを冷ますつもりで、ハンモックに乗ったのだが、夜風に当たっているうちに寝てしまったらしい。

「私。あらっ、寝ていたの？　ごめんなさい。そっちは、時差で一時間遅いと思ったけど、また明日かけようか」

美香の声だ。左腕のダイバーズウオッチを見ると、午後十時四十分、日本でも十二時前、彼女が寝る時間ではない。

「今日は、まだ日曜日なのか」

「そう、こっちはあと二十分で月曜日になるけど、捜査は進んでいるの？」

「連絡が遅れてすまない。大佐は、今日の昼に無事救出した」

「さすがね。アイラも喜んだでしょう」

「ああ、随分と心配していたからな。そっちは、どうなんだ」

「あなたが、日本を発ってから、大道寺は事件を起こしてないし、白鳥雅美の身辺に現れる様子も今のところないわ」

浩志は日本を発つ前に、大道寺が新井田教授として大学の研究室で働いていたころの助手だった白鳥の警護を、警視庁捜査一課の佐竹と内調の特別捜査官である森美香に頼んでおいた。もっとも、大道寺は一度白鳥の前に現れた際、浩志に接触を妨害されているため、当分動きはないものと判断していた。

「今日はお店も休みだから、一日、彼女をじっくり観察してみたんだけど、どうも臭うのよね」

「何が？」

「何がって言われても困るんだけど、女の勘というのかな。うまく言えないけど、彼女の目つきは、犯罪者のような独特な光があるように感じるわ」

「犯罪者？　彼女は、大道寺に狙われて怯えているからそう見えるのじゃないか」

「私には、そうは思えないな。だって」

「美香、待ってくれ」

浩志は、美香の言葉を遮った。大佐の水上ハウスは、手つかずの大自然に囲まれている。昼は、様々な動物や鳥の鳴き声が川岸のジャングルから聞こえて来る。陽が沈み、彼らが寝静まった夜でも、ジャングルには自然の営みがあり、心地よいＢＧＭのように肌で感じ取ることができる。それが、急にどこかいつもと違う気配に変わった。

「どうやら、急用ができたようだ。こっちから連絡する」

体中に粟立つような危険信号を感じた浩志は、携帯の電源を切ってポケットにしまった。

ハンモックから音もなく降り、カフェのキッチンに入った。用心深い大佐は、キャビンのいたるところに武器を隠している。キッチンのカウンターの下に隠してあるベレッタを取り出し、闇の中でうずくまるようにして息を潜めた。

カフェキャビンの前の水中から、黒い影が、一つ、二つと浮かび上がった。星明かりに照らし出された黒い頭は、濡れ濡れとした軟体動物のようだ。黒い影たちは、デッキに手をかけ、這い上がってきた。すると、反対側の水面からも、同じような黒い影が二つ浮かび上がった。デッキに先に上がった連中は二人の男で、ウエットスーツを着込んでいる。彼らは、無言でスーツのファスナーを降ろし、胸元から銃を取り出した。

彼らの銃はハンドガンと変わらないサイズで、グリップの前に湾曲した剝き出しのマガジンがついている。そして折りたたみのワイヤーストックはさそりの尾をイメージさせる独特の形をしていた。浩志は思わず舌打ちをした。通称〝スコーピオン〟、VZ六一サブマシンガンだ。四半世紀前にチェコで開発された銃だが、未だに人気が高く現在も生産されている。

浩志は銃をカウンターの上に置き、キッチンにある包丁を二本取り出し両手に持った。そして、キャビンの反対側の連中が、這い上がって来るのを待った。高床式のため、キャビンの反対側は水面から二十センチほどの高さしかないデッキと違い、水面との落差が四十センチほどある。水中の二つの黒い影は、キャビンの床に足をかけ、先にキャビンに上がった連中に手を借りて這い上がってきた。

床の上に四つの影が揃った。浩志は、包丁を次々と投げた。二本とも、手前の二つの影に吸い込まれて行った。背中に包丁を突き立てた男たちは、仲間にぶつかるように倒れていった。浩志は、カウンターの銃を取り、キッチンを飛び出した。残りの二人が慌てて、ウエットスーツのファスナーを降ろし、胸元から銃を出そうとしたが、それよりも早く浩志は、二人に銃を突きつけた。

「動くな！　跪け」

男たちは慌てて両手を上げ、跪いた。いずれの顔も中国系の顔をしているが装備からして、中国マフィアではない。上海のブラックナイトから派遣された攻撃部隊なのだろう。浩志は、男たちに銃を向けながら、倒した男たちのスコーピオンを川に捨てた。

背後に殺気を感じ、咄嗟にしゃがみ込むと同時に銃声がした。頭上を無数の弾丸がかすめるように飛んで行った。隙を見て左の男が襲ってきた。ためらいなく撃ったが、男の左肩をかすめただけで、命中しなかった。すると右の男に銃を蹴り飛ばされた。その隙に左の男が懐から、スコーピオンを抜き出した。浩志は、すばやく左の男の腕を取り、男のスコーピオンで右の男を撃った。そして、男の腕の関節をねじ上げ、スコーピオンを奪い取ると、男を撃ち抜いた。

浩志は狭い渡り廊下を走って、隣りのキャビンに移動した。

キャビンのデッキには、二人のウエットスーツの男が倒れていた。その傍らに呆然と立ち尽くす柊真の姿があった。浩志は男たちの首に手を当て、二人ともが生きていることを確認すると、柊真の前に立った。

「気配を感じたので、外に出たら、この人たちが、むっ、夢中で、……すみません。……また勝手なことをしてしまって」

柊真はしどろもどろに言い訳をしようとしたが、途中で諦めたのか、しゅんとして項垂(うなだ)れた。

「柊真、よくやった」

浩志は、笑顔で褒(ほ)めてやった。柊真が、驚いたように目を丸くして顔を上げた。

「助かったぞ」

浩志の言葉に柊真の顔が、ぱっと明るくなった。

「出て来ていいぞ」

浩志が、キャビンの中に向かって叫ぶと、出入口から、銃を持った瀬川と中條が出てきた。遅れて出て来た大佐は、暗闇でも分かるほど、真っ赤な顔して怒っていた。

「ここを襲うなんて、けしからん」

そう言うと、大佐はまたキャビンに戻って行った。部屋で心配しているアイラを慰めに行ったのだろう。

「瀬川、中條、すまないが、隣りのキャビンの死体を片付けてくれ。俺は、こいつらを片付ける」

浩志は、とりあえず気を失っている男たちを柊真に手伝わせ、縛り上げた。

「藤堂さん、今回は、どうして怒らないのですか」

男たちをデッキの片隅に片付けると、柊真は質問してきた。

「おまえの言葉に嘘は、なかった。身を守るための闘いを誰が咎める」

柊真は、うれしそうに微笑んだ。彼は、いたずらに蛮勇を繰り返していたわけではなかったようだ。死をも恐れない行動は、浩志に褒めてもらいたかったのかもしれない。

三

二時間後、マレーシア陸軍から派遣された特殊部隊が、大佐の水上ハウス周辺を捜査するとともに、四つの死体と二人の逮捕者を回収していった。一時は水上ハウスの周辺を陸軍の軍用ボートで埋め尽くされる騒ぎになった。大佐が知り合いの陸軍幹部に要請したものだが、あまりの大げさな対応に大佐は苦笑を漏らしていた。もっとも夜明け前には、跡形もなく消えていたので、マレーシアのニュースソースになることもないだろう。

カフェキャビンで早めの朝食を摂ると、大佐が浩志を釣りに誘ってきた。むろん本当に釣りに行くとは思っていない。浩志と内々に相談したいことがあるのだろう。大佐の用意した小型ボートに乗り込むと、意外にも大佐は、釣り道具を一式抱えて乗り込んできた。

「本当に、釣りにいくのか？」

「私は、釣りに行くと言わなかったか」

大佐は、不機嫌な声で答えた。

「分かった。付き合おう」

大佐は、タンジュン・ルーの入り江のような河口から外海にボートを進めた。岸から、五百メートルほど沖でボートを停めた大佐は、浩志にルアーの釣り竿を渡してきた。

浩志は、毎年のように冬の間は、ランカウイで過ごす。これまでも、大佐と二人で釣りに来たことは何度もあり、同じポイントでスズキの一種、バラムンディーの大物を釣ったことがある。

「浩志、今回は、世話をかけたな」

大佐は、釣り竿の先を見ながら話し始めた。複雑な事情と言っていたが、釣りというシチュエーションでもないと、話し辛いのだろう。

「お互い様だ。気にするな」

「おまえさんには、全部ぶちまけることにした。話は長くなるが我慢してくれ」

「釣りをしながら、気長に聞くさ」

浩志は、疑似餌を釣り糸に結び、釣り竿の調子をみた。

「今回の件を話す前に、二年前に亡くなった私の父親のことから話そう。私の父佐藤正樹は、陸軍中野学校を卒業し、少尉として第二次世界大戦中にタイのバンコクに赴任した」

陸軍中野学校は、諜報員を育成、訓練する特殊な学校で、卒業生は、東南アジアで様々な諜報、謀略活動に従事した。

「一九四一年、英国の植民地だったマレーシアに日本軍が上陸する三ヶ月前、父は、藤原(ふじわら)岩市(いわいち)少佐のF機関に合流したそうだ。機関長である藤原少佐は、高潔な人物で機関員はこの人のためならと命懸けで働いていたらしい。だが、父親が与えられた使命は、当時、マレーシアで暴れ回っていたハリマオと呼ばれる盗賊と一緒に働けという命令だった。当初は、屈辱(くつじょく)的な命令だと思っていたが、ハリマオは、谷豊(たにゆたか)という日本人で、盗賊業はすでに辞めてF機関と連絡をとりながら日本軍が上陸するための謀略活動をしていたらしい。なんせ、当時のハリマオは、手下を二、三千人抱えていると言われた大盗賊だったために、その力を日本軍は利用したわけだ」

「本当に、そんな大盗賊だったのか」

「ハリマオのことは子供の頃からよく聞かされたが、父が知っている限りでは、部下はせいぜい三、四十人だったそうだ。だが、義賊と呼ばれたハリマオに協力する住民は結構いたらしい。そのため、手下が大勢いると思われていたのじゃないか」

大佐の話が、意外にも父親の過去から始まったため、浩志は釣りをするのも忘れ、聞き入った。

「谷豊は、盗賊時代に英国や華僑の会社を標的に襲撃し、いつのまにかマレーの虎つまりハリマオと呼ばれるようになった」

「当時のマレーシアは、英国の植民地だから、英国の組織を襲うのは分かるが、どうして華僑まで襲ったんだ」

「谷豊は子供の頃、両親とともにマレーに移住していた。だが、徴兵検査のために一時日本に帰国していた時に、華僑の暴漢が中華街を襲撃し、その巻き添えで妹さんは惨殺された。一九三三年のことだ。谷豊は、妹さんの死を知り復讐を誓って、再びマレーに帰り盗賊になったということだ。一時は、大盗賊として恐れられたが、F機関の下で日本のため、マレーシアのためと思って命を削るように働いていたらしい。父と出会った翌年の一九四二年にマラリアで亡くなった。三十一歳という若さだった。惜しい命を失ったものだ」

大佐は、遠くを見る目で、まるで自分の昔話のように語った。

「彼は、イギリス人や華僑の富豪をはじめ英国の鉱山や銀行や鉄道を襲撃したのだが、盗んだ金は貧民に分け与え、義賊とも呼ばれていた。またかなりの財宝を将来の軍資金にするために隠した」

「財宝? ひょっとするとクアンタンの倉庫の話に繋がるのか?」

浩志は、やっと先が見えてきたと思ったが、まだ先があるらしい。

大佐の父佐藤正樹は、戦後も日本には帰らず、マレーシア独立戦争にハリマオの部下たちと一緒に参加した。そして一九五七年、マレーシアが正式に独立国家になると、正樹とハリマオの腹心の一人だったザイナル・マハットは、英国の鉱山会社から強奪した金塊で、当時貧困に喘いでいたマレーシアの農業や産業を振興する目的で、マレーシア産業振興財団を設立した。これは、マレーシアの発展を願ったハリマオの遺言に基づくものでもあるが、同時に金塊が関係者に私的に使われるのを防ぐ目的もあった。

「マレーシア産業振興財団！　アジアでも有数の組織じゃないか。五百億円以上の資産を持っていると聞いたことがある」

「内々では、ハリマオ財団と呼んでいる。ザイナルは、ハリマオの遺志を継ぎ、財団の会長に、父は顧問に就任した。この二人で、基金の資金運営をすることになった。だが、それは表向きの顔で、裏では、マレーシアの国益に沿っていれば、政治家や軍人にまで運動資金を低金利で融資するということまでしている。そのため、ハリマオ財団の会長と顧問という職は、マレーシアでは隠然とした力を持っている」

「ということは、財団の要職につくということは、マレーシアを裏から支配する足がかりになるということか」

「そうとも言える。父は、十二年前、体調不良を理由に財団を引退し、私に顧問の職を継がせたのだが、私は知っての通り、十八から十五年間マレーシア陸軍で勤務し、退役後も傭兵として働いてきた根っからの軍人だ、正直言って財団にあまり興味はなかった。それでも、顧問の職は、まじめにやったよ。片手間だったがな」

大佐は、喉が渇いたらしく、クーラーボックスから清涼飲料水を出して飲んだ。

「ザイナルが会長を務めるうちは良かったが、去年、ザイナルも高齢で亡くなり、息子のリムアナが後を継いだ。このリムアナが食わせ者だった。私の目の届かないところで、財団の資金を勝手に使い出したんだ。再三注意したが、聞き入れようとしない。そればかりか、私を解任しようとまでしたが、財団の規則で、顧問は、私の家系が継ぐことになっており、たとえ会長でも勝手に変えられないという決まりがあるのだ」

「それで、いつか拉致されることも考えて、いろいろと布石を打っていたわけだ」

「そういうことだ。問題は、会長職も、ザイナル・マハットの家系に限定されていることだ。だが、一つだけ例外がある。それは、ハリマオの血を継ぐ者なら、これに替わることができるという規則があるのだ」

「ハリマオの血を継ぐ者。本当にいるのか？」

「まあ、最後まで話を聞いてくれ。実を言うと、父から遺言でハリマオの子孫を捜すように言われていたんだ。何もしなかったがね。それで、今年に入り、遅まきながら調べ始めたところ、リムアナに嗅ぎ付けられてしまった。しかも、リムアナは、こともあろうにブラックナイトと手を組んだというわけだ」

「ブラックナイトは、財団の資産とリムアナを通じてマレーシアに影響力を持とうとしているのか」

　国際犯罪組織であるブラックナイトは、戦争やテロに関わりをもち、独自の武器ルートを活用して紛争地に武器を売りさばき儲けている。また、国家的犯罪にも関わりを持ち、巨額のバックマージンを得ているとも聞く。

「それだけじゃない。リムアナは、ハリマオの隠し財宝の在処を私が知っていると情報を流し、財宝を見つけて私を財団から追放できれば、財宝の五十パーセントを報酬として与えると約束したと、王洋という中国人が言っていた」

「なるほど、話は、だいたい分かった。大佐が、ハリマオ財団の会長を失脚させようと画策し、それをブラックナイトが邪魔をしているというわけだ。だが、一つだけまだ分からないことがある。今の話とアイラがどう繋がるんだ」

　昨夜、襲撃されたことに大佐は、憤慨していた。それは、アイラを思ってのことだ。彼女に関係なければ、戦争好きの大佐は、逆に喜んでいたはずだ。

「言い難いことだが、アイラの旧姓はフルネームで、アイラ・ビエン・ザイナル・マハットと言うんだ」

「ザイナル・マハットだって」

「マレー人に姓はない。アイラは、ザイナル・マハットの娘という名前で表記されている。彼女は、ザイナル・マハットの三番目の妻の娘だ。だから、会長のリムアナとは、腹違いの兄妹ということになる」

大佐が、複雑だと言った理由が、ようやく分かった。命を狙う者が、義理の兄では進んで話そうとは思わないだろう。浩志は、頷いた後で肩をすくめてみせた。

四

釣りから帰った浩志と大佐は、バラムンディー（スズキの仲間）やロウニンアジなどの大物が釣れたため、機嫌が良かった。特に大佐は、釣って来た魚でバーベキューをやると言って、張り切っている。むしろ、瀬川や中條、それに一番若い柊真の方が、寝不足でぐったりとしていた。

浩志は、左腕のダイバーズウオッチで十時を過ぎていることを確認すると、美香に電話をした。

「美香、昨日の夜の続きを話してくれ」

「続きって、なんだっけ？」

美香は、どうやらベッドで携帯を取ったようだ。日本時間で十一時を過ぎている。いくら朝が弱いからと言っても、遅過ぎる。

「昨日、何時まで起きていたんだ？」

「私が夜更かししたと思っているんでしょう。言っておきますけど、午前一時まで白鳥の見張りをしていたのよ。昨日の電話も見張りながらしてたのよ」

美香に大きな貸しを作ってしまったようだ。日本に帰ってからのことが思いやられる。

「昨日、白鳥が怪しいと言っていただろう。もう少し具体的に聞かせてくれないか」

「彼女のことね。まず、怪しいと思ったのは、彼女に生活感が感じられないということ。あなたの言うように大道寺を恐れているからというのはもちろん考えられるけど、洗濯物を干すわけでもないし、買い物に行くこともない。よほど怯えているのかというと、彼女の顔には、そんな緊迫感はあまり感じられないわ。昨日の彼女は、ほとんど寝室で過ごしていたみたい。あっ、いけない。重要な報告を忘れていたわ。私、彼女が留守の時に、盗聴器と隠しカメラを仕掛けようと思ったの。それで、事前に何もないか調べるために、探知機で調べたら、あの部屋には、すでに盗聴器が仕掛けられてあったわ」

「盗聴器か。大道寺が仕掛けた可能性が高いな。じゃなければ、先週、白鳥のマンションに行った時、タイミングよく大道寺が現れるはずがないからな。迂闊（うかつ）だった。一課の連中に言って、撤去してもらおう」

「どうかしら、そのままにして、どこで盗聴器の電波を拾っているのか、調べようと思っていたんだけど」

「そこまでしてくれるんだったら、ありがたい」

「なるべく彼女から目を離さないようにするわ」

「実は、もう一つ、頼みたいことがあるんだ」

浩志の歯切れは悪かった。

「何？」

「実は、昨日、電話を切った直後に、襲撃されたんだ。今度は、大佐だけでなくアイラも標的になったようだ」

「アイラが！　彼女に怪我はなかった？」

美香とアイラは、京都に二人で旅行に行ったこともあり、気心がしれている。彼女の動揺が手に取るように分かった。

「大丈夫だ。だが、襲撃されたことがショックだったらしい。元気がない」

大佐が、バーベキューをやろうとテンションを上げているのは、アイラを元気づけようとしているのだろう。

「分かった。アイラを預かって欲しいのでしょう」

「正解だ。日本には護衛をつけて君のところまで送り届けるから、何とか頼めないか」

「いいわ。すぐにでも寄越して。でも、白鳥の見張りは、できなくなるわね」

「見張りは、こっちで手配する。だから、アイラとなるべく一緒にいてやってくれ」

「そうね。……うふっ」

美香は、何を思い出したのか、一人で受けて笑っているようだ。

「どうした？」

「今年の春、アイラと二人で京都旅行に行った時のことなんだけど。私が、渋谷でスナックを経営しているって言ったら、彼女、ものすごく興味を持ってね、今度、日本に来たら、お店で働きたいと言っていたのよ」

「ふーん」

今度は、浩志が鼻で笑った。

アイラは今年三十七になるが、その豊満な体型ゆえ、見てくれは四十代半ばに見える。彼女がカウンターに立ったら、店のママに見えるに違いない。ただし、彼女の日本語はかなりたどたどしい、間違いなく怪しげな外人パブのような雰囲気になるだろう。

「あら、笑ったわね。大丈夫よ。彼女は、なるべくホールやカウンターには立たせないわ。彼女は料理が得意だから、しばらくの間キャンペーンとして、マレーシア料理のメニューを増やすつもり。これなら、問題ないでしょう。楽しみだな」

美香は、内調の特別捜査官だが、民間人の顔を持つ必要があったため、今の店のオーナーにおさまっている。だが、経営は手堅く、店を維持する経費は、一切内調から出てない。それどころか、利益が出ているため、彼女の生活はかなり潤っているようだ。経営者としての才能があるのだろう。

「どうやら心配する必要は、なさそうだな」

「当たり前でしょう。彼女が手伝ってくれれば、きっと、お客さんは大喜びするわ」

電話を切った後、美香が言っていた白鳥のことが気になった。彼女が言うように、白鳥の第一印象は、不審人物以外の何者でもなかった。だが、大道寺に追われているという彼女の言葉を聞いて、同情していた。捜査一課の佐竹にも白鳥の警護を頼んであるが、彼らも美香のように穿った見方はしていない。美人が、危険な状態にさらされると、男は守ってやらなきゃと、どうしても思ってしまう。やはり、ファースト・インプレッションは大事だ。彼女のことを白紙に戻して、調べる必要がありそうだ。

五

浩志と大佐は、ＫＬＩＡ（クアラルンプール国際空港）でアイラと彼女の親戚の女性を見送った。マレーシアでは彼女の安全が図れないため、中條を護衛につけ、日本に送り出したのだ。当初引受先に美香を頼んだのだが、アイラが美香の仕事を邪魔したくないと断ってきた。東京で美香に会った後、親戚の女性と二人で京都に旅行することにしたらしい。

本当は、一緒に柊真を送り返すつもりだった。彼をこれ以上、危険にさらしたくないからだ。だが、日本にいる明石に連絡をしたところ、浩志がマレーシアにいる限り、一緒にいさせてくれと逆に頼まれてしまった。さすがにそれはできないと、一週間に限り面倒を見るという条件で改めて引き受けた。後で柊真から聞いた話だが、マレーシアに来てから経験したことを正直に明石に話したそうだ。すると、明石は、願ってもない経験ができるからと、浩志と一緒にいるように檄を飛ばしたらしい。しかも柊真の通っている高校には、出席日数が足りないため、明石が休学届けを出したと言う。柊真の向こう見ずは、祖父譲りらしい。血は争えないものだ。

浩志と大佐は、ＫＬＩＡエクスプレスに乗って、クアラルンプール駅に向かった。瀬川と柊真とは、チャイナタウンのスルタン通りに面したフラマホテルで待ち合わせをしている。フラマホテルは、大佐も定宿にしているため、改めて予約をいれたのだ。もちろん、中国マフィアの脅威がなくなったからだ。

浩志をヒットマンと勘違いした中国マフィアに襲われたのは、まだ三日前のことだ。現在のボスから正式な謝罪があったと大佐から聞かされた。そんなことはどうでもいいが、チャイナタウンの屋台でおいしい晩飯を食べられれば、それでいい。

「浩志、晩飯はジャラン・アローで食べないか」

「俺は、構わない」

ＫＬＩＡエクスプレスに乗車した途端、大佐は、思い出したかのように聞いてきた。

ジャラン・アローとは、クアラルンプールの中心地ブキッ・ビンタンの裏手にある通りで、道の両側にずらっと並ぶ屋台とテーブルは圧巻だ。夕方の六時から深夜まで最も賑わい、観光客だけでなく地元でも人気のスポットだ。

時刻は、午後六時を回っている。腹の虫は、チャイナタウンにこだわってはいない。

今回は何事もなくクアラルンプール駅に着き、瀬川らと待ち合わせている駅前の駐車場に向かった。駐車場の入口付近に停められたランドクルーザーの前で瀬川と柊真が手を振って合図を寄越してきた。

「藤堂さん、早く行きましょう」

瀬川は、腹が減るとせっかちになる。浩志がランドクルーザーの後部座席に座るなり、車を発進させた。屋台街で腹一杯食べることしか、頭の中にないのだろう。

「瀬川君、プドゥ通りに行ってくれ、私の事務所が入っているビルの駐車場に車を停めて、後は歩いて行こう。ジャラン・アローまで歩いて五分とかからない」

大佐のクアラルンプールの事務所は、プドゥ通りに面した八階建てのビジネスビルの五階にある。普段は電話番を置いているだけだ。クアラルンプール駅から北東の位置にあるブキッ・ビンタンとのほぼ中間地点にある。ブキッ・ビンタン通りは、ホテルやデパートが立ち並ぶ繁華街で、地元の若者や観光客に人気がある。車を降りた四人は、プドゥ通りからブキッ・ビンタン通りに向かった。

「瀬川君、柊真君を連れて先に行ってくれ、私は浩志と用事を済ませてからいく。この通りの一本裏がジャラン・アローだ。とりあえず、鳥の丸焼きがぶら下がっている最初の店辺りで、先に食べて待っていてくれ」

ブキッ・ビンタン通りを入った二ブロック目の角で大佐が突然立ち止まった。何も聞かされてなかったが、大佐の含みのある態度に、ジャラン・アローは口実だったのかと納得させられた。

大佐は無言で歩き、通りのいたるところに出没する足裏マッサージの客引きを二人ほど無視した後、十六階建ての真新しいビジネスビルに入った。ガラス張りの一階フロアーには、警備員もおり、大佐の顔を見ると軽く会釈をしてきた。エレベーターに乗り、十五階のボタンを押すと、大佐は硬い表情で口を開いた。

「十五階にハリマオ財団の事務局がある。これから会長のリムアナに会いに行く。浩志は、隣りに立っているだけで良いから、付き合ってくれ」

「ボディガードか。アサルト・ライフルを持って来るんだったな」

「ボディガードは、良かったな。取りあえず敵の顔を覚えておいてほしいと思ってな」

浩志の冗談に、大佐はふふっと笑い、表情を和らげた。

十五階で降りると、汗がすうと引く冷気が漂っていた。大佐に従い、廊下の西の奥にある部屋に入った。大きな受付デスクがあり、その横にあるドアを大佐はノックをして返事も待たずに勝手に入った。部屋は、十五、六畳ほどで、ふかふかのカーペットが敷かれた部屋の中央にソファーセットがあり、窓際に贅沢な木製のデスクと椅子がある。ソファーの近くには、入り口とは別のドアがあった。浩志たちが入って来たドアの近くは、部屋を仕切るパーティション（衝立て）が立てかけられていた。

ソファーで雑誌を読みながら足を組んで座っていた男が、大佐を見て慌てて立ち上がった。男は、マレー系で身長は、一七二、三センチ、体重は、九十キロはゆうにありそうだ。頬はたるみ、三白眼のせいで目つきは悪い。ブランドものの長袖の黄色いシャツに赤い柄のネクタイをしている。

「いっ、いやあ、マジェール。突然電話で呼び出すから、何事かと思ったよ」

「リムアナ、元気そうだな。今のところは」

大佐は、皮肉を言って鼻で笑った。リムアナは、頬を引き攣らせて笑って答えた。

「昨夜、私の家が六人もの暴漢に襲撃された。もっとも、私も妻も怪我一つしてない。かわいそうだったのは、襲撃して来た連中だ。四人が即死で、残りの二人も病院送りになった。ちなみに四人の男を一瞬にして、あの世に送ったのは、私の隣りにいる友人だ。紹介はしないが、おまえさんの顔を覚えてもらおうと思って、連れてきた」

「私を脅すのか、マジェール」

「脅しじゃない。忠告だ。リムアナ、私とおまえは、義理の兄弟だ。だからこそ、これまで大目に見てきた。だが、これからは、そうはいかないぞ」

大佐の背中を軽く押し部屋の中央に歩かせ、浩志は、ドア近くのパーティションに近づいた。耳を澄ませるまでもなく、人の気配が二つ感じられる。パーティションを勢いよく倒すと、ナイフを持った男が二人立っていた。虚を衝かれた男たちは、慌ててナイフを振り回してきた。

浩志は、すばやく左に体を移動させ、左の男が伸ばした右手を摑み、腕を回転させて男の右太腿にナイフを突き立てた。男は、悲鳴を上げて床に転げた。右側にいた男が、すかさずナイフを持った腕を伸ばして来た。浩志は、左手で男の腕を押さえ、男の左足を蹴って体勢を崩し、前のめりになったところを顔面に膝蹴りを入れた。男は、派手に鼻血を出して倒れた。ナイフが刺さった男が悲鳴を上げてうるさいので、浩志は、顎の下に蹴りを入れて気絶させた。

リムアナは、腰が抜けたのか、口を大きく開けてソファーに座り込んだ。

「カーペットが汚れたな。リムアナ、個人的なことで汚したんだ。クリーニング代を財団に請求する真似はするなよ」

大佐は、笑いながら言った。

浩志は、さらに部屋の奥にあるドアに近づいた。

「死にたくなかったら、出て来い」

ドアノブがゆっくりと回転し、男が一人出て来た。

「おまえは！」

隣りの部屋に隠れていたのは、スキンヘッドの王洋だった。身長は、一八二、三センチ、首が太く肩幅も広い。かなり鍛えていそうな感じがする。手に何も武器は持っていない。堂々としており、悪びれる様子もない。腕に相当な自信があるのだろう。

「あなたに会うのは初めてですが、私のことをご存知なのですか」

王は、浩志に静かな口調で話しかけてきた。

美香からは、写真を貰い顔は知っていたが、王を追っているのは、中国の情報部だ。国際手配されているわけでもない。今のところ、この男に手を出すことはできない。

「むろん知っている。貴様は、王洋、上海ブラックナイトのナンバー二だ」

「ほう、よくご存知ですね。さすがだ。あなたが、我が組織でも恐れられていた傭兵部隊セルビアタイガーを殲滅(せんめつ)させ、その上、日本支局をも壊滅させたのは、本当のことだと信じた方がよさそうですね。ミスター藤堂」

浩志は、王から目を離さなかった。王も視線を外さずに睨(にら)み返してきた。なかなか骨のある男のようだ。

「浩志、もういい。帰ろう」

大佐は、もう充分と思ったのだろう。それにこれ以上、睨み合いをしていても仕様がない。浩志は、大佐の言葉に従い部屋を出た。下りのエレベーターの中で、大佐はふうと息を吐いた。

「浩志、おまえさんを連れて来てよかった。あの王という男がどうやら、リムアナを操っているようだな」

「おそらくな。とにかく、リムアナというへなちょこ野郎を追い出さないと、財団は、食い物にされるぞ」

「分かっている。それだけならいいが、ブラックナイトが財団に進出すれば、マレーシアは裏側から支配されることになりかねん。すまんが、もう少し、私に手を貸してくれ」

大佐は、両手を合わせて頭を下げてきた。

「大佐。頼まれなくたって、俺はやることはやる」

世界中のブラックナイトを根絶やしにすることは、不可能だろう。だが、少なくとも眼前に現れた敵の息の根は止めておく必要がある。

生証人

一

クアラルンプールの中心を東西に走るプドゥ通りは、東側は繁華街として賑わうブキッ・ビンタン通りと交差する。大佐の事務所がある八階建てのビルはプドゥ通りのほぼ中央に位置し、二十年ほど前に建てられたという年代物のビルだ。

事務所は、ビルの五階にあり、六十四平米で応接室と事務室の他に倉庫として使っている窓もない部屋が一つある。普段は、中年の女に電話番をさせているのだが、ランカウイから持ち出した武器を応接室に置いたため、電話番は李にさせ、女は休ませている。

事務室は二十平米あり、二つの机にスチール棚が二つと普段はゆったりとしたスペースがあるが、浩志や大佐、それに瀬川と柊真に李と、五人もの男が書類が並べられた机を挟んで座っているため、狭苦しいを通り越し息苦しさすら感じられる。

「それにしても、この書類の山はすごいですね」

倉庫から運び出し壁際に積み上げられた段ボール箱を見て、瀬川は溜息をついた。

五十センチ四方の段ボール箱は、全部で八つ、すべて大佐の父正樹の残した資料だった。ほとんど財団に関係する資料だが、中にはプライベートなものまで入れられているらしい。

「倉庫には、まだ十六箱ある。今から音を上げていたら、先が思いやられるぞ」

言ってはみたものの、浩志も溜息が出てしまった。

「文章をすべて読む必要はない。キーワードは、チェ・クデという男の名前だ」

大佐はメガネを外し、目頭をもみほぐしながら言った。普段はかけてないが手先の仕事には老眼鏡が欠かせないようだ。大佐は、チェ・クデとの関わりを説明した。

ハリマオこと谷豊は、マレーシアとタイで少なくとも三度結婚、あるいは女性と同棲している。谷は身長こそ低かったが、色白の美男子で女性に非常にもてたらしい。ただし、子供がいたという公式の記録は残されていない。日本の遺族も遺児の消息を探したが、結局見つからなかったそうだ。そのため、ハリマオの遺志を継いで、正樹とハリマオの腹心の一人だったザイナル・マハットがハリマオの残した財宝を基金にして、ハリマオ財団こととマレーシア産業振興財団を設立したのだった。ところが、その二年後、正樹はハリマオの遺品を整理していたところ、チェ・クデという男に継承者の印を持たせたと書かれたハリマオのメモを見つけた。にわかにハリマオの後継者がいる可能性が出て来た。

「継承者の印？」

「穴が開いたコインのようなものらしい。イスラム教徒が持つ護符らしいのだが、ハリマオは黄金で作らせ、継承者に贈る文字を刻んだらしい。父とザイナルは、ハリマオの遺志に従いハリマオの血を継ぐ者は、財団を所有することができるという規則を作っていただけに慌てたそうだ。もし、継承者の印を持つ者が現れたら、財団を譲らなければならないからな」

「それで、チェ・クデが鍵となるのだな」

「ザイナルはチェのことをよく知っていた。彼は、ハリマオが盗賊として活躍していたころからの手下だったため、ハリマオのプライベートな事情にも詳しかったからだ。ハリマオはマレーの警察に追われ、タイに逃れた時に結婚した二度目の妻に、チェ・クデを下男として雇ったそうだ。チェは当時十五歳の少年だったそうだ。ザイナルが言うには、二度目の妻は、マレー系のタイ人でハリマオがマレーシアに帰国する際に離婚していたため、消息は誰も知らないという」

正樹は、ザイナルにメモ書きを見せ、後継者問題を追及したが、離婚した段階で他人になったと強固に主張され、また、戦後の混乱で探すのは、不可能という現状もあった。それでも、長年仕事の傍(かたわ)らタイ人の妻の行方を探し続けたらしい。自らの死を悟った正樹は大佐に遺言状を渡し、チェの行方を探すようにと告げて亡くなった。だが、大佐は、財団の運営がうまく行っていたこともあり、タイ人の妻を探そうとも思わなかったということだ。

「大佐、お父さんが亡くなる前に、継承者問題のことを聞いていたのなら、どうしてチェの居所も教えてもらわなかったんだ」

「継承者問題については、私が若いころすでに聞いて知っていた。だが、チェに関しては、父が脳溢血で倒れた後に聞かされたのだ。筆談すらままならない状態だったからな。詳しい情報は、得られなかった。それにまだ元気な時に書いたという遺書にも、チェのことは書かれてなかった。遺書も見るかね」

浩志は、英語で書かれた遺書に目を通した。四隅に一・五センチ角のブルーの柄模様がデザインされた白い便箋に財産の処理についてのみ書かれた簡素なものだった。柄をよく見ると小さな白抜きのカタカナ文字が数行書かれている。縦横、逆順に読んでみてもまったく意味をなさないところを見ると、ただのデザインなのだろう。

「段ボールの中に、本当にチェに関する資料はあるのか」

「この山のような資料を倉庫に仕舞ったのは、私なんだ。もう必要はないと思い、目も通さずに適当に段ボールに入れたのだ」

大佐は、申し訳なさそうな顔をして頭をかいた。

「お父さんの自宅は調べたのか」

正樹は、陸軍中野学校を出た情報将校だ。機密性のある資料を人の目に触れる場所に置いたとは思えない。

「私の母が亡くなった時に、父親とは仲が悪くなってな。私は、二十年も前にランカウイに移り住んでいる。父親が住んでいたのは、クアラルンプール郊外の一戸建てだったんだが、二年前に処分してしまった」

「まだ、その建物は残っているのか」

「レンガの立派な家だからな。もちろん残っている」

「たとえ、家の持ち主が替わっても、簡単に見つけられないようにしてあるとは思わないか」

大佐は、腕を組んでしばらく黙っていた。

「確かに、浩志の言う通りかもしれない。ザイナルの息子リムアナは、ハリマオの子孫の消息を知るチェ・クデを探し始めたことを察知し、私を拉致したんだ。その気になれば、この事務所に火をつけて証拠を燃やすこともできたはずだ」

「答えは、ここにはないことを連中も知っているというわけか」

大佐は、浩志の質問に首を傾げた。

「そう言われると、どうかな。資料を破棄しなかったのは、面倒臭かっただけだからな。

そこまで、リムアナが知っていたかと言われると、何ともいえない」

何事にも決断力があるところを見せる大佐にしては、頼りない答えだった。それだけ、財団の仕事に身を入れてなかったということなのだろう。

段ボールの資料は、大半が英語で書かれた財団の資料だった。時にプライベートな手紙や資料があり、マレー語で書かれたものもあった。マレー語の資料は大佐に任せ、膨大な資料を読み飛ばしても、段ボールの資料はなかなか減らなかった。

朝の九時から事務所に入ったのだが、時計を見ると、いつの間にか十二時近かった。

「昼飯にでもするか」

浩志は、立ち上がり背伸びをした。

「この近くに、いいレストランはありませんから、マクドナルドか、ケンタッキーで買ってきましょうか？」

李が気を利かせて席を立った。気晴らしにどこかに出かけたいと思っていたが、今日は雲行きが怪しい。窓の外を見ても、今にも雨が降り出しそうな空模様だ。マレーシアは熱帯モンスーンの影響で、六月から九月にかけて雨期に入る。日本の梅雨と違い、一日中雨が降ることはないが、気温が高い上に湿度も高い。まるでサウナ風呂にでも入ったような経験をすることもよくある。外に出たところで、気分が爽快になることはなさそうだ。

「李、そうしてくれ」

大佐が決を採ると、全員ケンタッキーに手を挙げた。

二

大佐の父正樹は、まだ元気で働いていた二十一年前に英国風のレンガの家をクアラルンプール市内から、十数キロ北のバドゥ・ケイブの近くに建てた。バドゥ・ケイブには、インド以外の国では、最大級のヒンドゥー教の聖地として知られる山間の洞窟がある。二七二段の階段を登ると、高さ百メートル近い天井の洞窟があり、その奥にヒンドゥー教の寺院があるという神秘的な場所で、信者ばかりか観光客にも人気のスポットだ。正樹の家は、この寺院がある山から、数百メートル西北の住宅街にあった。

昨日、クアラルンプール市内の大佐の事務所で正樹が残した書類の半数に目を通したが、ハリマオの子孫はおろか、関係者と見られるチェ・クデの手掛かりすら摑むことはできなかった。引き続き瀬川と柊真に事務所で書類の調査を頼み、浩志はランドクルーザーを運転し、気乗りしない大佐を助手席に乗せ、正樹の家を調べるためにバドゥ・ケイブに向かった。

「大佐、あんたのお父さんは、死ぬ間際、筆談もままならない状態と聞いたが、参考になるようなことは本当に何も聞かなかったのか」

「なんせ脳溢血で右半身が麻痺した状態だったからな。それに老人性の痴呆症も患っていた。本当は、私に何かを渡したかったようだが、それが思い出せなくて苛立っていたようだ。ただ、チェ・クデのことは覚えていたらしく、彼を捜せとたどたどしく頼んできたよ。今から思えば、あの時すぐに行動を起こしていればよかったんだ」

「何かを渡したかった？　それが何か、おおよそでも見当はつかないか」

「無理を言わんでくれ。父とは何年も一緒に暮らしていなかったんだ」

会話はそれで、終わった。というより、何を聞いても無駄だった。

高速道路をバドゥ・ケイブで降り、一般道路をさらに一キロほど北に進んだ。一面に広がる住宅街は、北の山側に進むほど敷地にゆとりがある住宅になっているようだ。

「あの家だ」

ゆるやかな山の斜面には、構えの大きな家が点々と建っている。その中でも豊かな森に囲まれ、夕暮れ色に染まるひと際大きな家を大佐は指した。現在の持ち主は、元マレーシア陸軍将校モハメッド・ラーマンで大佐の古くからの知り合いらしい。大佐は昨夜のうちにモハメッドと連絡を取り、事情を説明した上で家を調べる許可を得ていた。モハメッドは快く受け入れた上で、夕食に招待してくれたそうだ。

山間のくねくねと曲がった住宅地専用道路を上り、浩志はランドクルーザーを白い邸宅の前に停めた。二百坪近い敷地は白いブロック塀に囲まれ、二階建ての八十坪はある洋館の周りには、マレーシアの国花ブンガラヤ（ハイビスカス）の木が植えられ、赤い花が美しく咲き乱れていた。だが鉄製の門は堅く閉ざされ、屋敷内は深閑としている。

「おかしい。今日の夕方、訪ねると電話で伝えておいたんだ」

大佐は車のグローブボックスから二丁のベレッタと小型のハンドライトを取り出し、一丁を浩志に手渡してきた。

二人は銃を手に塀を乗り越えると、小走りに家の玄関まで走り寄った。玄関の右手にあるブンガラヤの木の下にサンダル履きの男の足がのぞいていた。風体からすると庭師か使用人だろう。殺された後で、外から見えないように隠されたに違いない。大佐にハンドシグナルで教えると、硬い表情で頷いてみせた。

玄関のノブをゆっくり回すと、鍵はかかっていなかった。浩志は、すばやく室内に入り、大佐も支援する形で銃を構えて入ってきた。二人は、長年コンビを組んでいたようにバディで行動した。

一階のリビングから、食堂、そしてキッチンに入ると使用人らしき女性が一人仰向けに倒れて死んでいた。胸を二発撃たれている。一階には他に死体はなかった。玄関近くにある階段から、二階に向かった。二階には、主寝室と三つのゲストルームがあるらしい。ゲストルームは、誰もいなかったが、どの部屋も、荒らされていた。

主寝室前の廊下で使用人と見られる男性の遺体があった。背中から三発撃たれている。

無抵抗の人間にも容赦のない攻撃だ。主寝室を開けると、大きなベッドの上で中年の男女が折り重なるように死んでいた。男が、女の死体の上に覆いかぶさっていた。おそらく夫が夫人を庇ったのだろう。

「何ということだ！」

大佐は死体に駆け寄り、男の死体を抱き起こした。主寝室も荒らされていた。一見泥棒の仕業に見えるが、金目のものまで床に散らばっているところを見ると目的は別にあったようだ。

「くそう！　ブラックナイトだな。やつらがこんな惨いことをしたに違いない。畜生！」

大佐は、何度も大声で叫んだ。

浩志は、主寝室前の遺体を調べた。死後硬直の具合から見て、殺されたのは八時間から十二時間前というところだろう。未明から早朝に襲われたに違いない。

「大佐、辛いとは思うが、警察に連絡をする前にこの家を調べよう。とりあえず、この部屋は、頼む」

主寝室前のベッド脇でがっくりと項垂れている大佐を残し、浩志は下の階に向かった。

家の構造は、大佐の父正樹が住んでいたころと変わらないらしい。もし、ものを隠すなら、主寝室か、あるいはあえて日常的に使われる場所に隠すと思い、ゲストルームは後回しにすることにした。使用されている家具やカーペットなどは新しい住人のものと考えると、隠すなら壁や床の下ということになる。また、正樹が生粋のスパイだったのなら、秘密の天井裏の部屋か地下室があってもよさそうだ。

一階を取りあえずひと回りしてみたが、壁の厚さから見て、秘密の部屋はなさそうだ。次に、壁や床をベレッタの銃底で叩いてみたが、特におかしいところはなかった。最後に女性が殺されていたキッチンに行ってみた。できるだけ死体には近寄りたくなかった。元刑事の習性上、現場を荒らしたくなかったからだ。

殺された女性は、三十代半ば、フィリピン系の女性だ。左の胸に二発喰らっている。二発とも、心臓を見事に貫通していた。キッチンの壁に二つの銃痕と思われる穴が残っており、穴の周りにわずかに血が付着していた。

心臓を直撃しているために、かなりの血が流れている、血の海と言ってもいいだろう。

「うん……?」

浩志は、血の海からはみ出す四角い血の筋が床にあることに気が付いた。

「どうした。浩志」

大佐が充血させた目で後ろに立っていた。

「この死体をどけるのを手伝ってくれ」

大佐に女性の足首を持たせ、女性の死体を横に移動させた。

「やっぱり、そうだ」

女性のちょうど背中があった辺りの床にわずかな隙間があり、そこに血が染み込んだのだ。枠の内側を銃底で叩いてみると、他の場所とは明らかに違う音がした。

浩志は、キッチンにあるモップで床の血を拭き取った。すると六十センチ四方の血の枠が浮き上がった。板目を利用し巧みに隠されていたものが、血が染み込んだためにくっきりと判別できるようになったようだ。指を入れる隙間もないため、持ち上げることは難しい。隙間に台所のナイフを差し込み持ち上げようとしたが、びくともしない。仕方なく周りを調べてみると、近くの壁の柱の下に四角い切れ目があった。ナイフを隙間に差し込むと、上に持ち上げることができた。中から現れた白いボタンを押すと、床の下でカチャリと音がして、血を吸い込んでいた隙間がわずかに広がった。隙間に指を入れ、上に持ち上げると地下へと続く階段が現れた。

三

大佐の父佐藤正樹は、陸軍中野学校を卒業した生粋の諜報員だった。彼の戦時中の記録は、その任務ゆえ闇の中に葬られている。だが、終戦後、英国から独立するために立ち上がったマレーの民衆とともに、正樹は日本に帰ることなく闘った。その記録とも言うべき写真が、正樹の建てた別荘の秘密の地下室の壁に貼ってあった。

地下室は、十畳ほどの広さで、天井は三メートル近くあった。階段を降りた正面の壁に、銃を持った正樹と仲間の記念写真が何枚も木の額縁に入れられて飾られていた。どの写真も正樹は誇らしげな表情で写っている。その右側に小さな棚と仕事机があり、仕事机の上には、一風変わった年代物の和文タイプライターが置かれてあった。また、写真が飾られた壁と反対側には、壁一面の本棚があった。

「驚いた。こんな地下室があったなんて今まで知らなかった」

大佐は呆然として、仕事机の前の椅子に座りこんだ。

壁際の棚は、ブロックごとにきれいに整理され、半分は書籍、後の半分はファイルだった。浩志は、棚のファイルの資料を大まかに調べ始めた。ほとんどがマレーシアに関する国内外の新聞の切り抜きが、年代順に並べてあった。内容は、政治家、軍人のスキャンダルから、産業、学術問題など多岐にわたっている。切り抜きの下には、人物の名前や、年月日と金額が記載されている。

「大佐、この棚のファイルだが、年代以外には関連性のないものばかりだ。何を目的にこのファイルが作られたのか分かるか」

ファイルの一部を渡してやると、大佐は眉間に皺を寄せて受け取った。すでにファイルの正体は分かっているようだ。改めて、ファイルに目を通すと、大佐は大きな溜息をついて頭を抱え込んだ。

「これこそハリマオ財団の二重帳簿の証拠となる資料だ。ここに記載されている記事は、ハリマオ財団が資金提供した関連の記事ばかりだ。この記事と過去のハリマオ財団の裏の資金の流れは一致するだろう。おそらくこの部屋のどこかに、それを立証する資料もあるはずだ。父は、政治家や軍人から恐喝(きょうかつ)された場合を考え、対抗手段として資料を揃えていたのだろう。こんなものが世に出れば、政府はひっくり返ってしまう。軍に渡ればクーデターも起こりかねん」

大佐は、ぶつぶつと独り言を言いながら地下室から出て行った。

浩志は、机のまわりを今度は調べることにした。机の横に置かれている棚は、様々な辞書の他に、愛読書なのか日本語や英語の単行本やハードカバーの本がぎっしりと詰められていた。次に机の引出しを開けようとすると鍵が掛かっていた。浩志は、机の上に置いてあったペーパーナイフを引出しの隙間に差し込み、鍵をこじ開けた。引出しは全部で三段あり、筆記用具が入れられていただけだった。引出しを元に戻すと、浩志は首を捻った。筆記用具しか入ってない引出しに鍵をかけておく必要があったか疑問に思ったからだ。

念のために引出しを全部引き抜いて、机の上に置いてみた。一つ一つ内側と外側を調べてみると、二番目の引出しの奥の板が、他より少し厚みが違っていることに気が付いた。よく見ると、同じような薄い板が内側に貼り付けてあるのが分かった。板と板の隙間にペーパーナイフをあて、上から叩いて薄い板を剝がすと、中から大小の鍵が二つ出て来た。

大佐は、両手に何か液体が入った瓶を持って階段を降りて来た。

「何をするつもりだ」

大佐が手に持っていたのは、度数が高いウオッカだった。

「この部屋を調べて、何も出てこなかったら、この資料ごとこの家を燃やすんだ」

「馬鹿な。外で燃やせばいいだろう」

「だめだ。外に運び出す作業をしている間に誰かに見られて通報でもされたらやっかいだ」

浩志は納得すると、二人で本棚の資料に目を通した。また、地下室に別の隠し場所がないか調べたが、机の引出し以外に隠されたものは見当たらなかった。およそ、二時間かけて資料に目を通したが、ハリマオやチェ・クデに関する資料はなかった。

「浩志。無駄だ。あきらめよう。長居は禁物だ。ここを出るぞ」

どうやら収穫は、引出しから見つけた鍵だけだったようだ。

大佐は、本棚から資料を床にぶちまけ、周りにウオッカを振りまいた。途端にアルコールのきつい匂いが地下室に充満した。大佐は、ウオッカが充分に気化したのを確認するとライターで火を点けた。瞬く間に資料は大きな炎に包まれた。

「浩志、行くぞ！」

大佐は、早々に階段を上がって行った。

浩志は、階段の下で炎が広がるのを見ていたが、ふと机の上の和文タイプライターが気になり、炎を飛び越え、タイプライターを抱えて階段を駆け上った。恐ろしく重いタイプライターで、あやうく階段で転ぶところだった。

「そんな古びたタイプライターのために命を落とすつもりか！」

キッチンで待っていた大佐は、浩志の脱出が遅れたことに腹を立てたようだ。

「こんな形のものは見たことがない。タイプライターと思わせて、何かの通信機かもしれないぞ。なんせ、あんたの親父さんは、中野学校を出たスパイだったんだからな」

「勝手にしろ」

二人が、邸宅の外に出るとすでに日は暮れていた。ランドクルーザーに乗り込み振り返ると、炎は一階のキッチンにまで広がったらしく、建物の左側から煙が上がり始めた。山道を降り一般道に出たころ、ようやく消防車とすれ違った。

大佐は、おもむろに携帯電話を取り出すと誰かとマレーシア語で話した。携帯を切り、窓の外の夜景を見ながら、大佐は暗い声で話し始めた。

「警察長官だよ。驚いていた。共通の友人だったんだ。彼もハリマオ財団に関わりを持っている。裏帳簿を葬(ほうむ)るために火を点けたと言ったら、ほっとしていたよ」

「警察長官も金を借りていたのか」

「まさか。彼は管理する側の人間だ。ハリマオ財団は、言ってみれば秘密結社みたいなものなのだ。会員は、政財界や軍人にもいる。確かな人間しか入れないことになっている。ただ、会長と顧問のみ世襲制になっていた。財団を作った時、これほどまでに大きな組織になるとは思わなかったのだろう。だが、時代は変わった。いずれは合議制にする必要がある。だが、それには、会長と顧問が同時に職を辞さねばならない。リムアナは、イエスとは言わないだろう」

「リムアナを暗殺すればいいだろう」

「最悪の場合は、考えなくもない。だが、リムアナには、二人の弟がいて、そいつらも彼に加担している。三人同時に始末しないといけない。できれば、ハリマオの高潔な遺志を継いだ財団を血で汚したくない。それに……」

大佐は言葉を飲んだ。三人とも、妻アイラの義理の兄にあたる。元軍人だった大佐にしても、身内を殺すとなるとさすがにためらわれるらしい。

浩志は、何も言わずにひたすらクアラルンプールに向かって車を走らせた。

四

浩志は、大佐と会話のないまま夜の高速を飛ばした。クアラルンプールの大佐の事務所に戻ると、瀬川と柊真が応接室のソファーでぐったりとしていた。時刻は、午後八時十分、食事も摂らずに待っていたようだ。

「どうした、二人とも。飢え死にしそうな顔をしているぞ」

浩志は、明るい声で瀬川に話し掛け、ハンドシグナルで部屋の外に柊真を連れ出すように指示をした。瀬川は頷き、柊真の腕を摑み部屋の外に出て行った。

奥の事務室を覗くと李が書類の整理を一人でしていた。

「李、今日は、もう遅い。ご苦労様だったな」

大佐は、李の肩を叩いて労ってみせた。

李が出て行った後、瀬川が入れ替わりに戻って来たので盗聴マイクを探せ、と合図を送った。三人は、電話やコンセントなどあらゆる場所を探してみたが、徒労に終わった。

「俺が、大佐の父親の家のことを言い出したのは、昨日の昼、この事務所でだ。それ以外の場所では一切していない。この事務所に盗聴器が仕掛けてないとすれば……」

浩志は、大佐を見た。

「まさか、李は、十年来の付き合いだ。あいつに限って裏切るはずがない」

「本人は、裏切っているつもりがないのかもしれない。あるいは、裏切らざるを得ない状態に置かれているのかもしれないぞ」

大佐は口を開きかけたが、言葉を飲み込み黙ってしまった。

「藤堂さん、大佐。まず、晩飯を食べてから考えませんか」

険悪な雰囲気になった浩志と大佐の二人の顔色を窺いながら、瀬川が聞いてきた。

「そうするか。瀬川、柊真はどうした」

「ビルの前で待つように言ってあります」

浩志らはビルを出たが、柊真の姿はどこにもなかった。しかも、間が悪いことに雨が降り出した。

「おかしいな。ここで待つように言っておいたんですがね。まさか、拉致されたのではないですか」

「いや、あいつを簡単に連れて行くことはできないだろう。それに、危険に対してどうすればいいかもう分かっているはずだ。だとすれば、自分でこの場を離れたに違いない。大佐、李が帰るとしたら、どっちに向かうんだ」

「まさか、李を尾行したんじゃないだろうな」

「そのまさかさ。李に危険が迫っていることを奴は嗅ぎ付けたのだろう」

これまで、勝手な行動を取ることに対して、柊真はさんざん浩志から叱られている。あえて、許可なく行動するとすれば、よほどの理由があるに違いない。

「李は、プラザ・ラヤッ駅でアンパン線に乗る」

「とりあえず、駅の方角に行ってみよう」

通りを横切ろうとすると、浩志のポケットの携帯が振動した。

「藤堂さん、勝手にいなくなってすみません。今、タクシーに乗っています。連絡する暇がなくて」

「説明はいい。今、何処にいる」

浩志は、瀬川に車を持って来るように合図をした。

「よく分かりませんが、さっき、チャイナタウンの近くを通りました。李さんが、男たちともめて車で連れて行かれたので、今尾行しています」

「分かった。携帯を切るなよ」

「はい、今クアラルンプール駅の近くの道を右に曲がりました」

柊真の声は落ち着いていた。

浩志の目の前に、ランドクルーザーが停められた。助手席に乗り込むと、大佐は後部座席に飛び乗ってきた。

「瀬川、Uターンして、チェンロック通りに出るんだ」

頷いた瀬川は、対向車を無視して急ハンドルを切りUターンした。そして、プドゥ通りからチェンロック通りに入った。

「藤堂さん、今大きな公園を左手に見ながら、走っています」

「柊真、尾行している車が停まっても、すぐにタクシーを停めるなよ。一旦、車を追い越して、見つからないところで車から降りろ、いいな！」

「分かりました。あっ、車が停まりました」

柊真は、運転手と何か話しているようだ。

「ここは、ディア・パークと言うところだそうです。すみません。一旦携帯を切ります」

一方的に柊真から携帯は切られた。

「瀬川、敵は、クアラルンプールの西にあるディア・パークで降りたらしい。大佐、ナビゲータを頼む」

大佐の指示で、瀬川はクアラルンプール駅の横を通り、五百メートル西の公園通りに入った。

一帯は、レイク・ガーデンと呼ばれ、約九十二ヘクタールある緑豊かな公園だ。広大な敷地は、テーマ別にいくつかの公園に分かれており、ディア・パークは、その中心よりやや南にあり、池や樹木に囲まれた柵の中には鹿が放し飼いにされている公園だ。レイク・ガーデンは、二十四時間自由に出入りできる。夜ともなれば、観光客や地元のアベックで賑わうはずだが、雨が降れば人気は減る。

「あれじゃないか」

園内の路上に、白いベンツが停まっている。ベンツから二十メートルほど手前の道路で三人はベレッタを持ち、車から降りた。外はまだ雨が降っている。普段は、雨期でも夕方スコールが降るぐらいだが、夜降り出す雨は珍しい。それだけにすぐにはやまないのかもしれない。

パンッ、パンッ、パンッとくぐもった音が、連続して鳴り響いた。

「ポリース、ポリース！」

柊真の声だ。敵を追い払うべく大声を上げているのだろう。

「柊真！」

浩志は、敵の注意を惹き付ける覚悟で、声を張り上げた。

「藤堂さん、こっちです」

ジャングルのような樹林を抜けると、広い芝生の敷地が広がった。闇を透かしてみると、柊真は李を抱きかかえて跪いていた。

「李！」

遅れて走って来た大佐は、胸と腹から血を流している李の横に跪いた。

「李、すぐに救急車を呼んでやる。しっかりしろ！」

「マジェール、あなたには随分世話になったのに、私は裏切ってしまった……」

李は、咳き込み、口から血を吐いた。右胸に二発、腹に一発の弾丸を喰らっている。助かる見込みはない。

「逆らえば……家族の命はないと……。だけど、もう嫌だと言ったら……」

李は、また血を吐き出した。息遣いが荒くなってきた。

「もう何も言うな。分かっている。迷惑をかけたのは、私だ。こんなことになっちまって、本当にすまなかった」

大佐は、李の手を握りしめた。

「すみません。すみま……」

李は、何度も謝るうちに、がっくりと首を垂れた。

「李さん、李さん！」

李を抱きかかえていた柊真が叫ぶように泣き始めた。柊真に代わって、大佐が李を抱きかかえると、柊真は、四つん這いになって泣き続けた。

「柊真、よくやったぞ。おまえのおかげで俺たちは、ここまで来られたんだ」

浩志は、柊真の肩を叩いてやった。

「銃が怖くて、何にもできなかった。俺が臆病だったから、李さんを死なせてしまったんだ」

「当たり前のことだ。ようやく気がついたか。おまえが恐怖心を抑えて、飛びかかっていたら、今頃おまえも死んでいた。そんなことになったら、死んだ李は、浮かばれない」

「でも……」

「いいか、銃を突きつけられたら、俺でも怖い。怖いと思うから今日まで生きてこられた」

「そうだ。恐怖心がない奴は、簡単に死んで行く。死に対する想像力がないからだ。今は、分からなくて構わない。だが、自分のせいで李を死なせたと思うのは、大きな勘違いだ。李は、おまえがいてもいなくても殺されていたんだ」

浩志は柊真を立たせ、車に戻った。近くに停めてあった白いベンツはすでになかった。瀬川と大佐が李を車まで運んで来た。むなしい敗北感が足取りを重くした。

五

翌日の午前中に行われた李の葬儀に参列するため調査は休止された。もっとも大佐の父正樹の家が燃え、事務所にあった書類にも何も手掛かりがないことが判明した。お手上げの状態と言えた。

浩志と瀬川と柊真の三人は、昼食後、チャイナタウンにあるフラマホテルのそれぞれの部屋に戻った。浩志は、大佐の父正樹が残した遺言状を借りてベッドの上に寝転がって眺めていた。A四のレター用紙の四隅には、一・五センチ四方のブルーの四角に、白抜きの文字が書き込んである。意味をなさない六ポイントほどの小さなカタカナ文字が、一列五文字で五行書き込んであった。コピーを貰おうとしたのだが、どうしてもこの四隅のデザインだけは写すことができないため、原本を借りたのだ。

大佐も、四隅のカタカナ文字が、何かの暗号かとも思ったようだが、同じデザインのものが市販されているらしく、遺言状には手掛かりがないと諦めたらしい。なんでも市販されている便箋は、日本語を知らない中国人がデザインした中国製ということだ。香港では、日本語ブームで、訳の分からないひらがなやカタカナで書かれたTシャツや文具が売れているらしい。とはいえ、浩志は、デザイン部分の印刷の粒子が粗いことが気になっていた。印刷ではなく、プリントアウトされたように見えるからだ。それに、大佐の父正樹が陸軍中野学校を卒業した優秀な諜報員であり、情報将校だったこともひっかかっていた。

浩志は遺言状を透かすように眺めながら、昨日行った正樹の秘密の地下室を思い浮かべた。きっとあの部屋には、手掛かりとなる資料があったに違いないと改めて思った。あの部屋から持ち出せたものは、引出しに隠されていた大小二つの鍵と、古い和文タイプライターだけだった。タイプライターは、スポーツバッグに入れ、ベッドの脇に置いてある。

ふと気になり、バッグからからタイプライターを取り出し、傍らにある机の上に置いてみた。フレームは、真鍮で補強され、ボディーは、木でできている。カタカナの印字がされた丸いキーの他に、切り替えスイッチのようなものがついている。

どこを見ても製作された年度や、会社名が書かれていない。重量はおそらく四十キロ以上あるだろう。現代のノートパソコンなら一、二キロで収まる。それでも、正樹がこのクラシックな電動式と思われる和文タイプライターを大事にしていたのは、何か特別の思い出があったのだろう。裏面を見てみると、ボディーに改良された跡があり、現代のものと思われる電池ボックスやスイッチが取り付けられていた。

机の前に椅子を置き、タイプライターの前に座った。試しにスイッチを入れてみると、内部でカタカタと音を立てた。大きな図体の割にかわいらしい音だ。おもわず微笑んでしまった。後ろにホテルの便箋を挟み込み、自分の名前を打ち込んだ。意外に静かな動作音で、コツン、コツンと一文字ずつ印字しているようだ。浩志は、ばか丁寧な動作に苦笑しつつ、印字された便箋を引き出してみた。

「何！」

便箋に打たれた文字は、意味不明だった。浩志はすぐさま便箋を元に戻し、今度は、五十音順に文字を打ってみた。結果は、同じだった。浩志は、携帯でタイプライターの写真を撮り、メールで美香に送った。時刻は、午後三時になろうとしていた。

「美香、まだ仕事前だよな？」

「そうよ。どうしたの」

日本時間は、午後四時、美香の店ミスティックの開店時間まではあと一時間ある。

「メールで、写真を送った。その写真を暗号専門の部署に回してくれ、至急だ！」

「えっ、メールで送ったの」

「大丈夫だ。送ったのは、暗号じゃない。すぐ返事がほしい」

浩志は美香の返事も待たずに、携帯を切ると、タイプライターのスイッチを色々と切り替えて、遺言状の四隅のカタカナ文字を打ってみた。一、三十分奮闘してみたが、結果は、どれも意味不明の文章になるだけだった。

「ちくしょう！」

浩志は、ベッドに倒れ込むように横になった。遺言状は、正樹がカタカナをモチーフにした便箋を真似て作ったもので、暗号をカタカナのデザイン部分に隠してあると思ったのだが、単純に壊れているだけなのかもしれない。

机の上の携帯が振動した。

「浩志、あの写真どこで手に入れたの？」

興奮しているのか美香は、高い声で咎めるように聞いてきた。

「俺が、携帯で撮ったんだ」

「えっ、ていうことは実物があるの？」

「ああ、目の前にあるよ」

「ウソッ、凄い。本店の専門の部署の室長に送ったの。そしたら、現物があるなら、今からでも取りに行くって、興奮していたわよ」

和文タイプライターと思っていたのは、日本の陸軍が戦時中開発した〝九七式印字機〟という換字方式の暗号機らしい。暗号機としては、信頼性に欠けるとして、一九四五年に改良され、カタカナと数字を二数字に暗号化されるものに変更されている。そのため、カタカナで印字される九七式印字機は、戦時中に破棄されて現存するものはほとんどないらしい。また、蓄電池や付属品がいるため、単体では作動しないと美香から説明された。

「それが、改良されているらしく、単体でも動くんだ」

「エッ、そうなの。九七式印字機は、平文を打つと暗号文が打たれて、それを通信で同じ機械で受けると平文に変換される構造らしいわ」

「とすると、もう一台ないとだめなのか」

「何か、切り替えキーのような物はないの。ひょっとして、手動で暗号文を打つと平文に変換できるんじゃないの」

「キーボタン以外のスイッチには何の表記もないんだ。色々試してみたが、だめだった。うん……今、何て言った？」

「切り替えキーのこと？　ああ、切り替えスイッチと言いたかったの」

美香は、笑いながら訂正した。

「そうか、キーだ。サンキュー」

浩志は、携帯をベッドに投げ出し、ポケットから正樹の地下室から持ち出した二つのキーを取り出した。携帯を切ってないために、美香が何か叫んでいるのが聞こえるが、今はそれどころではない。正樹が改良したと思われる暗号機の裏面には、スライドさせられる丸い蓋（ふた）があった。蓋を開けてみると、なんと鍵穴が見つかったのだ。二つの鍵のうち小さい鍵を差し込み回転させた。内部でカタカタと作動音がした。さっそく便箋を入れ、まずは遺言状の左上のブロックのカタカナを打ってみた。すると〝イーストパックギンコウ〟と印字された。イーストパックは、オーストラリアの銀行で、支店はクアラルンプールにもある。

「やったぞ！」

浩志は興奮して、両手を握りしめて叫んだ。

「何が、やったよ。どうなっているの！」

ベッドに置きっぱなしの携帯から、美香のどなり声が聞こえて来た。

「すまない。暗号が解けた。また電話する」

浩志は、携帯をあっさり切って、次々と暗号文を打った。

六

翌日の昼、フラマホテルの大佐の部屋に、浩志、瀬川、それに柊真が興奮した面持ちで集まっていた。

前日、浩志が解読した暗号で大佐の父正樹は、亡くなる一年前にイーストパック銀行の大型貸金庫を二十年という長期で契約をしていたことが分かった。浩志は、早々その日のうちに必要な書類を大佐に揃えさせ、翌日の朝一番で正樹が貸金庫に預けてあったものを大佐とともに引き上げるため銀行に行った。むろん、口座名や暗証番号は解読した暗号で明らかになっており、地下室で発見した一方の鍵が、貸金庫の鍵だったことは言うまでもない。ただし、貸金庫の名義人である正樹の死亡を確認し、さらに大佐が相続人であることを証明する書類等の作成で、手続きは昼近くまでかかってしまった。

銀行の貸金庫には、厚さ八センチほどのジュラルミンのアタッシュケースが預けられていた。ケースの蓋をもったいぶって開けた大佐は、預けられていたものを一つ一つ吟味するように取り出しては部屋のカーペットに並べて行った。

「まずは、チェ・クデからハリマオに宛てた手紙だな。これは、マレー語で書かれているので、後で私が読むことにしよう」

大佐は、八通の手紙の束を下に置いた。

「次は、腕輪かな、これは、意味不明だな」

大佐は、直径七、八センチの真鍮の輪を一つカーペットの上に置いた。

「これは……」

次に取り出した物は、黒い木箱に入っており、蓋を開けると、直径六センチほどの大型のコインのようなものが出て来た。象や花などの柄がレリーフ状に窪んでおり、中央に三センチほどの高さがある五角形の突起が付いていた。

「驚いた。これは、ハリマオが継承者の印を作った型じゃないのか」

型の余分なところを切り落としたらしく、周りは、ぎざぎざの刻みを入れてあり、握りやすくなっている。裏を返すと、一匹の象が鼻をもたげた姿が刻まれていた。これは、型の内側に描かれている象とまったく同じ物だった。

浩志は手紙の束から、一通だけ色の違う封筒を取り出した。

「大佐、あんた宛てに手紙が入っている。これを最初に読んだ方がいいのじゃないか」

浩志から封筒を受け取った大佐は、ポケットから老眼鏡を取り出してかけた。近くに置いてある椅子に腰掛け、封筒から便箋を取り出し、小さく頷いては、ケースから出した品々と見比べた。

「この手紙は、ハリマオの遺品を分析した私の父からのメッセージだ。ハリマオがタイで結婚していた女性は、ジャンタナー・ジョというマレー系のタイ人で、マレー語は、片言話せるが書くことはできなかったため、チェ・クデに代筆をさせていたらしい。ここにある七通の手紙が現物ということだ。ジャンタナーは戦火を免（まぬか）れるために、タイの北部に疎開していたらしい。チェ・クデが、山間部に住むカレン族出身のため、ジャンタナーが彼の故郷に身を寄せ、そこでソムニヤンという男の子を出産したことまではチェ・クデからの手紙で分かっていたが、結局、父は高齢のためタイの北部まで行って確認できなかったらしい」

「真鍮の腕輪は、何なんだ?」

「これか。山岳民族の女性が、手首にはめるものらしい。ジャンタナーが、自分の分身として扱うようにという意味じゃないのかな。この手紙には一言も触れてない」

「それじゃ、継承者の印の型は?」

「急かせるな浩志。順番に説明する。この箱に入っていた物は、やはりチェ・クデに渡した継承者の印を作った時の型を切り出してメダル状に加工したものらしい。誰かが継承者の印を持って現れた場合、この型で、印の真偽を調べるのだそうだ。印にある穴に合わせて、本来型には必要がない突起が後からつけられたのだろうと書かれている」

突起の形は、歪な五角形をしている。実際の印は、金を平たく伸ばし、型でプレスして絵柄を造りだした後で、真ん中に穴を開けたのだろう。偽物かの判断をするために、わざと歪な形に穴を開けたのだろうか。

「この型を悪用して、偽物を作ることができるのじゃないのか」

「それについては、印の裏面は、手彫りでハリマオからのメッセージが刻まれているため、偽物は作れないらしい」

「なるほど」

浩志は、中央に突起が付いているためコマのような形状の型を手に取って調べた。

型のレリーフは、精巧にできていた。本物が金ならそれだけで価値がありそうだ。

「まだ、ケースに黒い大きな袋が入っているが、中身は何なんだ？」

浩志が指すと、大佐は、にやりと笑って、袋に右手を入れて中身を出した。右手には目映く輝く金の地金が握られていた。およそ十一センチ×五センチ、厚さも一センチはある。おそらく市場に流通している地金では一番大きい一キロサイズのものだろう。大佐は、袋を持ち上げ、ベッドの上で逆さまに振ってみせた。驚いたことに金の地金が七枚、大佐が手に持っている物も含めて、八枚出て来た。

「ロンドン金市場公認マークの刻印が入った金地金だ。サイズは、一キロのものが八つある。現在のレートは分からないが、日本円で一つ三百万前後はするだろう。全部で二千五百万近い価値はある」

「タイの北部山岳地帯は、隣国ミャンマーの民族紛争で難民が流入して混乱している。そのため、捜索には時間も金もかかる。父は、軍資金まで用意していたんだ」

手放しで喜んでいる大佐の言葉に、浩志は首を傾げた。

「貸金庫にあったものは、それだけか。手紙にジャンタナーの住所が書いてあったとしても、それは、六十年以上前の話じゃないか」

「確かに、そうだな。六十年前の記録で人を捜すのは容易なことじゃない」

大佐も渋い顔になった。

「あのう、ケースの底にグレーの封筒がありますよ」

アタッシュケースを覗き込んだ柊真が遠慮がちに言った。

「おお、ケースと同じような色をしていたから気が付かなかった」

大佐は封筒の中から便箋を取り出し、さっと目を通すと、大きな溜息をついた。

「これは、チェ・クデが三年前に父宛に送って来たものだ」

「チェ・クデは、どうして大佐の父親のことを知っていたんだ」

「父からの手紙には、書いてなかったが、チェ・クデの手紙によれば、父が派遣した私立探偵から聞いたと書いてある。おそらく父は、高齢で自分では直接行けないため、私立探偵を雇って、山岳地帯の村を調べさせたのだろう」

「内容は、何と書いてあるんだ」

「ジャンタナーが死亡したと書いてある。真鍮の腕輪は、形見として手紙と一緒に送られて来たらしい。手紙に父の筆跡で付箋が貼ってあった。これが、最後の手掛かりだと。父は、この事実を書いた私宛の手紙を残す気力もなかったのだろうな」

全員沈痛な面持ちで、しばらく誰も口を利かなかった。

「三年前か。行く価値はあるな。それにその軍資金は、喜んで使わせてもらおう」

大佐の肩を叩くと、大佐は笑顔で頷いた。

ブラックナイトの目的は、ほぼ分かった。彼らは、ハリマオの残した財宝ももちろん欲しいのだろうが、真の目的は、ハリマオ財団を乗っ取り、マレーシアを裏側から支配しようとしているに違いない。今は、まだ小競り合い程度ですんでいるが、いずれ大きな戦闘にまで発展する可能性はある。日本にいる仲間たちを呼び寄せることも含めて、今後は対処する必要があるだろう。それには、何よりも軍資金が必要だった。

山岳民族

一

チェ・クデは、タイ国籍のカレン族だった。カレン族は、ミャンマーとタイ北部に住む先住民族である。第二次世界大戦が終わり、一九四八年に英国の植民地支配からビルマ連邦が独立する際、北部に住むカレン族は、連邦政府から独立する運動を起こした。以来、KNU（カレン民族同盟）は、KNLA（カレン民族解放軍）を組織し、現在に至るまで武装闘争をしている。しかし、近年では、ミャンマー国軍の攻勢と政府の弾圧により、その勢力は著（いちじる）しく弱体化し、タイ北部を中心に十数万人もの難民が流入している。

チェ・クデが代筆した手紙によれば、ハリマオの第二番目の妻と見られるジャンタナーは、戦争中チェ・クデの故郷であるタイ北部、象使いで有名なチェンライの村に住んでいたようだ。そこで、ハリマオの息子を生んでいた。ソムニヤンという名前で、現在も生きているとすれば、六十代半ばになっているはずだ。

ところが、三年前にチェ・クデから送られて来たジャンタナーの死亡を伝える手紙の住所が変わっていた。チェンライから、三百キロほど南のミャンマーとの国境に近いメソートという町からだった。この町は、KNUの連絡事務所があり、KNUのタイの拠点ともいえた。手紙は、ジャンタナーの死亡を伝えるだけで、息子については触れられていなかった。

チェ・クデは、ジャンタナーが死亡したことにより、ハリマオから与えられた使命は終わったと判断したようだ。だが、住所から判断するに、チェ・クデあるいは、ハリマオの息子と見られるソムニヤンがKNUに関わりがある可能性が出て来た。タイの田舎(いなか)で農業をしているのならまだしも、民族紛争に巻き込まれている可能性が出てきた。

当初大佐は、浩志を伴いチェンライに行くつもりだった。チェンライなら、観光地のため何の問題もない。時間をかければ、手掛かりは摑めるだろう。だが、メソートの場合、話は違ってくる。平和な街チェンライからわざわざ行くような所ではないからだ。ひょっとして、メソートの難民キャンプにいる可能性すら考えられる。

午後六時過ぎ、浩志、大佐、瀬川、柊真の四人は、昼食抜きの早めの夕食をとるためフラマホテルの前にある南香飯店(なんかはんてん)に入った。鶏のダシで炊いたご飯に絶品の蒸し鶏とスープが付いたチキンライスを食べたい時はこの店に来るに限る。

昼近くに大佐の父正樹が貸金庫に残した資料や金の地金を見た後だけに、大食漢の瀬川ですら食事することを忘れていた。それに、金の地金をすぐ使うわけでもないので、とりあえずイーストパック銀行の貸金庫にまた預けるなどの雑用で昼食をとることもできなかった。

「難民キャンプにまで捜索範囲を広げると大変になりますね」

テーブルにつくなり、瀬川は困惑した表情をみせた。新たな任務は、傭兵代理店の社長である池谷に許可を得なくてはならない。それが何よりも頭痛の種なのだろう。

「ちゃんとした難民キャンプは、アメリカなど欧米のＮＧＯ団体が関わっている。収容されている難民のリストもあるはずだ。むしろ、ミャンマーから逃れて隠れ住んでいるような村にいる場合、見つけ出すことは難しいかもしれないな」

大佐も渋い顔をしてみせた。

店内は、込み合っていた。ようやく注文を取りに来た店の女にオーダーを出すと、ポケットの携帯が振動した。

「浩志、今、どこにいるの？」

明るい美香の声が聞こえてきた。少々煮詰まっていたので、癒（いや）される思いだ。

「昼飯抜きの晩飯にありつこうとしているところだ」

「あなたが泊まっているフラマホテルのレストラン？」

「いや、南香飯店という店だ」

「あらっ、そうなの。チキンライスが美味しい店よね。どこの店？　何店舗もあるから」

「よく知っているな。ホテルの前の店だ」

「分かったわ。席が空いているなら、私の分も注文しておいてね。私もお腹すいちゃった」

「ハッハッハ、そうしておくよ」

彼女の気の利いた冗談に、浩志は声を上げて笑った。

「あのね。昨日、あなたが電話で話していた暗号機の九七式印字機の件だけど、所有者に譲ってもらうように交渉してくれない？　正式に日本政府が買い取ることになったの」

「あれか。所有者は大佐だ」

「そうなの。それじゃ、私が直接頼んでもいいかしら。今側にいらっしゃるの？」

「ああ、いるよ」

浩志は、日本の美香からだと自分の携帯を大佐に渡した。

「あら、四人掛けのテーブルなの？」

ふいに美香の声が、背後から聞こえて来た。

正面に座っている大佐の口が、あんぐりと開いた。振り向くとブルーの花柄のタンクトップに白いジーンズのパンツを穿いた美香が立っていた。

「あらっ、どうしたの。そんなに驚いた顔をして」

美香は涼しい顔をして後ろのテーブル席から椅子を一つ抜き出し、浩志の横に置くとなにげない様子で座った。

「いっ、いつ、こっちに来たんだ」

美香からの電話は、てっきり日本にいるものと思い込んで話していただけに、さすがに動揺した。大佐も未だに浩志の携帯を耳に当てたまま目を見開いている。

「さっき着いたばかり、私もフラマホテルにチェックインしといたわ」

「何しに来たんだ」

「電話で話したでしょう。機械の所有者と交渉するためよ」

「あんな古くさい機械のためにわざわざ来たのか」

「それは、価値観の問題よ。あの機械は、研究機関にとっては、国宝級なの」

美香は、近くを通った店の女にチキンライスとジュースを頼んだ。

「大佐、ご無沙汰しています。アイラは、明日は奈良に行くと言っていましたよ」

美香は、正面に座る大佐ににこやかに微笑んだ。

「そっ、そうですか。それは、よかった」

大佐は、どもりながら返事をすると、ようやく携帯を浩志に返してきた。

「瀬川さんは、知っているけど、こちらの方は、初めてね」

「世話になっている方のお孫さんの明石柊真君だ」

柊真は、慌ててお辞儀をした。

テーブル席の男たちは、美香の奔放な振る舞いに圧倒された。浩志と大佐は、すぐに立ち直ったが、瀬川と柊真は料理がきても緊張した様子でぎこちない。瀬川は、二、三度傭兵仲間と一緒に彼女の店に連れて行ったことがあるので、知っているはずなのだが、普段女が身近にいないため立ち振る舞いに困っているようだ。柊真は、おそらく年上の女に免疫がないのだろう。もっともただの女じゃない。店中の男が盗み見るような美人だ。

「ところで、柊真さん、これからみんなで何処に行く相談していたの？」

「あっ、あのタイだそうです」

チキンライスを食べかけた柊真は、美香の引っかけとも知らずに正直に答え、浩志らの失笑を買った。

「へー、タイに行くんだ。私も行こうかな」

美香の言葉に、四人の男たちは、同時にチキンライスやスープを吹き出した。

「遊びに、行くんじゃないぞ」

「遊びに行くんじゃないのなら、何をしに行くのかしら？」

美香は、首を傾げる素振りをしたが、その目はきらりと光っていた。思わぬ反撃に浩志は、美香の魂胆を見抜こうとじっと見たが、彼女に目を細めてにこりと笑顔で返され、無駄だと思い知らされた。

二

「すごい。現物を見るのは、初めて」

美香は、浩志の部屋に置いてある暗号機、九七式印字機を見るなり、子供のような声を上げた。南香飯店で夕食後に行ったデザート専門の屋台で、彼女は、大佐にちゃっかりと暗号機を譲るように頼んでいた。大佐の答えは、もともと自分のものじゃないからただで譲るという彼らしい淡白なものだった。

「美香、店を休んでどうしたんだ」

浩志は、暗号機が置かれた机の横の椅子に腰かけ、彼女に尋ねた。

「店は、沙也加ちゃんに頼んだの。一人じゃ大変だから、彼女の友達で真衣ちゃんという娘を臨時のアルバイトに雇ったわ。一週間は帰れないって伝えてあるから、平気よ」

「一週間！」

「大丈夫よ。彼女は、しっかりしているから。それに真衣ちゃんも初めてじゃないし」

「店のことを言っているんじゃない。何か魂胆があるんだろう」

美香は、浩志の両手を引っぱり、バスルームまで連れて来ると、シャワーのコックをひねって水を出した。盗聴器が設置されていることを危惧したのだろう。

「あなたは、私に白鳥雅美の監視を依頼したでしょう。私は、彼女が怪しいって言ったのを覚えている？」

「あの女が、どうかしたのか」

「私は、彼女がS大学の新井田教授の研究室で助手をする以前の経歴を、出生にまで遡って調べたら、驚くべき事実が判明したの」

「どんな？」

「調査結果を教えたら、今日は、私の部屋で過ごすって約束して」

「じらすなよ」

美香は、ふふっと笑った。

「彼女は、現在、三十六歳。札幌市で生まれ、貿易商の父親の仕事の関係で、中学一年から大学の二年まで中国の上海で暮らしている。その後は日本に帰り、東京のS大学を卒業して、新井田こと大道寺の研究室に助手として採用されているの。だから、大道寺とも付き合いが長いというわけ」

「中国に八年間もいたのか」

「ここまでは、とりわけ疑わしいことはないけど、私は、出身地が大道寺と同じ札幌というのが、気になったのよね。そこで、札幌の市役所で彼女の出生を調べたら、彼女は、四歳の時に白鳥という家に養子として貰われたことが分かったの」

「養子だったのか」

「白鳥雅美を生んだのは、田口公子（たぐちきみこ）。札幌のすすきので水商売をしていたらしいわ。雅美の父親は、大道寺清隆（きよたか）。そう、あの大道寺兄弟の父親。清隆の認知届けも確認できたわ。雅美は、不倫で生まれた子供なの。生みの親の田口公子は、二十九年前に殺されている。犯人は未だに分かってないけど、死因は腹部裂傷だった。大道寺家の惨殺事件の二ヶ月前の話よ。おそらく、犯人は、大道寺兄弟ね」

「雅美は、大道寺と異母兄妹だったというのか。すると、彼女は、殺人鬼の兄弟とも知らずに、大道寺たちの助手になっていたのか。偶然じゃないな。大道寺が誘（おび）き寄せたんだろう。だが親の復讐を彼女にするにしては、スパンが長過ぎるな」

「そう、そこなの。最後は、大道寺か彼女に聞かないと分からないけど、私は、大道寺兄弟と彼女は、子供の頃から、互いの存在を知っていたと思う。これは、飽くまでも憶測だけど、大道寺兄弟は、二十歳も年齢が離れた妹の雅美のことを愛していたと思うの。だから、養子に出した彼女の生みの親が、彼らは許せなかった。あるいは、生みの親は、雅美のことを虐待していたのかもしれないわね。結果的に、雅美が養子に出されたことが原因で、兄弟は、父親を殺してしまったと私は、考えているの」

彼女の推測は、論理的に矛盾はなかった。大道寺兄弟の殺人鬼としての一歩は、妹への異常愛だったのかもしれない。それなら、彼女は、今さらどうして大道寺に対して危機感を覚え、逃げ回っているのか。

白鳥のマンションに行った夜の出来事を思い出した。大道寺の仕業でマンションは突然停電になった。浩志は、慌てることなく護身用の特殊警棒に付いているライトを点灯させ、彼女の顔を照らした。あの時、彼女は、恐怖で顔を引き攣らせていた。浩志は、安全を確保するため、有無を言わさず彼女をトイレに押し込んだ。

「待てよ」

真っ暗な部屋の中で、見たのは彼女の顔だけだった。もし、彼女があの時、ナイフでも隠し持っていたとしたらどうだろう。停電になった瞬間に、浩志を襲うつもりが、いち早くライトで顔を照らされてしまった。彼女の表情は、大道寺に襲われた恐怖ではなく、浩志の行動にたいする驚きだったのかもしれない。

「俺を狙っていたのか」

「彼女は、あなたの命を狙うために、被害者を装って近づいて来たのよ」

美香は、浩志の心を見透かしたように答えた。

「その証拠に、彼女は、私と同じ便でクアラルンプールに来たわよ」

「馬鹿な。彼女のことは、捜査一課にも頼んである。何の連絡もないぞ」

「当たり前よ。白鳥は、偽造パスポートで別人に成り済まして、出国しているから」

「何だって」

「大丈夫よ。彼女の尾行は、私の同僚がしているから」

「一人で来たんじゃないのか」

「だって、暗号機は、本体だけで四十キロ以上あるんでしょう。女の私が日本に持ち帰ることはできないじゃない。本店の私と同じ職場に今年入った人を借りて来たの」

「美香の任務は、暗号機の入手じゃないのか」

「そうよ。本店には、そう報告してあるわ。あなたが関わっていると言ったら、上司はすぐ許可をくれたの」

「俺の名前を出したのか」

「あなたって、日本の秘密兵器のように本店では扱われているの。信用があるのよ。案外」

「案外ね」

「今度、同僚の高橋洋司を紹介するわ。元警視庁公安部外事課にいた人だけど、白鳥は武器も扱う骨董品のブローカーで暗号機を強奪する一味ということにして、尾行させているの。元公安部にいただけに尾行は、得意だって言ってたわ」

　浩志は、つい鼻で笑ってしまった。

　一年前会ったとき、美香は憂いを秘めた謎の女だった。内調の特別捜査官として潜入捜査をする過程で覚醒剤を打たれ麻薬患者にされたり、内調の直属の上司に裏切られたりと、任務は過酷だった。精神的に疲れ果てた彼女は、一時は仕事を辞めたいとまで言っていたが、今の彼女からはとてもそんな気弱な姿は想像できない。むしろこの数ヶ月の彼女は、はつらつとし、明るいポジティブな女に変身していた。それが本来の姿なのかもしれないが、出会った頃は、よほど精神的に病んでいたのかもしれない。

「あなたのことは、私が守ってあげる」

美香は、そう言って両腕を浩志の首に絡め、熱い唇を寄せて来た。

三

翌日、浩志らはクアラルンプールからタイ北部の都市チェンマイに飛んだ。メソートにも空港はあるが、ミャンマーとの国境付近で不穏な状況があるとして、この数日便数がかなり減らされているからだ。

チェンマイは、タイの首都バンコクから、北北西に約七五〇キロ、飛行機で一時間の距離にあり、十五世紀中頃に隆盛を極めたランナー・タイ王朝の都として発展した歴史のある街だ。チェンマイは、メソートに近いこともあるが、なりより事前の準備をするのに都合がよかった。

浩志、大佐、瀬川、柊真、それに美香を加えた五人は、チェンマイの中心、旧市街の東側にあるロイヤル・プリンスホテルにチェックインした。ナイトバザールで有名なチャン・クラン通りに隣接したホテルだ。

美香は、大佐から譲り受けた暗号機を同僚の高橋に預けると、内調の上司に任務完了を告げ、そのまま休暇を申請し、浩志らとともにチェンマイ入りした。メソートでの捜索に頭を悩ませていた浩志らに奇策とも言えるアイデアを美香が提案したことにより、妙な組み合わせが実現したのだ。

東南アジアの難民に援助をしている〝難民救済プロジェクト〟というNGO団体が日本にある。美香は、その代表と顔見知りのため、その団体の名前でメソート入りすれば、怪しまれずに、しかも現地で活動している欧米のNGO団体や現地の住人からの協力も得られるというのだ。日本にいる団体の代表には、彼女が国際電話ですでに許可を得ていたのだが、条件は、美香が団体の現地スタッフのリーダーになることだった。彼女の手回しの良さもあったのだが、これと言ってアイデアもなかった浩志らにとって、彼女の提案を拒否する理由は何もなかった。

「お昼は、どこにする？」

部屋に荷物を置き、ロビーのラウンジで待っていると、美香が数分遅れて降りてきた。

浩志は昨年の暮れ、リハビリを兼ねてチェンマイ郊外の陸軍基地に赴き、第三特殊部隊の訓練に参加したことがある。三週間近く滞在していたのだが、市内に出ることがほとんどなかったため、レストランや買い物のことを言われても浩志にはよくわからない。

「大佐、どうする。よく知っているんだろう」

大佐は、第三特殊部隊の隊長であるスウブシン大佐と懇意にしているため、チェンマイには何度も来たことがあると聞く。

「いや、それが、いつも郊外のスウブシンの家に遊びに行くから、市内のことはあまり知らないんだ」

大佐は面目なさそうな顔をしてみせた。

「仕方がないなあ。それじゃ、私がご案内します。ちょっと歩くわよ」

美香は、まるでツアーガイドのように先頭を歩き、ホテルの近くのロイ・クロー通りから西に向かって旧市街に入った。旧市街とは、ランナー・タイ王朝時代に築かれた一辺二キロ弱の堀と城壁で囲まれた四角いエリアで、このエリアには寺院が集中しているため、僧侶の姿も多く見られる。

「クアラルンプールも詳しいようだったが、ここもよく知っているのか」

美香の横に並び、浩志は尋ねた。

「私、学生時代、東南アジアを中心によく旅行したの。ここ何年かご無沙汰しているけど、社会人になってからもよく遊びに来たわ。それで、東南アジアで活躍するＮＧＯ団体の人たちとも知り合いになったの。たまにお手伝いをしたこともあったわ」

「ほう、遊びねえ。仕事でも来たことがあるんじゃないのか」

「いやねえ。あんまり、詮索しないで、私の仕事は複雑なんだから」

「瀬川も大佐も、美香の正体を知っているぞ」

「知っているわよ。だから、私の提案を素直に受け入れたんでしょう。私だって、瀬川さんが、丸池屋の裏稼業のスタッフだってことぐらい知っているわ」

お返しとばかりに美香は、涼しい顔で答えてきた。敢えてイニシアチブを取ろうと思っているわけではないのだが、彼女の方が今のところ一枚上手のようだ。

ホテルから十分ほど歩くと、旧市街のほぼ中心にあるファン・ペンというタイ料理店に着いた。午前十一時半とまだ早めと思っていたが、この店はすでに混雑していた。それでもテラスのテーブルが取れて、五人は席に着くことができた。

「注文は、私に任せて」

美香は、席に着くなり、メニューもほとんど見ずに店員にオーダーしてみせた。

「森さんって、すごいですね」

昨日から、ほとんど口を利かなかった柊真が、感嘆の声を上げた。

「森さんって言われると、何だかくすぐったいな。美香って呼んでね」

美香は、気軽に答えた。彼女にも柊真とのいきさつをすでに話してある。

「あの美香さん。どうして、東南アジアのことをよく知っているんですか」

柊真は、少年らしい屈託のない質問をした。

「この地域を旅行すると分かるわ。欧米の観光客は、単にエキゾチックなものに憧れて来るのだろうけど、日本人だったら、彼らとは違うものを感じ取れるはずよ」

「違うもの？」

「そう。どこの国に行っても、懐かしさとか親しみやすさとかを感じるの。時には、自分の田舎(いなか)に帰ったような気になることもあるわ」

「へえ、そうなんだ」

「それにね。タイを除いて、ほとんどの国は、日本やヨーロッパの国々の植民地だったの。だから、未だにその影響が残っていて貧困や紛争の元になっている。その現実を知れば、他人事(ひとごと)じゃなくなるかもしれないわね」

柊真は、頷きながら尊敬の眼差しを美香に向けた。

「おっ、来たぞ」

店員が料理をテーブルに並べ始めたため、大佐が、手をすり合わせて満面の笑みを浮かべた。全員に揚げ麺が入った丼が配られ、テーブルの真ん中には、自家製ソーセージを盛った皿や野菜炒め、肉炒めやタイカレーが並べられた。

とりあえず、目の前の揚げ麺を食べてみた。カレー風味のココナッツミルクをベースにしたスープにパリパリの揚げ麺が香ばしい。

「これは、うまい」

「カーオ・ソーイって言うの、おいしいでしょう。この店は、何を食べてもはずれはないわね」

美香の言う通り、テーブルに並べられた料理は、どれも美味（うま）かった。

食後、美香が知っている現地の旅行代理店に行き、メソートまでのトラックや車、それに援助物資の買い付けまで頼んだ。すべて揃うのに二日はかかるということだった。

「二日間、自由時間ができたわね」

ホテルへの帰り道、美香は、弾んだ声で浩志の腕を掴んで来た。

「美香、柊真の前では気を使ってくれ」

「そう。つまんない」

浩志は、美香から離れ、数歩距離を置いて歩いた。実は柊真に気を使ったわけではない。背中に視線を感じたからだった。

四

旧市街から宿泊先のロイヤル・プリンスホテルへは、ロイ・クロー通りをまっすぐ東に進み、ナイト・バザールがあるチャン・クラン通りを右折すれば十分ほどで着く。東南アジアには、気温が高い昼間を避け、夕刻から屋台や露店が出る通りがある。そのため、日本と違い九時過ぎに小さな子供の手を引く親子連れなどをよく見かけることがある。

ここチェンマイのナイト・バザールは、旧市街の東側を南北に通るチャン・クラン通りにあるナイト・バザールビルを中心に、歩道脇に屋台や露店がこれでもかというほど立ち並び夜を賑わす。当然のことながら、陽の高いうちは、人気も少なく閑散としている。

浩志は、大佐や美香たちと十数メートル距離を置いて歩き、みんながチャン・クラン通りを右折すると、反対方向の左に曲がった。背中の視線は、まだ熱く感じた。急ぐでもなくワンブロック先を左折し裏通りに入り、一つ目の建物の裏口にさっと身を隠した。

目の前を二人の男が小走りに通り過ぎた。男たちは浩志を見失ったため、立ち止まり振り返った。一人は、一七三、四センチ、もう一人は、一八〇センチ弱、二人とも頭を短く刈り上げていた。身長の低い男に見覚えがあった。

「トポイじゃないか」

浩志は、通りに出て男に声をかけた。

「藤堂さん。やはり気付かれましたか」

男は、タイの陸軍第三特殊部隊の副隊長を務めるデュート・トポイ少佐だった。去年、鬼胴を捕まえるためのカウイン島急襲作戦で一緒にチームを組んで闘ったことがある。

「この男は、私の部下のサムット軍曹です。この男とどこまで藤堂さんに気付かれずに尾行できるか試してみたんですがね。五分と持ちませんでした」

「昼間で、よかったな。夜なら、殴っているところだった」

「はっはは。そうでしょうとも、命拾いしました。すみません、驚かせてしまって。大佐や瀬川さんもいらっしゃったようですが、女性も一緒だったので、声をかけるタイミングを逸してしまいました」

「そうか。俺も大佐も私的なことなので、スウブシン大佐に迷惑をかけるといけないと敢えて挨拶には行かないつもりだった。それに、カンボジアと国境紛争で緊張状態にあるから、いないと思っていたんだ」

「水臭いな、迷惑だなんて。それに我々が、国境紛争で出動する時は、戦争になった時ですよ」

「トポイ、二人だけで話せるか」

「……了解しました」

トポイは、部下に基地に帰るように英語で命じた。浩志の前でタイ語を話さないところが、さすがに指揮官としてのマナーをわきまえた男だ。

「少し歩きますが、良い場所を知っていますので、そこでお話ししませんか」

「ああ、まかせる。チェンマイの市内は、不案内だからな」

トポイは、ロイ・クロー通りに戻り東に向かった。このまま進めば、市内を南北に流れるピン川に出る。川の手前の小道を左に曲がると小さな古道具屋があった。トポイは、ほとんど客のいない店内を勝手に通り過ぎ、店の裏に出た。

「ほお」

裏庭と思ったところに、ピン川の川岸に建つ東屋風のテラスが三つあり、どのテラスにも四人掛けのテーブル席があった。

「ここは、英国人がオーナーのプライベートレストランで、タイ人の奥さんと表の古道具屋も一緒に経営しているんです。今度は、女性と一緒に夜のデートにいらっしゃるといいでしょう」

トポイは、笑いながら川を背に座ると、浩志に眺めのいい前の席を勧めた。テラスの屋根が作る影と優しい川風で汗ばんだ体が癒された。二人が席に着くと、古道具屋から背の高い若い英国人が出て来て、注文を聞いてきた。男二人でジュースやお茶というのもおかしいので、タイビールを頼んだ。

しばらくトポイと世間話をしていると、冷えたビールとグラスがテーブルに置かれた。ビールをグラスに注ぎ、ゆっくりとグラスを傾け喉を湿らせた。

「ここで聞いた話は、トポイ、君の胸に納めてくれ。本来は、大佐の許可も得るべきだろうが、俺の一存で敢えて君の耳には入れておく。チェンマイに来たのは、人探しのために来たんだ」

「それならなおさら一声かけていただければ、お力になれますよ」

「いや、探し人は、メソートにいるらしい。ここに寄ったのは、メソートに行くための準備のためだ」

「……その人物は、犯罪者ですか。あるいは、ＫＮＵ（カレン民族同盟）に関わりがあるのですか」

　トポイは、メソートと聞いて一瞬声を詰まらせた。

　メソートには、ミャンマーからの難民キャンプがあり、ＫＮＵの連絡事務所もある。タイは、難民やＫＮＵを優遇しているようだが、複雑な事情があるようだ。

「犯罪者ではない。ＫＮＵと関係しているかどうかも分からない。探し人の生死を最低限、我々は確認したいと思っている。問題なのは、その人物と捜索している我々をも抹殺（まっさつ）しようと、ブラックナイトが暗躍していることだ」

「ブラックナイト？」

　先進国の間では半ば公然の秘密だが、タイのように発展途上国では、国際犯罪組織といえども縁のない話なのかもしれない。浩志は、世界的に暗躍するブラックナイトの活動とこれまでの関わりをかいつまんで話した。

「知らなかった。そんな恐ろしい組織があるなんて、我が国の情報部は知っているのでしようか」

「おそらく知っているはずだ」

「お話を伺いましたが、正直言って、我々軍人は、公にはKNUと関わりを持てませんので、できればメソートにも近づきたくはありません。準備はお手伝いできても、現地では、お力になれないかもしれませんね」

「今は、何も手伝ってもらおうとは、思っていない。さっきも言った通り、俺の話は胸に納めておいてくれ」

「すると、いずれは、ということで解釈していいのですね」

トポイは、にやりと笑ってみせた。勘のいい奴だ。面と向かって言わなくても、武器を借りたいということは、分かってくれたようだ。

「宿泊されているホテルは、どちらですか?」

「ロイヤル・プリンスホテルだ」

「いくら、何でもまったく武器がないんじゃ、この先困りますよ。後で私の銃を届けましょう」

「助かる」

トポイとは、晩飯を一緒に食べる約束をして別れた。

五

メソートは、タイの西、ミャンマーとの国境沿いの街で、チェンマイからは、南南西に約三百キロの道のりがある。

二日後、浩志は、チェンマイのレンタカーショップで借りたランドクルーザーの助手席に美香、後部座席に大佐を乗せて、一旦東南のランバーンを経由して、メソートに向かった。その方がミャンマーとの国境沿いの悪路を南下するより、はるかに楽だからだ。ランドクルーザーの後ろには、トポイ少佐の口利きでただ同然で買い取った廃車寸前の軍のトラックを瀬川が運転し、柊真は、一人で運転するという瀬川に気を使い助手席に乗っている。トラックには、チェンマイで仕入れた援助物資を満載していた。

「ブラックナイトの王洋は、クアラルンプールで見たきり、姿を現さないがそれがかえって不気味だなあ」

後部座席で手持ち無沙汰の大佐は、窓の外のジャングルを眺めながら言った。

「やつらは、巧妙に俺たちを監視しているはずだ。ひょっとするとメソートで襲撃されるかもしれない」

「私たちは構わないが、美香さんもいるし、柊真君もいる。それに何と言っても大した武器も持っていないのが、心細いなあ」

チェンマイでは、全員のサバイバルナイフだけは、まとめて買っていた。

「大佐、私のことは心配ありませんよ。チェンマイの大使館出張事務所に行って、NGOの活動許可証を貰ったついでに、これを借りてきましたから」

美香は、自分のバッグから、グロッグ一七を出してみせた。

「何！」

大佐は、後部座席で甲高い声を上げた。

「何だ。俺だけかと思っていたが、とりあえず大佐、これを使ってくれ」

浩志は、トポイ少佐から借りた個人用のベレッタを大佐に渡した。バックミラー越しに銃を持った大佐の顔が緩むのが分かった。

「難民キャンプを回る間は、危険はないだろう。俺の予想では、メソートの近隣のキャンプ場は、二日で捜査は終わると思う。それまでにチェ・クデあるいは、ハリマオの息子と見られるソムニヤンが見つかれば問題ない。それでだめなら、周辺の村々で聞き込みをするつもりだが、危険なのは、そっちだ。柊真は、難民キャンプの捜索が終わり次第、日本に帰すつもりだ。約束の一週間になるからな」

「それにしても、銃が二丁にサバイバルナイフじゃ、やっぱり寂しいな」

傭兵歴が長いだけに武器を持たずに行動することに不安を覚えるのだろう。大佐は大きな溜息をついた。

「手は打ってある。クアラルンプールで大佐の軍資金は、使わせて貰うと言っただろう。その日のうちに、日本に電話して、大佐も知っている四人の仲間をチェンマイに呼び寄せた。遅くとも今日の午後には、着くだろう。それにトポイ少佐に連絡をすれば、武器も借りられる。何かあれば、彼らに武装させて俺たちと合流することになるだろう」

浩志が傭兵代理店の池谷を通して呼んだ仲間は、〝爆弾グマ〟こと爆破のプロ浅岡辰也と、スナイパーのプロで〝針の穴〟と呼ばれる宮坂大伍、〝ヘリボーイ〟と呼ばれるオペレーションのスペシャリスト、田中俊信と追跡と潜入のプロである〝トレーサーマン〟こと加藤豪二の四人だ。傭兵代理店のリストでは、全員特Aクラスになっている強者(つわもの)揃いだ。メンバーに〝クレイジー京介〟こと寺脇京介がいないのは、フィリピンの国軍に傭兵として雇われているからだ。また、代理店のコマンドスタッフである黒川も、柊真を安全に日本に帰すべく保護者として頼んだため、辰也らと一緒に来ることになっている。

「さすがだな。おまえの仲間なら腕も確かだ。これは心強い」

大佐は、安心したのか、しばらくすると寝息を立て始めた。連日の移動もさすがに堪(こた)えているのだろう。

国境の街メソートへは、思いのほか道路状況もよく、朝早く出たせいもあるが、午後三時には、着くことができた。メソートは、観光地ではないが、敬虔(けいけん)な仏教徒の国だけに僧侶の姿をあちこちで見ることができる。だが、それ以上に目立つのは、ミャンマーから来たロンジー（腰布）姿のビルマ族やカレン族の姿を多く見かけることだ。隣国ミャンマーからの出稼ぎらしいが、毎日千人前後の出稼ぎ人が国境を越え、メソート市内の工場で働くミャンマー人だけでも数万人はいるらしい。そのほとんどが低賃金で働く不法滞在者であり、毎日のように百人近いミャンマー人がタイの警察に捕まり、ミャンマーに送還されるらしい。

メソートにある国際連合難民高等弁務官事務所（ＵＮＨＣＲ）でまずは挨拶がてら難民キャンプの状況を調べることにした。これは美香にまかせ、浩志は単なる付き添いで事務所に入った。相手の出方次第で交代するつもりだったが、流暢（りゅうちょう）な英語を話す美香に、担当官は親切に対応してくれた。パソコンで調べるということもあるが、ものの五分とかからずに調べは終わった。これまで、事務所に届けられた難民の申請者リストには、チェ・クデもソムニヤンの名もなかった。偽名を使っていれば別だが、二人はＵＮＨＣＲを通じて難民として海外に出国した形跡もなく、関連の難民キャンプに過去も現在もいないことになる。

浩志と美香がＵＮＨＣＲを出ると、二人はまっすぐメソートインというホテルにチェックインした。ホテルと言っても観光地にある大きなものではない。目抜き通りにある一日に二百バーツ（七百円前後）と個人の安宿に毛が生えたようなホテルだ。これでも、一日六十バーツという、ベッドにノミがたかるような所に比べれば雲泥の差がある。

ホテルに着くと、先にチェックインしていた柊真が、駅の待合室のようなお粗末なロビーの椅子に暗い顔をして座っていた。

「どうした。柊真」

「さっき、裏通りを少し歩いてみたんです。そしたら、裸足で荷物を担いで働いている子供たちとすれ違いました。みんな栄養失調でお腹が出ていました。なんだか、急に自分が情けない気持ちになって、走って帰ってきました」

メソートに限らず、ミャンマーから逃れて来た者や、出稼ぎ者の生活は貧しい。難民キャンプの方が、食料事情は遥かにいいのだが、キャンプにも入れない者も大勢いる。それでもタイの町中で暮らす者は、どうにか収入や配給があるため食べて行けるが、ミャンマーの山間部で軍事政権の迫害を恐れて隠れ住んでいる難民は、もっと悲惨だと聞く。

「この街の難民や不法労働者は、ミャンマーで迫害されている人に比べれば豊かだそうだ」

浩志の言葉に柊真は、思案顔になった。この街に連れて来たのは正解だった。少なくとも、頭に三発も銃弾を浴びせられた死体を見せるより、よほど良い経験になるだろう。

六

翌日、メソートの山間部にあるNGOが運営する難民キャンプに行ってみたが、やはり無駄足だった。もともと難民キャンプは、ミャンマーで国軍に村を焼き払われたり、政治的な弾圧を受け難民となった人のためのもので期待はしてなかったが、徒労感は大きい。難民キャンプは、メソートから六十キロ近く離れた山の中にあったということもあり、ホテルに戻る頃には、日が暮れていた。

午後八時、美香の提案で市内のレストランの一室を借り、ささやかながら柊真のお別れパーティーを開くことにした。チェンマイ入りしている傭兵仲間と黒川は、明日の午前中に来る予定だ。黒川は、到着した足で柊真を連れて帰ることになっている。

「藤堂さん、俺、帰らないとだめですか」

柊真は料理がテーブルに並べられ、いざ乾杯という段になって口を開いた。

「一週間という約束で、おまえを預かることにしたんだ。忘れたのか」

「それって、妙仁のじいさんとの約束でしょう。俺は、約束した覚えはない」

「屁理屈は、言うな。これからの捜索は、危険が伴う。たとえ銃を持っていても、安全とは限らない」

「俺が、捜索に参加しなければいいでしょう」

「どういうことだ」

浩志と柊真のやり取りに、残りの三人は傍観を決め込んだらしく黙って食事を始めた。

「俺、今日、行った難民キャンプで思ったんだけど、俺でも何か役に立てることがあるんじゃないかって思ったんだ」

「高校も投げ出した半端なおまえに何ができる」

浩志は、敢えて辛辣な言い方をした。

「分からないけど、力仕事なら自信がある。人が嫌がることでも何でもやる。困っている人の役に立ちたいんだ」

負けずに柊真は言い返して来た。

「黙れ、柊真。この話は、お終いだ。せっかく集まってくれたみんなに迷惑だ」

浩志は、柊真の態度に感心しながらも、冷たく言い放った。柊真は、赤い顔をして俯いた。一度や二度だめを出されても諦めなければ、許してやるつもりだ。

乾杯もなくしばらく気まずい食事を進めているうちに、大佐の傍らに八十前後と思われる中国系の老人が近づいて来た。身長は、一六〇センチほどで痩せてはいるが、背筋はまっすぐに伸びている。皺だらけだが意志の強そうな顔をしていた。

「あなた方が、日本から来たＮＧＯの人たちかね」

驚いたことに老人は、きれいな日本語を使った。

「はっ、はい。そう……ですが、あなたは……？」

大佐も、突然のことでしどろもどろになった。

「私の名は、成田正一郎といいます。元日本兵です」

「日本兵！」

大佐は驚いて立ち上がり、隣りのテーブルから席を持ち出して成田に勧めた。成田は、深々とお辞儀をすると椅子に座った。

「知り合いが、難民キャンプで働いている。その人が、チェ・クデとソムニヤンのことをあなた方が探していると言っていた。本当ですか」

「確かに、探しています。何か、二人のことで知っているのですか」

「知っている。私は、チェとは、友人だ。ソムニヤンとも親しかった」

「親しかった？」

「ああ、ソムニヤンは、十五年ほど前にビルマ兵に殺されたよ」

全員からどよめきが起こった。特に大佐は、みるみるうちに顔色が悪くなった。

「詳しい話を聞かせてもらえますか？」

意気消沈する大佐に代わって、隣りの席に座っていた浩志が老人に尋ねた。

「いいとも、喜んで話すよ。私も老い先が短い。日本人と語る機会が持てて本当に幸運だ」

　成田は、年齢を感じさせない腹から響くような声でしゃべり始めた。

　戦争中、成田の部隊はビルマに進駐していたのだが、終戦間近、ビルマ軍の反攻で部隊は壊滅した。そして、残党狩りから逃れるためにビルマとタイの国境沿いの山まで逃げたそうだ。山中を逃げ惑う成田を救ったのは、戦争中、反ビルマ勢力として英国側について敵対していたカレン族だったと言う。カレン人の親切心もあったのだろうが、ビルマ人の敵になった日本人は、もはや敵ではなかった。そのまま成田は、カレン人とともに暮らし、戦後は、カレン民族の独立運動にも参加したらしい。だが、十数年近く前にカレン族の村々が次々とミャンマー軍に襲われたため、タイに逃げて来たそうだ。

「逃げる時、村民を庇(かば)ってソムニヤンが殺された。彼は、カレン民族解放軍（ＫＮＬＡ）の部隊長だったんだ」

「正確には、いつのことですか？」

「確か一九八九年のことだ。私は、その悲しい知らせをチェとソムニヤンの母親ジャンタナーに告げた。辛かったなあ、あの時は」

「ジャンタナーと息子のソムニヤンは、以前は北部のチェンライに住んでいたと聞いていますが、どうして、ここに来たのですか」

「おお、よく知っているな。それは、ソムニヤンが、ビルマから逃れて来たカレン人の娘と若い頃結婚したために、カレン民族解放軍に参加したからだ。ビルマの圧政に憤慨していたこともあるが、当時の解放軍は強かったからなあ、憧れもあったのじゃないか。それで、一人息子を案じたジャンタナーとチェは、カレン民族同盟のタイでの拠点であるメソートに移り住んだというわけだ」

「なるほど、そういうことでしたか。それで、チェさんは、今どうされていますか」

聞いても意味がないと思ったが、話の流れでチェ・クデのことも聞いてみた。

「チェはな、このホテルから二百メートルほど離れた所で、雑貨屋をやっているんだが、一週間前から持病を悪くして寝込んでいる。私より、若いくせに今にも死にそうなことを言っては嘆いているよ。チェもあなた方と話したがっていた」

「そうですか……」

「チェの気苦労は、まだあるからな。ソムニヤンの息子のことが心配だといつも言っている。本当の孫のようにかわいがっていたからな」

「今、ソムニヤンの息子と言われたのですか？」

「ソムチャイは父親の後を継いで、解放軍の兵士になっているよ」

「本当か！」

大佐がいきなり大声を上げて立ち上がった。

浩志と大佐は、成田老人を伴いレストランから出た。大佐は興奮のあまり食事も喉に通らないらしく、先にチェ・クデを見舞いがてら、ソムニヤンの息子、つまりハリマオの孫にあたるソムチャイの消息を聞きに行くことにしたのだ。

チェ・クデの雑貨店は、店構えこそ小さいがレンガで建てられており、メソートの目抜き通りに面しているため立地条件としては良い所にある。一階が店舗で、二階が住居になっているらしい。店の戸締まりは、しっかりされており、裏口に回った。裏口の扉は、半開きの状態だった。

「大佐」

浩志は、小声で大佐を呼ぶと、大佐も頷き返して来た。成田老人も異常事態だと分かったらしく、レストランへ戻り浩志の仲間を呼んでくる、とジェスチャーで示してきた。高齢とはいえ、長年ゲリラ活動をしてきただけのことはある。

浩志と大佐は、足首に巻かれたホルダーからサバイバルナイフを抜き、裏口から潜入した。真っ暗な建物の中に入ると、短い廊下があり、正面にドアがあった。店に通じるドアだろう。ドアの横に急な階段があった。足音を消し、二階へ登ろうとすると、音もなくドアが開き、ナイフを持った腕が伸びてきた。浩志は、咄嗟にナイフを避け、その腕を左脇に引き込むように挟み込み、襲ってきた男の首にナイフを突き入れた。ナイフをすばやく抜き取り、音を立てないように男を床に寝かせた。

狭い廊下を上がると、三人の男が部屋を物色していた。階段を上りきった所で、男たちに気付かれた。彼らは慌てて、ズボンに挟んでいる銃を抜こうとした。浩志は、大きく踏み込み手前にいる男の右手を銃ごと押さえ込んで、ナイフを男の心臓に突き入れた。すると、もう一人の男が、銃を抜いた。その瞬間、部屋に上がって来た大佐がナイフを投げつけ、見事に男の眉間に命中させた。だが、男は重力に押しつぶされたように床に倒れた。それを見ていた最後の一人が、窓ガラスを突き破って外へと逃げて行った。

「くそっ！　逃げられた」

暗闇で輪郭(りんかく)しか分からなかったが、背格好と頭の形からして王洋に間違いなかった。破られた窓ガラスの近くに、ベッドが置かれてあった。

「遅かったか」

ベッドの上には、首を切られたチェ・クデと思われる老人が仰向けに横たわっていた。脈をとるまでもなく、ベッドのシーツは充分すぎるほど大量の血を吸っていた。

カレン民族解放軍

一

ミャンマーと接する国境の町、タイのメソートには、田舎町には似合わない長さ千二百メートルの滑走路を持つ国内線用の空港がある。国境に近いため、元々は戦略的に作られたのかもしれないが、格納庫に戦闘機が格納されているわけでもない。便数が限られ閑散とした空港管制塔の前にあるヘリポートの前で、浩志と浅岡辰也をはじめとした傭兵仲間、それにコマンドスタッフの瀬川と黒川は、北の空を眺めていた。

辰也らは、夜明け前にはメソートに到着していた。チェンマイで待機していた彼らは、浩志からの連絡を受けた直後に夜を徹して移動して来たのだ。日本にいる時から闘いたくてうずうずしていた彼らは、ホテルで一晩過ごすのももどかしく、いても立ってもいられなくなったようだ。

午後四時、今頃、大佐は悲痛な面持ちで殺されたチェ・クデの葬儀に参列していることだろう。自分がハリマオの子孫を捜そうとしなければ、チェ・クデは殺されることはなかった。長年友人として、従業員として働いていた李騰福にしてもそうだ。大佐は、そう言って捜索を断念しようと浩志に言ってきた。だが、それでは、ブラックナイトに負けたことになる。第一、今諦めれば殺された二人の死は、まったく無駄になる。浩志の懸命な説得により、大佐は捜索を続ける決断をした。

亡くなったチェの友人である元日本兵の成田正一郎に、メソートにあるＫＮＵ（カレン民族同盟）の連絡事務所の担当官を紹介してもらった。成田も若き頃、ＫＮＬＡ（カレン民族解放軍）の兵士として闘ったことがあるため、なにかと顔が利いた。

担当官によると、二日前からミャンマー軍が国境近くのカレン族の村々を根絶やしにしようと掃討作戦を始めたらしい。ＫＮＬＡの軍事基地に行くどころか、ミャンマーに入ることすら難しい状況だそうだ。だが、指を銜えていればハリマオの孫にあたるソムチャイは、父親のソムニヤンと同じようにミャンマー軍に殺されてしまう可能性が出て来た。一刻の猶予もなかった。

「藤堂さん、来ました！」

〝トレーサーマン〟こと加藤豪二が、北の空を見て声を上げた。

浩志も含めて七人の男たちは、全員同じ方角を凝視している。だが、加藤の視力は、三・〇以上あるため、遥か空の果てに見える砂粒にも満たない機影を捉えたらしい。ほどなく、北の空に爆音とともにヘリコプターの姿が認められた。

「輸送ヘリかと思ったら、ブラックホークですよ。気合い入っているなあ」

動くものは何でも操縦できると豪語するオペレーションのプロ、〝ヘリボーイ〟こと田中俊信が、子供のように弾んだ声を上げた。それもそのはずで、UH－六〇ブラックホークは、乗務員とは別に完全武装の歩兵十名が搭乗可能で、しかも対戦車ミサイルランチャーやロケット弾ポットなども追加装備できる。今まさに着陸しようとしているブラックホークには、十九連装ロケット弾ポットと二十ミリ機関砲まで搭載されていた。

ブラックホークが着陸すると、軍服姿のトポイ少佐と部下のサムット軍曹が後部ドアを開けて降りて来た。

「藤堂さん、待たせましたね」

「凄いのに乗って来たな」

「作戦中は、このヘリはいつでも待機させておくつもりです」

「作戦中？」

「そうです。藤堂さんのチームが、ミャンマーに潜入すると聞いて、部隊の司令官であるスウブシン大佐に、私とサムット軍曹は休暇届を出してきました。ですから、私たちもご一緒させてください」

「それが、武器を借りる条件か？　こっちとしては、味方が増えるのは願ってもないことだが、他にも条件があるのだろう」

「ご注文の武器は、揃えて持ってきました。とりあえず、エアコンの効いたところで、お茶でも飲みながらお話をしましょう」

トポイは、含みのある笑顔をみせた。

「分かった。出発は、今夜するつもりだが、その前に打合せが必要だな」

「ありがとうございます。それでは、付いて来ていただけますか」

トポイは、すたすたと空港管制塔があるビルに向かった。空港の真新しい二階建てのビルの一階には、待合室の中に売店とドリンクスタンドがある。便数が減っているため閑散としていた。

「皆さんは、こちらでお飲物でも飲んでくつろいでいてください。藤堂さんは、私とご一緒ください」

トポイは、待合室の奥にあるドアを開け、中に誰もいないことを確認すると、浩志に入るように手招きした。中は、十五、六畳はありそうな広さで、分厚いカーペットに革製のソファーと大理石のテーブルが置かれてあった。

「ここは、ビップルームです。どうぞおかけください」

浩志とトポイが席に着くと、ドアをノックしてサムット軍曹がアイスコーヒーを入れたグラスを二つ置いて出て行った。

「どうやら、武器のレンタルにかなり条件が付きそうだな」

浩志は苦笑いをして、コーヒーに手を伸ばした。ここまで待遇が良いということは、それだけ覚悟が必要になる。武器をただで借りることが高くつきそうだ。

「数十年前から、ミャンマーでは、カレン族をはじめとした少数民族が迫害を受けていることはご存知だと思います。ミャンマー軍は、略奪、強姦(ごうかん)、放火、ありとあらゆる方法で村々を襲います。やっていることは山賊以下の許されざる犯罪といえましょう。そのせいで、周辺国では、毎年、難民が増加する一方です。また、国軍は、少数民族ばかりか、民主化を求めるビルマ人に対しての弾圧も強め、彼らも多数難民化しています。我が国は、難民に対して寛容政策を取っておりますが、不法な難民による犯罪も増えているという現状もあります」

浩志が頷くと、トポイは、喉が渇いたのか、アイスコーヒーを入れたグラスを手に取ると、一気に飲み干した。浩志も知ってはいたが、改めてミャンマー軍の胸くそ悪い所業を聞かされ、思わずコーヒーを飲み干した。

「そこで、現在、ミャンマーのカレン州の北部山岳地帯からタイ国境沿いにかけての現状をご説明します。一昨日の夜から、突如として、ミャンマー軍は、カレン族を根絶やしにするべく、残った村ばかりか、国内の難民キャンプも次々と焼き払っております。その攻撃は熾烈で、ジェノサイド（集団殺戮）と呼ぶべきものです。そのため、国境になるサルウィン川を渡って来る難民が、この二日だけでも数千人に達しており、我が国としても黙視できる範囲を超えつつあります」

「ミャンマーの事情は、俺も把握している。一つ聞きたいが、すでに着工されているサルウィン川のダム建設で、ＫＮＵの力が弱体化した事実をどう捉える。建設はミャンマーだが、資金はタイが出している。しかも完成後、生産される電力はタイに輸出されるらしいじゃないか」

トポイが、声もなく俯いてしまった。

タイが安定した電力の供給を求めるのは分かる。だが、共同開発者であるミャンマーが求めたのは安定した収益だけではなかった。ミャンマーとタイの国境を流れるサルウィン川とテナセリム川に五つの大型ダムを造ることで、川で生計を立てていた流域住民の生命線は断たれる。事実二〇〇七年に着工後、生活の場を失ったカレン族は、もはやこの地では生きて行くことができなくなってしまった。ミャンマー政府の狙いは、合法的に山岳民族、ひいては反政府組織を叩き潰すことにあった。

「おっしゃる通りです。政府は、ＫＮＵを弱体化させれば、難民が我が国に大挙して押し寄せることを知っておくべきでした」

「目先の経済効果で、自分の首を絞めたな。もういい。何をして欲しいんだ」

「カレン州北部山岳地帯で、今回の掃討作戦を指揮しているのは、タン・ウイン准将です。彼は、先月昇格して北部第三旅団の指揮官になりました。ミャンマーでは、将来を嘱望された若き指揮官です。彼は、これまでミャンマー市民の弾圧、少数民族の虐殺に深く関わって来た軍人です」

「そいつを殺して欲しいのか」

「いや、暗殺は、私とサムット軍曹がします。私もそうですが、軍曹は、特殊部隊きっての狙撃手です。藤堂さんの探している人物は、おそらく北部山岳地帯のＫＮＬＡの基地にいるでしょう。我々も行動を共にします。だが、あなたが任務を達成したら、南下して、北部第三旅団の野営地にいるタン・ウイン准将の狙撃をサポートしてほしいのです。遠方からの狙撃ということで、できるだけ敵との接触は避けるつもりです」

「それにしても、思い切った戦略をするもんだ。おたくの大将は気が狂ったとしか思えない。おまえたち、死ぬ気か」

「いや、これは、私がスウブシン大佐に提案し、自ら志願したのです。あなたが、ミャンマーに入ると聞いて、思いついた作戦です」

「買いかぶりもいいところだ。そもそも旅団のヘッドを一人殺したぐらいで、ミャンマーが変わるのか」

「タン・ウインは冷酷で、頭も切れます。彼はこれまで、ライバルたちを暗殺するなど、国軍の有望な人材を抹殺してきました。あの男が死ねば、若手の軍人なんて有象無象のやからです。将来、ミャンマーの軍事政権の弱体化に繋がるでしょう。タン・ウインが直接指揮を執っている今回の作戦は、彼を抹殺する絶好のチャンスなのです」

「なるほど。そこで、俺たちの出番か。最悪、殺されても、俺たちはどう見てもタイ人には見えない。タイ政府は疑われないということだな」

「いえ、決してそんなつもりはありません」

トポイは否定するが、あやしいものだ。単なる人探しが、いつの間にか紛争のまっただ中に巻き込まれようとしている。背に腹は代えられないとはいえ、高いレンタル料を払うことになった。

二

潜入するポイントは、KNLA（カレン民族解放軍）の基地があるミャンマーのカレン州北部山岳地帯よりさらに北になった。メソートの対岸はミャンマー軍の北部第三旅団に占領されていることが分かったためだ。

メソートを飛び立ったブラックホークは、三百キロ北のメーホンソーン市内にある国内飛行場に向かっている。市内から二十キロ西南のミャンマーとの国境でガイド役のKNL

Ａ兵士二人と落ち合い、さらに二十キロ先のサルウィン川を十数キロ南に下り、カレン州最北にあるＫＮＬＡの第八旅団の基地に行くことになっている。ハリマオの孫と見られるソムチャイは、その基地の責任者である司令官になっているらしい。

出発に先立ち、メソートのＫＮＵ（カレン民族同盟）連絡事務所から、タイ国内にいるＫＮＬＡ幹部に連絡を入れてもらい、北部山岳地帯にある基地に入る許可を得ていた。また、その幹部の元に連絡係として派遣されていた第八旅団の兵士が二人おり、ガイドとして基地まで案内してもらえることになった。

移動中のブラックホークの後部スペースには、浩志をはじめとした傭兵と傭兵代理店のコマンドスタッフである瀬川と黒川、それにトポイ少佐と部下のサムット軍曹が乗り込んでいる。

大佐は出発前に重装備の浩志らを見てうらやましそうな顔をしていたが、さすがに一緒に行くとは言い出さなかった。また柊真は結局帰国せずに、浩志らが戻るまでメソートの難民キャンプで暮らすことになった。美香が一緒に救援活動をするという口添えがあったからだ。そのため、日本に柊真を連れて帰ることになっていた黒川も急遽作戦に参加することになった。

浩志らは、ヘリの中で車座になり、普段と変わらない様子で落ちついていた。全員歴戦の兵士ゆえのことだが、久しぶりの紛争地潜入にいささか興奮を覚えているというのが正直なところだろう。

目的は違うが、タイで最強の特殊部隊隊員であるトポイらが参加したことにより、今回もチームを二つに分けることにした。

浩志のチームは、いつものようにイーグルと名をつけ、トレーサーの加藤にトポイとサムットを加えた四人。もう一つは、パンサーチームとして、リーダーの浅岡辰也に、田中俊信、宮坂大伍、それに瀬川里見と黒川章の五人だ。

個人の装備は、アサルトライフルのH&K(ヘッケラーアンドコッホ) G3、ハンドガンはベレッタM九二、手榴弾はM六七通称アップルが四発、M七二LAW携帯対戦車砲、それにハンドフリーの無線機だ。また、川を渡るにあたってゾディアック製のインフレータブルボート(ゴムボート)を二隻用意した。

G3は、ドイツのメーカーH&K社が開発したアサルトライフルで、七・六二ミリNATO弾を使用する突撃銃としては、M一六と並ぶ名機だ。この銃は、タイ国軍の制式銃であるとともにミャンマー軍でも使用されている。特にミャンマーではライセンス生産までされており、弾薬不足や銃が故障した場合、ミャンマー軍の銃や弾薬を使用できる利点があるため採用した。また、今回、携帯の対戦車砲を全員に装備した。M七二LAWは、使用時に伸ばして使う軽量で使い捨ての対戦車砲だ。装甲が厚い最新の戦車には通用しないが、ミャンマー陸軍が所有する旧式の戦車なら充分通用する。

個人の基本装備以外の武器として、爆弾グマこと浅岡には、プラスチック爆弾と起爆装置、また、狙撃手のサムットの銃はＳＲ二五対人狙撃銃が用意された。

午後六時四十分、ブラックホークはメーホンソーン飛行場に着陸した。飛行場から浩志らは二台のハンヴィー（高機動多用途装輪車両）に分乗し、メーホンソーンの町外れから、タイ北部山岳地帯の渓谷沿いの悪路をミャンマーとの国境に向かった。

街路灯もなく舗装もされていないでこぼこの山道をひたすら西南西の方角に進んだ。時として、ぬかるんでいたり、大きな落石で道が半ば塞がれていたりと、たった二十キロの道のりを一時間近くかけてやっと国境の手前一キロの地点にたどり着いた。辺りには住居もなければ、国境の監視所すらない。星明かりだけが頼りといったジャングル地帯だが、大型の軍用四駆で国境を越えるような馬鹿な真似はできない。ハンヴィーは、運転していた兵士とともにその場でＵターンさせて帰した。

浩志は、二チームに分け、加藤を先頭にイーグルチームを前にパンサーチームを後ろに付けた。加藤は、〝トレーサーマン〟と呼ばれ、アメリカの傭兵学校で、ネイティブインディアンの教官から、先祖伝来の特殊な技術を学んだ追跡と潜入のプロだ。優れた兵士なら、星座で方位ぐらいは知ることができるが、加藤は、コンパスも使わずに頭に刻み込んだ地図と星座から、自らの位置を割り出し、正確に現在位置を地図上にプロットできる。

また、研ぎすまされた感覚で、いち早く異変に気付くことができるため、斥候（せっこう）にも優れた能力を発揮する。

タイ側の道は、あと三百メートルほどで途切れる。そこがミャンマーとの国境になるのだ。前を歩く加藤がハンドシグナルで停まれと合図をしてきた。浩志は、すぐに停止と警戒のハンドシグナルを出した。全員しゃがみ込み、銃を構えて四方を警戒した。加藤は、耳を澄ませて様子を窺っている。辺りは漆黒のジャングル。獣たちもひっそりと息を潜めている時間だ。しばらくすると前方のジャングルから、微かに足音が聞こえて来た。一人や二人ではない。かなり大勢の足音がしてきた。しかも乱れている。

浩志は、全員に道の左側のジャングルに隠れるように命令した。

パンパンと銃声が前方のジャングルに轟（とどろ）いた。叫び声と怒号、それに銃声が続き、やがて元の静寂を取り戻したジャングルに幾筋ものライトが飛び交った。

浩志は、ライトが遠ざかるのを確認すると、前進を命じた。本来なら、前方のジャングルは避けて通りたいところだが、ＫＮＬＡの兵士と待ち合わせている以上、進まねばならない。やがて、国境まで辿り着くと、銃で撃たれた死体がいくつも転がっていた。老人や子供、それに中年の男。みんな山岳民族の衣装を身に着けている。ミャンマーから脱出を図ったが国境を警備していたミャンマー兵に見つかってしまったのだろう。

「ちくしょう。みんな背中から撃たれている。せめてあと五十メートル走れば、タイに逃げられたのになあ」

「いえ、ここはすでにタイ領ですよ。国境は、三十メートル先です」

辰也の呟きに、加藤は深いため息とともに答えた。

「行くぞ！」

浩志は、舌打ちをすると、吐き捨てるように命じた。

百メートルほど進み、国境を越えた地点に到達したが、ＫＮＬＡ兵士の姿はない。ミャンマー兵が現れたために、この場を離れたのだろう。しかし、他の場所で待つことなどできない。

「きゃー！」

前方のジャングルから、女の悲鳴が聞こえて来た。

浩志は、パンサーチームを残し、イーグルチームだけで声のする方角に向かった。すると、二人の女を数人のミャンマー兵が取り囲み、まさに犯そうとしているところだった。国境で死んでいた村人たちは、二人の女を捕まえた後、殺されたのだろう。

振り返ってトポイを見ると、頷いてみせた。本来なら、作戦前に予定外の戦闘は避けるべきなのだが、この場を見過ごすわけにはいかない。二手に分かれるように指示を出し、浩志と加藤は左側、トポイらは右側に回った。

敵に気付かれないようにアサルトライフルのＧ３を背中に回し、サバイバルナイフを抜いた。敵は六人、味方は四人。一人、一・五人倒せば、問題ない。

襲いかかるべく距離を詰めた瞬間、目の前の藪の中から、二人の男が飛び出して敵に襲いかかった。二人の敵を倒した段階で、男たちは残りの四人に捕まってしまった。

浩志は舌打ちをし、四人のミャンマー兵に襲いかかった。ほぼ同時に反対側からもトポイらが襲いかかり、ミャンマー兵の息の根を止めた。先に襲いかかった二人の男たちは、銃で武装している。どうやら、待ち人だったようだ。

「ワイン！」

浩志は、男たちにメソートのKNU連絡事務所の担当官から教えられていた合い言葉を言った。

「あっ、あんたたちが、聞いていた人たちか。俺は、ソーミンだ」

ソーミンと名乗った男は、ほっとした表情をみせた。

「答えろ！　殺されたいのか」

浩志は、ソーミンにG3の銃口を向けた。

「キリストの血！」

ソーミンは、浩志に一喝され慌てて合い言葉で答えてきた。彼らカレン族には、キリスト教信者が多い。そのため、キリストに因んだ合い言葉を使っているのだろう。それにしても、あのままソーミンらが、ミャンマー兵に殺されていたら、作戦は出端をくじかれるところだった。

助けた女は、やはり殺された村人の親族だった。嘆き悲しむ二人の女をとりあえずタイの領内まで連れて行き、金とハンドライトを渡し、解放した。

三

二人のKNLA（カレン民族解放軍）兵士に案内され、二十キロ西のカヤー州を流れるサルウィン川の岸辺に辿り着くことができた。カヤー州は、カレン州の北側に位置する。ここから、さらに十数キロ川を下ったカレン州の奥地にKNLAの山岳基地があるとソーミンという兵士から説明を受けた。だが、数百メートル下流の対岸に時折ライトが点滅するのが見える。KNLA兵士がライトを点けるはずがない。

「こんな奥地までミャンマー軍が来ているなんて、……基地まで戻れないかもしれない」

ソーミンは、頭を抱えて泣き言を言い出した。

「トポイ。タン・ウインが率いる北部第三旅団の兵数を知っているか」

浩志は、傍らのトポイ少佐に聞いた。暗殺するというなら、情報部を通じてかなり調べているはずだ。

「二千前後というところです。北部第三旅団は、タン・ウインが司令官になってから、組織が変更され、補充されたらしいのですが、詳しい数までは、摑んでいません」

「北部第三旅団以外に今回の作戦に加わっている可能性はないのか」

「いや、北部第三旅団の単独作戦に間違いないと聞いています。タン・ウインは野心家で、手柄を立てたくて、これまでも単独で自分の部隊を動かしてきた男です」

断定するところを見ると、作戦の内容をある程度知っているのだろう。おそらくタイ情報部は、ミャンマー国軍内部の情報を得ているに違いない。

「ＫＮＬＡの基地は、カレン州の北部山岳地帯を中心に点在していると聞いている。二千では、カレン州を包囲することもできない。まして、別の州にまで突出するほどの兵員でもない」

「なるほど、さっき私たちが始末した兵士たちも、単独で行動していましたね」

「おそらくカレン州の南から攻撃するにあたりＫＮＬＡの兵士が脱出する北部のポイントを押さえているのか、あるいは、斥候小隊だろう。恐れることはない。だが、兵站を延ばして、川沿いに展開している可能性は考えといた方がいいだろう」

「だとすると、ここから川を下るのは危険ですね。万が一見つかれば、川岸から狙撃されますから」

「そういうことだ。北に迂回するか。対岸の敵を倒して、ジャングルを南下するかどちらかだ。だが、接触は避けたい。遠回りになるが、一キロ上流を渡河した方がいい」

「賛成です。いくら兵站が延びていたとしても、本隊を呼び寄せるような真似はしたくないですからね」

トポイには、敵の司令官を暗殺するという任務がある。いくら野戦とはいえ、敵の司令官がいる場所は、本隊のど真ん中か、後方のはずだ。いずれは、虎穴に入る覚悟は必要だが、今は飽くまでもこちらの存在は知られたくない。

ＫＮＬＡのソーミンらに案内させ、浩志らは一キロ上流でゾディアック製のインフレータブルボートを組み立て、対岸に渡った。

浩志は、上陸するとすぐさま加藤を偵察に出した。本来なら単独行動は避けるべきなのだが、加藤の場合、足音も立てずに恐るべきスピードで進むことができる。そのため、偵察や潜入の場合、バディ（二人組）で行動させないようにしている。

しばらくすると音もなく加藤が闇を抜け出るように戻って来た。

「先ほど見かけた一キロ下流にいるミャンマー兵ですが、あそこで野営する準備をしていたようです。十二名の小隊です。テントの横に七二Ｂと七二Ａが積まれていました」

「七二だと！　奴らは地雷を敷設するために野営しているのか」

七二Ｂとは、中国製の電気式地雷で、地雷の博物館とまで言われたカンボジアでさえ最も危険な地雷と言われ、踏むだけでなく十度傾けても電子装置が感知して爆発する。そのため、掘り起こすことも難しい。また電池がなくなっても普通の地雷として機能するというやっかいものだ。直径八センチ、厚さ四センチ、重量も百五十グラムと小型で設置が簡単だ。中国は持ち前の工業力と安価な労働力で大量に生産し、世界中に売りさばいている。

「ソーミン。さっき連中がいた場所は、どんな所だったんだ」

「比較的流れが緩く、近くの村人はよくあの場所で小舟を使って川を渡ります。粗末ですが木で作った桟橋もあります。もし、あそこが地雷原になると我々よりもこの地域の住民に被害がでます」

ソーミンは複雑な表情で答えた。

ミャンマーは多民族国家で、多数を占めるビルマ民族以外の少数民族の多くがミャンマーからの独立を目指していると言っても過言ではない。すでに力で押さえ込まれ、ミャンマー政府と停戦を結んでいる民族も多いが、カレン民族のように未だに独自の民兵組織で武装闘争を展開している民族も多い。また、彼らの多くが対人地雷を所有し、なおかつ使用している。ＫＮＬＡは政府軍に次ぐ量の地雷を埋設(まいせつ)している。

「汚い連中だ。無差別に攻撃するつもりか」

辰也が、吐き捨てるように言った。

「連中は、明日の朝からでも作業に取りかかるつもりなのだろう。俺たちの退路を確保する意味でも、取り除く必要がある」

浩志の言葉に、仲間は拳を握って喜びの表情をみせた。

午後十時、ミャンマー兵の野営地を浩志らはジャングルの中からじっと窺った。岸から十メートルほど入った場所に小さな広場があり、テントが二つ張ってある。また、桟橋に小型の軍用ボートが係留されていた。

加藤の報告通り二つのテントの間に七二Ａと記載された箱が五箱、七二Ｂと書かれた箱が一番上に一箱だけ積まれていた。ちなみに七二Ａは、電子装置が付いていない普及版で、通常は、ＡとＢを混合して使用し、地雷の撤去時に混乱を来(きた)すようにする。

「あの箱からすれば、七二ＡとＢを併せて五、六百個はありそうだな」

浩志は、独り言のように傍らのトポイに話し掛けた。

「ここだけなら、二、三十個もあれば、充分地雷原になります。この場所を起点として、明日は、下流の岸に寄っては、埋設していくのでしょう。作業を始める前に発見しておいてよかった」

「やつらが無線機を持っているとしたら、やっかいだな。殲滅するのは簡単だが、作業の報告を入れられなくなると本隊に気付かれる可能性がある。それに、これがＫＮＬＡの仕業と思われ、さらに酷い報復を受けることも考えられる」

これから、世話になるだろうＫＮＬＡに迷惑をかけることは避けたかった。浩志は、数メートル先の藪で待機しているパンサーチームの辰也を呼んだ。

「辰也、あそこの七二Bをできればすべて爆破処理をしたいと思っている。しかも、外部からの攻撃でなく、やつらの作業中の事故という形で、爆破したいが、何かいいアイデアはないか」

「それなら、七二Bの箱にアップルのブービートラップを仕掛けたらどうですか。安全ピンを外したアップルからテントの入り口まで鋼線を引っ張れば、朝起きた時に誰かが必ず引っ掛けますよ。後は、アップルが爆発して、七二Bは誘爆するという寸法です」

「だめだ。爆発の原因は分からないにしても、作業中の事故には見えない」

「そうですね。それなら、箱の中に時限爆弾を仕掛けてはどうですか」

「やつらが、いつ作業をするか分からない。それに、爆破する前に箱が別の場所に置かれた場合、全部を破壊することはできない。……時限爆弾か、アイデアとしてはいいのだが……、時限爆弾か、そうだ」

浩志は、ポンと左の掌を右手の拳で叩いた。

「一番上の箱の中の七二Bを一、二個、安全装置を外せばいいんだ」

「なるほど、あの高さなら、箱を動かす際に十度は傾きます。それに、箱を動かすのは、作業をする時だから、怪しまれませんね」

浩志は、直ちに加藤に七二Bの箱に細工をするように指示をした。

加藤は、肩に掛けたG3を置いて身軽になると、寝静まった敵のテントに向け、黒豹のように闇の中を移動して行った。その間、浩志らは加藤の援護をするため、Ｇ３でテントの入り口に狙いを定めて待機した。

加藤は、ものの数分で作業を完了し、何事もなかったかのように戻ってきた。

浩志は、加藤の肩をポンと叩き、全員に出発を命じた。

四

野営したくとも敵兵が近くにいるような場所では、一刻も早く目的地に向かって移動せねばならない。だが、土地鑑（かん）があり夜目も利くＫＮＬＡ（カレン民族解放軍）兵士をガイドにしても、漆黒のジャングルをライトも点けずに進むのは困難で、サルウィン川の岸に沿って歩くより他なかった。

先頭にソーミンを歩かせ、浩志は星明かりを受けてうっすらと浮かぶ彼の背中を目印に歩いた。ソーミンは、身長一七〇弱、体重は五十キロ前後。無駄な脂肪は一切付けていない。年齢は、二十八だと言っていた。ＫＮＬＡには、十三歳から参加しているそうだ。当初、自分たちの支配地域近辺でミャンマー国軍兵士を見たため、弱気になっていたが、浩志らのチームと行動することで自信を取り戻したようだ。

ソーミンが右手を上げて、しゃがみ込んだ。浩志も、周囲に微妙な異変を感じ、右手を握りしめて、停止を命じた。浩志らは、川岸から十数メートル入ったジャングルとの境界を一列縦隊で進んでいた。いつの間にか完全に包囲されていたようだ。たまたま野営していた敵のど真ん中に踏み込んでしまったに違いない。だが、彼らは隙間なく包囲しようと、サルウィン川から漆黒のジャングルに流れるわずかな川風を無視して移動した。そのため、川岸に潜む敵の体臭を感じ取ることができた。

敵は、じりじりと包囲網を狭めて来た。彼らは、一旦動き出すと気配をあらわに行動している。しかも、無音歩行もできない稚拙な兵士もいるようだ。

「リベンジャーだ。報告せよ」

浩志が、インカムで要所にいる仲間に敵の確認を求めた。

「爆弾グマ。後方、三、確認」

最後尾でしんがりを務める辰也から、ささやくような声で報告があった。

「ヘリボーイ。右五、左四、確認」

浩志は前方に三人の敵を確認していた。合計で十五人。彼らは、数では四人上回っている。まだこちらに気付かれていないと思っているのだろう。

「銃は、使うな。戦闘不能にすれば充分だ」

浩志らにとっても、他の場所にいるミャンマー軍に気付かれずに始末したい。浩志の命令に全員肩からG３を降ろし、銃身とグリップを握りしめた。

敵は数メートルまで包囲を狭めると、雪崩(なだ)れ込むように一気に襲いかかってきた。

浩志らは、Ｇ３を振り回し、次々と敵を打ち据えて行った。

「止めろ！　俺たちは、ＫＮＬＡだ！」

突如、ソーミンが英語とミャンマー語で叫び声を上げた。敵味方双方動きを止めた。もっとも、襲いかかった連中の大半は、すでに地面に伸びていた。年齢は三十前後と若い男たちで、軍服は着ていなかった。

ソーミンが何かミャンマー語で彼らに話し掛けると、腹を抱えて蹲(うずくま)っていた男が、手を上げた。どうやら、彼らのリーダーらしい。

「藤堂さん。彼らは、ＡＢＳＤＦの活動家です」

ＡＢＳＤＦとは、全ビルマ学生民主戦線のことだ。

ソーミンに連れられて、浩志の前に立った男は痩せてはいるが、浩志と同じぐらいの身長で目が大きく知性的な顔をしている。歳は三十後半か。攻撃してきた連中の中で唯一の武器であるＡＫ四七（ロシア製アサルトライフル）を持っていた。

「すみませんでした。私は、トゥン・センと言います。ＡＢＳＤＦに所属しています。あなた方をてっきり国軍だと勘違いしてしまいました」

トゥン・センは、流暢(りゅうちょう)な英語で話しかけて来た。ＡＢＳＤＦの地下工作班の第二班長だそうだ。ＡＢＳＤＦは一時一万人を超す大きな勢力となり、タイ・インドネシア・中国との国境沿いにいくつも軍事訓練基地持ち、カレン州に支配地を持っていたKNLAと共闘するなど、ミャンマーの民主化の柱になろうとしていたが、国軍の猛攻と相次ぐ弾圧で、今やその数は激減し、実数は数百と風前の灯火(ともしび)だ。

「昨日から、急に国軍の動きが慌ただしくなり、我々のキャンプ地にも押し寄せて来たので、KNLAのソムチャイ司令官の基地に行くところです」

「ソムチャイを知っているのか?」

トゥン・センの口から、ソムチャイの名を聞くとは思ってもみなかった。彼の指揮する第八旅団は数こそ百名そこそこだが、その勇猛果敢さは有名で、今回の作戦も第八旅団を標的にしたものではないかと、トゥン・センは考えているようだ。

「ソムチャイ司令官には、何度も助けてもらっています。我々は、第八旅団とともに闘うつもりです。しかし、見ての通り、私以外武器を持っている者はいません。それで武器を奪うつもりであなた方を襲ったのですが、酷い目に遭いました。本当に後悔しています」

トゥン・センは、そういうと白い歯をみせて笑った。ABSDFのほとんどの組織は崩壊したような状況だが、彼の目は輝いていた。犯罪者集団である軍事政権から、祖国を取り戻したいという一心で、たとえ一人になっても闘い続けるという。

「ソーミン。さっきミャンマー兵のキャンプに仕掛けをしてきた。連中は、明日の朝には、自滅するだろう。彼らの武器がなくなっていたら、ミャンマー軍は、どう思う」

「おそらく我々の仕業だと思うでしょう。付近の住民は、恐ろしくて国軍の武器を奪うようなことはしませんからね。でも、それは、単に事故に遭った現場から盗まれたと思うだけですよ。地雷に細工をして、事故に見せかけるなんてことは、誰も考えつきませんから」

ソーミンは、答えてにやりと笑ってみせた。彼は、すぐさま浩志の考えていることをトゥン・センに話した。

「我々は、じっと待っているだけで、本当に武器が手に入るのですか」

トゥン・センは興奮した様子で浩志に尋ねて来た。

「そうだ。決して気付かれないようにジャングルに身を隠していることだな」

「分かりました。というより、明るくなってから素手で国軍を襲うほど我々は馬鹿ではありませんから、大丈夫です」

トゥン・センは、そう言うと浩志に握手を求めてきた。

結局、浩志らもトゥン・センらとともにこの場で、野営することになった。ガイド役のソーミンによれば、第八旅団の基地はもっとも険しい場所にあり、さすがに陽が昇ってからでないと行くことはできないらしい。

ソムチャイの存在が確認できた。しかし、彼の士気は高く、大佐の思惑通りにマレーシアに連れて帰ることが難しくなったと、浩志は複雑な思いで横になった。

五

夜が明ける一時間前、浩志らは移動を始めた。

ＡＢＳＤＦ（全ビルマ学生民主戦線）の活動家らは、地雷を敷設するために野営しているミャンマー軍の野営地に向かった。トゥン・センは、武器を手に入れ次第、第八旅団の基地へ向かうつもりだと言って張り切っていた。

野営した地点から、一時間ほど西南の方角にジャングルを進むと、小さな川の流れについた。頭上を覆う草木で空を見ることもできないジャングルに薄日が射し、動物たちの鳴き声とともに、ようやく夜は明け始めた。

五分の小休止の後、流れに沿ってさらに一時間山奥に入ると、屏風のような高い崖に囲まれた一角に入った。崖の中央には高さ十数メートルの滝が流れ、元々道なき道を歩いて来たのだが、ここにいたって完全に行き止まりになった。

「まさか、この滝を登るんじゃないでしょうね」

隣りでトポイが、呆れ顔で滝を見上げた。

「今から、仲間のナヤンが見本を示しますので、その通り登ってください」

ガイド役のＫＮＬＡ（カレン民族解放軍）兵士のソーミンの仲間が、直径五メートルほどの滝壺を回り込み、滝の右側の岩壁を登り始めた。ちなみに左側は、シダと苔類が鬱蒼と茂っているため登ることは困難だ。四メートルほど登ると、岩壁は、ひさしのように大きく突き出ており、オーバーハングしないととても登れない。しかも岩の上部は、苔でぬるぬるしているのが、下からでも分かる。

「嘘だろう」

浩志も含めて、仲間は口をあんぐりと開けた。

ナヤンと呼ばれた兵士は、頭から滝に打たれながら、滝を右から左に横切った。そして、今度は左の岩壁に取り付き、上部から垂れ下がっているツタを掴み、まるでレンジャーのように岩壁を登って行った。

「藤堂さん、次はあなたです。私が足場を指示しますから、ご心配には及びません」

浩志は、苦笑した。ソーミンの指示に従い滝の右の岩壁に移動した。ホールドする岩を探った。右の壁をなんとか登り、滝に打たれて左の岩壁に取り付き、幾筋も垂れているツタをたぐり寄せると、ツタの下が自然な感じで切られているのが分かった。下から直接登れないように、ツタの長さを短くしているようだ。

今回の装備は、携帯している武器弾薬と、背のう（軍用バックパック）に入れてある着替えや食料もいれて、三十キロ以上あるので重量がもろに負担となる。フランスの外人部隊に新兵として訓練に参加したころを思わず思い出した。この岩壁を登ると、教官が遅いと怒鳴りつけて来るのではないかとさえ思える。

ツタを登りきり、滝の上部に着いた。開けた場所かと思いきや、すぐ手前までジャングルがせまっていた。浩志は、野生のバナナの木の下に腰を下ろし、水筒を出して水を飲んだ。仲間全員が登るのに三十分近くかかったのだが、ソーミンは、ものの二、三分で登ってきた。慣れていることもあるのだろうが、身体能力の高さが窺われる。

ジャングルを四十分ほど歩くと、ソーミンが初めて足を止めた。どうやら目的地に着いたようだ。ミャンマーとタイの国境を流れるサルウィン川は、南北に流れており、川に沿って州をまたぐ低い山脈がある。浩志らはカレン州の山脈の端の頂きに現在いるはずだ。

ソーミンは、口に指を当て、ジャングルに住む猿のような甲高い鳴き声をしてみせた。その合図に呼応して前方から同じような猿の鳴き声が返ってきた。すると、まるでジャングルの木々から湧き出たように武装した兵士が三名現れた。彼らのアサルトライフルは、全員Ｍ一六Ａ四で中にはＭ二〇三グレネードランチャー（擲弾発射器）を装着している者もいる。これは、ミャンマーの軍事政権攻略のために、アメリカのＣＩＡが密かに供与したものだろう。

ソーミンが彼らに駆け寄り、何事か彼らに話し掛けた。話がついたのかソーミンは笑顔で振り返り、手招きをしてきた。

浩志は仲間を連れ、三人の兵士に近づいた。真ん中の一番年長の男が一歩前に出て浩志を値踏みするようにじっと見ていたが、右手をすっと前に出し握手を求めてきた。

「私は、留守を預かる副司令官のミン・ウーです」

ミン・ウーは、身長一七〇弱、銃創と思われる傷が右の額に一つと左頬に大きな火傷の痕がある。彼の軍歴が過酷なものだったことは一目で分かる。握手は交わしたものの、鋭い目つきで睨みつけてきた。浩志らをまだ受け入れていない様子だ。もっとも、日本とタイから完全武装の兵士が来たというだけでも信じ難いことだからだろう。

「一昨日から、ミャンマー軍が奥地まで繰り出して来たため、我々は、満足な連絡もできず、あなた方が来ることは知りませんでした。生憎、ソムチャイ司令官は、ミャンマー軍の本隊攻略に昨夜八十名の部下とともに出発したところです。明日には帰る予定です。ここでは何もできませんが、それまで、ゆっくりして行ってください」

どうやら入れ違いだったようだ。浩志らは、基地というより、山奥の隠れ里のような所に連れて行かれた。バナナの葉を重ねた屋根に、竹と木を組み合わせた高床式の小屋を一つあてがわれた。浩志たちの小屋は、基地の入り口近くにあるらしく、奥には小屋がいくつもあった。

持って来た食料で昼飯を終わらせ、手持ち無沙汰にしていると、サルウィン川の岸辺で別れたトゥン・センら、ＡＢＳＤＦの活動家が、浩志に挨拶がしたいとあてがわれた住居に上がってきた。彼らは、ミャンマー兵から奪った武器で完全武装しており、どこから見ても立派な兵士に見えた。

「藤堂さんのおかげで我々全員武装した上に、予備の弾薬という土産まで持って、ここに来ることができました。正直言って、ここに来て武器を借りるつもりだったので、今日は、大手を振って来ることができました」

トゥン・センは、何度も礼を言った後、自分たちにあてがわれた小屋に行くと言って出て行った。

浩志はハンドガンだけ携帯して、一人基地内を散歩することにした。基地内の建物は、すべて高床式で、目視できる範囲だけでも十以上ある。ここが基地と呼ばれるものなら、それぞれ、司令部とか兵舎なりの機能があるのだろう。多くの小屋は、大きな木の下に隠れるように建てられているため、上空からでも発見することは難しいだろう。

小屋を覗くと、銃を整備する者や寝転がって煙草をふかす者など、めいめい自由に行動している。彼らは、すでに浩志らが来たことを知らされているらしく、誰もが笑顔で挨拶をよこし、中には涙を流さんばかりに喜んで、握手を求めて来る者もいた。おそらく外国の援軍だと思い込んでいるのだろう。彼らに、共通しているのは朴訥(ぼくとつ)とした素朴さだが、内に秘める民族を守る兵士としての誇りを感じさせられた。

六

ＫＮＬＡ（カレン民族解放軍）の第八旅団の基地は、隠れ里のような趣(おもむき)がある高床式の集落で、中央の一番大きな小屋が、どうやら司令部らしい。この小屋の入り口を十人前後の兵士が落ち着かない様子で見守っていた。兵士の一人に何事かと話し掛けたが、英語が分からないらしい。ただ彼らの表情と口調からしてよくない出来事が起こったに違いない。

「藤堂さん、大変なことになっているようです」

気が付くとすぐ隣りにＡＢＳＤＦ（全ビルマ学生民主戦線）の活動家のトゥン・センが立っていた。

「どうしたんだ」

「三十分ほどまえに、昨夜出撃したソムチャイ司令官の部隊の者が一人で帰ってきたそうです。何でも部隊が、敵の攻撃を受けてほぼ全滅したと言っているようです」

「何！」

浩志はトゥン・センを連れ、人垣をかき分け階段を上り、小屋に上がった。ミン・ウーの前で、全身汗と埃(ほこり)にまみれた男が一人泣きながら、わめいていた。暑いのに、シャツの上にジャケットを着ている。

「状況を教えてくれ」

浩志を見たミン・ウーは、深い溜息を吐き、首を横に振った。

「この男は、まだ錯乱状態で要領を得ませんが、敵は、見たこともないヘリコプターで攻撃してきたらしいのです」

「見たこともないヘリコプター？」

「ロケット弾と機関銃で銃撃を受け、瞬く間に部隊は壊滅状態になり、この男は捕まったそうですが、必死に逃げて来たらしいのです。ソムチャイ司令官は、足に被弾したそうです。動けなくなったところを敵に捕まったと言っています。国軍に捕まれば、司令官の場合、生きては戻れないでしょう」

ミン・ウーは、がっくりと首を垂れた。

「この男は、一度捕まったと言ったな。ミン・ウー。この男に立つように命じるんだ」

命じられた男は、急にびくびくと震え出した。

「服を脱ぐように、言ってくれ」

ミン・ウーは男に命じたが、男は、首を横に振るだけで頑なに拒んだ。

「服を脱げ！」

浩志は銃を抜き、銃口を男に向けて命じた。ジャケットの下に武器を持っているかもしれない。幹部を殺すことを条件に、釈放されたことも考えられるからだ。

男は、震える手で服を脱ぎ出した。胸の周りに帯状の袋と配線が巻かれてあった。服を脱いだ男には、爆弾が巻き付けられていた。

「トゥン・セン、俺の仲間の辰也という男を呼んで来てくれ」

トゥン・センは小屋から、走って出て行った。

間もなく、辰也が血相を変えてやってきた。目の前の状況をすばやく判断した辰也は、すぐに男に巻き付けられた爆弾を調べ始めた。

「こいつは、遠隔操作で爆発するタイプです」

「取り外してやれ」

「だめです。爆弾に巻き付けられている配線を切ると爆発する仕組みになっています」

「他の者は、ここから出るんだ」

浩志は、ミン・ウーらを建物から追い出し、爆弾男と辰也の三人だけになった。

「助けてくれ！　何人も仲間が爆弾を付けられて、帰されたんだ。ちゃんと帰らないと爆発させられるんだ。仕方がなかったんだ」

男は、片言の英語をしゃべり、浩志にすがって涙を流し始めた。

「これはまずい。藤堂さん。こいつ発信器も取り付けられていますよ」

「くそっ！」

浩志は、男の首筋を強打し気絶させた。男がここに来てから、すでに三十分近く経つ、位置を特定されている可能性があった。

「発信器だけでも取り外して、別の場所に捨てるんだ」

浩志の言葉が終わらないうちに、どこからかヘリコプターの爆音が聞こえてきた。

「遅かったか。辰也、逃げろ！」

建物から飛び出した瞬間、気絶させた男が爆発した。二人は、爆風で飛ばされたものの危機一髪、かすり傷も負わなかった。

地面に叩きつけられた浩志は、ヘリコプターの爆音が頭上に迫ったことに気付き、なんとか起き上がって上空を見上げた。

「馬鹿な！　アパッチだ」

ほっそりとしたスタイルで、それでいて重武装した二人乗りの小型のヘリコプターが上空にホバリングしていた。

〝アパッチ〟は、アメリカが開発した攻撃戦闘ヘリＡＨ六四の愛称で、前面の固定武装の三十ミリ自動式機関砲の他にも、両脇にロケット弾、空対地ミサイルなども搭載できる。現在では、後継機のＡＨ六四Ｄ〝アパッチロングホウ〟に主役の座を譲っているが、実戦ではまだ世界最強の攻撃戦闘ヘリコプターとして活躍している。隣国タイは、何機か保有しているらしいが、財政難の貧乏国家ミャンマーに配備されたことなど聞いたことがない。

周りにいる兵士が、M一六でアパッチを撃ち始めた。上空数百メートルほどの距離にいるヘリに当たるはずもない。当たったところで、アパッチの装甲をM一六の銃弾で貫通させることなどできない。むしろ居場所を教えるようなものだ。

「無駄だ！　ジャングルに逃げろ！」

浩志と辰也は、大声で叫びながら宿舎にされた小屋に向かった。

アリの攻撃のようなKNLA兵士たちの攻撃をあざ笑うかのようにホバリングしていたアパッチが急降下をしてきた。ロケット弾が主要な小屋に次々と撃ち込まれ、宿舎にしていた小屋も目の前で破壊された。次に三十ミリ自動式機関砲で逃げ惑う兵士を狙って撃って来た。

「ちくしょう！」

浩志と辰也はアパッチの機関砲に追い立てられ、宿舎と反対側の爆破された小屋の陰に隠れた。そしてアパッチが上空に戻ったのを見計らい、ジャングルに逃げ込んだ。鬱蒼とした木々に沿って、宿舎にしていた小屋の近くまで行くと、仲間が武装して隠れているのが見えた。瀬川が、浩志と辰也に気付き、二人の装備を担いできた。

「全員、無事か！」

浩志の問いに瀬川は、暗い表情で答えた。

「トポイ少佐とサムット軍曹が、負傷しました」

「二人は、どこにいる」

「こちらです。全員装備を抱えてすぐにジャングルに逃げたのですが、二人はなぜか逃げ遅れました。我々は気がついてすぐ引き返したのですが……」

瀬川の案内で、浩志は、ジャングルの奥に入った。アパッチの猛攻はすでに止んでいた。目視できる範囲で生存者はいないと判断したのだろう。

トポイとサムットは、並んで寝かされていた。サムットは、胸に機関砲の弾を二発も受けて、すでに死んでいた。トポイは、ロケット弾の破片が背中と足に刺さったようだ。足はともかく背中の傷は致命傷だ。

「トポイ。言い残すことはないか」

「藤堂さん。元気を出せと言って欲しかったですね。小屋に狙撃銃を取りに行ってやられました」

「馬鹿野郎。そこまでして、任務を遂行する理由があるのか！」

腹立ちまぎれに言うと、トポイは苦笑いを浮かべた。

「私と、サムットは、二人ともミャンマーからタイに帰化したカレン族が先祖です。そのため、ミャンマーの国内には親戚が大勢います。それで、悪くなる一方のミャンマー情勢を憂いていました。スウブシン大佐も、それを知っていて我々に任務の許可を与えてくれました。大佐が命令を下したのではないのです」

　トポイは、浩志の手を握りしめてきた。

「ミャンマーの軍政は、もうだめです。軍人どもは、私利私欲に走り、国民を奴隷としか考えていない。特に少数民族は、動物以下です。タン・ウインは、軍政の意思を継ぐ者、生かしておいては、ミャンマーに明日はありません。ひいては、タイの治安も確実に悪くなるでしょう。お願いです。タン・ウインを抹殺してください」

　トポイは、まくしたてるように一気にしゃべると、咳き込んで荒い息をした。

「俺たちは、ソムチャイに会いにきた。捕まったとしたら、本隊まで確認しに行くしかない。そのついでに引き受けてやる。おまえに頼まれなくてもやるつもりだ」

「藤堂さん、あり……が……」

　トポイは、大量の血を吐き出してがっくりと首を垂れた。

「トポイ！」

　浩志は、思わずトポイの手を強く握った。それに答えトポイも握り返してきた。ほんの一瞬のことだったが、彼の情念はそれだけで充分伝わって来た。

　狙撃の名手で、〝針の穴〟というニックネームを持つ宮坂大伍が、サムットのＳＲ二五対人狙撃銃を持って来た。

「藤堂さん。この銃、見てください。あんな爆発があったのに無傷ですよ。トポイ少佐が抱きかかえていました」

「二人の命が、込められているのか」

「これは、俺に任せてもらえますよね」

「他に誰がいる」

浩志の答えに、宮坂が頷いた。その目は、赤く充血していた。

北部第三旅団

一

カレン州北部山岳地帯に秘密基地を構え、ソムチャイがミャンマー軍にその存在を知らしめていたＫＮＬＡ（カレン民族解放軍）の第八旅団は、たった一機の攻撃戦闘ヘリ〝アパッチ〟の奇襲攻撃で壊滅した。基地を形成していた小屋は、すべて破壊され、いたるところに死体が転がっている。

浩志らが、破壊された基地で軍装を整えていると、周りにＫＮＬＡやＡＢＳＤＦ（全ビルマ学生民主戦線）の生き残りの兵士が集まり始めた。

「藤堂さん、本気で北部第三旅団の本隊に行かれるのですか」

ＡＢＳＤＦの活動家のトゥン・センが訊ねてきた。彼の部隊は十五人いたが、今はわずかにトゥン・センも入れて五人になっていた。

「ソムチャイの生存を確認しに行く。むろん生きていれば、救い出す。ついでに敵の大将、タン・ウインの命も貰うつもりだ。北部第三旅団の兵数は、およそ二千人らしいが、部隊ごとに散開させているはずだ。旅団の本隊は、おそらく五、六百人。司令官直属の部隊だとしたら、手強いかもしれないが、直接交戦するつもりはない」

浩志はこともなげに言った。密かに本隊に接近し、タン・ウインを狙撃すれば部隊は混乱し、その隙にソムチャイの生存を確認するつもりだった。敵が二千人いるからといって、数の問題だとは思っていない。決して楽観視するわけではないが、財政難で満足に射撃訓練もできないような軍隊など敵ではないとさえ思っている。

「私たちも、連れて行ってください。ソムチャイ司令官には、これまで何度も世話になっています。それに死んで行った仲間の弔いもさせてください」

浩志は、首を捻った。これから先は、見知らぬジャングルを行くことになるのでガイドは要る。怖いのは、敵よりもむしろジャングルの自然に阻まれることだが、トゥン・センらの戦闘能力は低いので、かえって足手まといになるかもしれない。ガイドは、KNLAの兵士に頼もうと思っていた。

「待ってください。藤堂さん。あなた方がいくら強くても、ジャングルを抜けることはできません」

第八旅団の副司令官ミン・ウーが、トゥン・センの前に出てきた。

「藤堂さんが、ソムチャイ司令官を救い出すと言われているのに、簡単に諦めていた自分が恥ずかしいです。我々もあなたの指揮下にお加えください」

基地には、三十名以上いた筈だが、生き残ったのはミン・ウーも入れわずかに七名だった。その中にガイド役だったソーミンとナヤンの姿もあった。彼らは全員KNLAの戦闘服に着替え、M一六A四と予備のマガジンを装備し、背のうも背負っていつでも出発できる状態だった。また、そのうちの三人は、RPG七（ロシア製携帯対戦車ロケット弾発射器）を担いでいる。頼もしい限りだ。

「第八旅団は、壊滅しました。これからは、他の旅団に編入されることになるでしょう。その前に、藤堂さんの指揮下で働かせてください。これから先のジャングルは、地雷原もあります。我々の案内なしで移動することは不可能です」

ミン・ウーの申し出は、もともと頼もうと思っていただけに、渡りに舟だった。

「分かった。俺の指揮下に入る以上、命令には従ってもらう」

浩志は、トポイとサムットが使用していた無線機をミン・ウーとトゥン・センに渡し、ガイドとしてソーミンを自分のチームに入れた。移動時は、浩志の小隊〝リベンジャーズ〟が先頭になり、次に戦闘経験が浅いＡＢＳＤＦの小隊、しんがりに第八旅団の生き残り小隊をあてた。

「今回の攻撃が、第八旅団の掃討を目的としているなら、敵の北部第三旅団は明日にでも、この基地が破壊されたか確認に来るだろう。ひょっとして、残党狩りもするかもしれない。とりあえず敵の本隊の近くまで行きたい。今日中に行けるか？」

浩志は、ミン・ウーに訊ねた。日没まで、三、四時間だ。明るいうちに出発したかった。

「北部第三旅団の本隊は、ここから二十四キロ南のパープンという村に駐屯しているはずです。ジャングルを南下し、敵に遭遇しなければ今日中には着くことができるでしょう。あるいは、西に六キロ行けば、南北に流れる川に沿った州道に出ます。足さえあれば南下して、村に行くこともできます」

パープンはかつて五千人近いカレン族が住んでいた村だった。しかし、国軍により追い出された村人たちは難民となってタイに行くか、あるいは近隣のジャングルに逃れ今もなお極貧生活を強いられているそうだ。

「ジャングルを南下すれば、パープンとの間に部隊がまだ展開しているかもしれないな」

「おっしゃる通りです。彼らは、この基地とパープンを結ぶ直線上に部隊を展開しているでしょう。しかし、東に迂回して山を越えてもサルウィン川にぶつかってしまいます。現在、サルウィン川流域は、ダム建設をするために派遣された別の旅団が警護にあたっています。我々は、南下して敵と交戦するか、西から迂回するしかありません。ただ、西側は川に沿った州道があり、谷になっているため身を隠す場所があまりありません」

「どのみち、足が確保できたとしても、パープンの近くで軍が厳重な検問をしているはずだ。とても突破できないだろう。なるべく西寄りのジャングルを南下するより他ないだろう。ちなみにサルウィン川を警護しているのはどこの旅団だ」

「西部第一旅団です。これまで我々と直接交戦してきた軍団です」

「ということは、西部第一旅団を押し退けて、北部第三旅団が今回進軍してきたわけか」

「おそらく、野心家のタン・ウインが、北部第三旅団の指揮官になったことで、さらに手柄を立てたいと、軍の上層部にかけあったのでしょう」

「藤堂さん。我々がサルウィン川の川岸で武器を奪った兵士たちは、やはり西部第一旅団に所属する兵士たちでしたよ」

浩志とミン・ウーの会話に、ＡＢＳＤＦのトゥン・センが割り込んで来た。

「分かった。とりあえず、西南の方角に向かって進もう。ここに長居は禁物だ」

浩志の小隊は、ソーミンを加えて八名、ＡＢＳＤＦは五名、それに第八旅団の生き残り六名を加えた混成十九名の部隊は、第八旅団の基地だった場所から移動を開始した。

基地への道は、北側が滝からのルート、南側は岩山の洞窟を抜けてジャングルに出るルートの二本だけで、基地自体断崖に囲まれた山の上にあり秘密基地としては絶好の場所にあったようだ。だが、この自然の要害に守られた基地も位置が特定されては、今後使用することはできないだろう。それにしても、ミャンマー軍に一機六十億とも言われる攻撃戦闘ヘリが本当に配備されているのだろうか。ただでさえ、ミャンマーは首都をヤンゴンから北のネーピードに移転したために財政事情をさらに悪化させている。高価な武器を購入できるとは思えなかった。

浩志は、アパッチの存在が頭から離れなかった。存在そのものの脅威よりも、きな臭い陰謀があるという予感がするからだ。

二

第八旅団の基地に通じる洞窟を抜け、ジャングルに入った混成部隊は、一旦西南の方角に進路を取った。洞窟の南側のジャングルは、ＫＮＬＡ（カレン民族解放軍）が広範囲に地雷を敷設したため、通過することはできないらしい。内戦が続く国は、自らの支配地を守ろうと地雷を敷設し、国土と国の将来を破壊して行くものだ。

地雷原の西側のジャングルを進むと、倒木でジャングルにぽっかりと穴が空いたような開けた場所に出た。これまで一列縦隊で進んでいたが、浩志は即座にリベンジャーズをアロー型の隊形にして、ゆっくりと進んだ。開けた場所は、姿をさらけ出すだけに緊張する。矢のような形に人員を配置することにより、前方と側面の警戒を厳しくするとともに、攻撃に対して即対応することができる。浩志が隊形を変えたことで、ＫＮＬＡ兵士たちも後方に注意を払いながら進んだ。

大木が周りの木々を巻き込んで倒れて広い空間を作ったのだろう、直径十メートル近い自然の広場を抜けると、獣道のような小道が南に向かっていた。

浩志は、ルートを確保するために、加藤とソーミンにバディで斥候に出させた。ソーミンの身体能力は、ガイド役としての動きで加藤に勝るとも劣らないことが分かっていた。しかもジャングルの地形や地雷原も知っている彼の知識は、是非とも必要だった。

浩志は先頭を歩いているが迷うことはなかった。獣道は、ともすれば草木に阻まれ見失いがちになるが、間違いなく南の方角を向いていたからだ。

「こちらトレーサーマン。敵の一個小隊を発見しました。人数は、およそ三十名、現在北に向かっています。リベンジャーズとの距離千二百メートル」

加藤からの無線連絡が入った。

「後続の部隊は、いるか？」

「今のところ確認できません」

「了解。これより、アンブッシュを行う、トレーサーマンとソーミンは、敵をやり過ごし、西寄りの背後に回れ」

「トレーサーマン、了解」

浩志は、ただちに部隊を後退させ、倒木のためにできた自然の広場まで戻った。獣道からこの場所に来れば、敵は否応（いやおう）なしに姿をさらけ出すことになる。敵の前方である北側にＡＢＳＤＦの小隊とＫＮＬＡ第八旅団の生き残り小隊を配備し、西側にリベンジャーズを配備した。東側は、逃げ道として空け、背後は斥候に出た二人が味方から誤射されないようにやや西側よりに回るように指示をした。東側をわざと空けて逃げ場にしたのは、地雷原に導くためだ。これで、キルゾーン（殲滅（せんめつ）地帯）の完成だ。

　ジャングルの獣たちは、息を潜めて待ち受ける浩志らに警戒してか、一時沈黙を守ったが、危害がないと判断するとまたいつものように陽気な鳴き声を上げ始めた。

　十数分という時間が、流れた。ジャングルのうだるような湿気が体にまとわりつき、全身からじっとりと汗が流れてくる。やがて、ミャンマー軍の一個小隊三十名は、自然の広場に姿を現した。急に開けた場所に出たために、指揮官と見られる男が停止を命じた。指揮官は、最後尾を歩いていた五人の男を数十センチおきに並ばせた。彼らは、軍服を着ているが武器は一切帯びてない。そして、指揮官が号令をかけると、男たちは今にも泣きそうな顔をして一斉に歩き始めた。

　浩志は、思わず舌打ちをした。彼らは、人間探知機と呼ばれる軍の奴隷なのだ。地雷原の可能性がある場所を歩いて調べるために捕らえられた人々だ。ミャンマー軍には、奴隷を武器として使っていると噂を聞いたことがあったが、まさか本当に存在するとは思わなかった。

彼らが、無事広場を渡りきると指揮官は、小隊に進めと命令をした。

浩志は、最後尾の兵がすべてキルゾーンに入るまで辛抱強く待った。

「撃て！」

浩志の合図で一斉に攻撃が始まった。三方からいきなり銃撃を受けたミャンマー兵たちは、応戦する暇もなく撃たれ、あるいは罠とも知らずに東側に走り込み、地雷で爆死した。あっという間に半数以下になった時点で、残りの兵たちは、銃を捨て両手を上げた。

地雷原で爆死した兵士は、三名、銃撃で死んだ兵士は十四名、その他に負傷者も四名いるが、助かる見込みがない者ばかりだ。降伏した兵九名は、人間探知機にされた五人と、最初から頭を抱えて地面に伏せて助かった者ばかりだ。

「撃ち方止め！」

攻撃終了とともに、加藤とソーミンを再び斥候に出した。後続の部隊がすぐ近くにいないか確認するためだ。

浩志は、ＡＢＳＤＦ兵に銃を構えさせ、ＫＮＬＡ兵に捕虜の武装解除をさせた。戦闘を熟知したＫＮＬＡ兵の方が敵と接触する場面では、安全だからだ。ミン・ウーが、捕虜の一人に尋問を始めた。

「この一個小隊は、第八旅団の基地が完全に破壊されたかどうかの確認と斥候も兼ねており、彼らの報告で山狩りをするかどうかを決めるということです」

捕虜の兵士が何かミン・ウーに懇願している。

「人間探知機をさせられていた五人は、全員シャン州の部族で、残りの四名のうち二名が、カチン州で、あとの二名は政治犯として捕まったビルマ人だそうです。彼らはみな自分の村に帰りたいと言っています」

ミャンマー政府は、反政府的と疑った人物を逮捕し、裁判もせずに死刑にする超法規的処刑と強制労働、それに軍隊に入れて洗脳するという方法で、人民と少数民族を弾圧し、奴隷化している。

「無理矢理軍隊に入れられた連中です。全員二等兵ですからね。軍服を脱がせて解放しましょう。もしこの男たちの言っていることが嘘でも、軍に戻れば必ず処刑されます」

「いいだろう。軍服を脱がせて、解放してやれ」

捕虜は、戦闘ではお荷物になる。彼らの面倒など見ていられない。勝手に戦線から離脱してくれるなら、それに越したことはない。

ＫＮＬＡの兵士たちは、捕虜の軍服を丁寧に畳んで自分の背のうに入れ始めた。

「所属部隊や階級章を取れば、私たちの軍服と大差ありませんからね。作業着には使えるんです。それにこれは、弾の跡も、血も付いてない上物ですよ」

浩志の視線を感じた元第八旅団の副司令官だったミン・ウーが、笑って答えた。

「いや、良いアイデアだ。人数分の軍服を貰っておこう。先々役に立つだろう」

浩志は、仲間に損傷が少ない遺体から、軍服をはぎ取る作業をさせた。

「ミン・ウー、ついでだ。この際、M一六をどこかに隠して、こいつらの持っているG3に代えるんだ。この先敵を倒せば、いくらでも武器弾薬は調達できるぞ」

そう言って、浩志が捕虜の持っていたG3の予備マガジンを持って見せると、ミン・ウーは大きく頷き、部下たちに銃を取り替えるように命じた。地雷原で爆死した兵士の武器は回収できないが、残りの二十二人分の武器が調達できるのだ。馬鹿にはできない量だった。なにせ敵は、まだ二千人近くいる。弾はいくらあっても足りなくなる。

三

時刻は、午後五時四十分。黄昏時のジャングルに動物たちの鳴き声が響いている。彼らも陽が沈むことを惜しみ、あるいは迫り来る闇に怯えているのだろう。心なしか鳴き方に憂いを含んでいるように聞こえる。

KNLA(カレン民族解放軍)第八旅団の基地から、二十四キロ南にあるミャンマー軍北部第三旅団が駐屯しているパープンまで残り五キロの地点で、浩志たち混成部隊は足止めを喰らっていた。斥候に出させた加藤とソーミンの報告で、二キロ西南の開けた河原に三十名の小隊が八つ二十メートルおきに並び、それが四段になって帯状に東から西にかけて野営の準備をしているらしい。本隊から五キロも突出していることからも、これが、捕虜から聞いた山狩りの準備をしている一団であることは間違いない。

敵はＫＮＬＡ第八旅団の司令官であるソムチャイを捕らえ、なおかつ攻撃戦闘ヘリで基地を壊滅させたにも拘らず、旅団の半数近い兵員に山狩りの準備をさせるとは、不可解な気もする。彼らの目的は、別にあるのかもしれない。迂回して旅団の本隊に近づくことはできるが、問題は騒ぎを起こした際、山狩りの準備をしている三十二個小隊およそ千人の兵士に背後を襲われるという心配があることだ。

小休止を兼ねて、浩志は作戦会議を開いた。ＫＮＬＡのミン・ウーに地形などを詳しく聞いて作戦を練り直す必要があるからだ。メンバーは、浩志、辰也、瀬川、それにミン・ウーとＡＢＳＤＦ（全ビルマ学生民主戦線）のトゥン・センだ。

「飽くまでも、隠密に敵の駐屯地に潜入する必要がありますね」

口火を切ったのは、辰也だった。

当初の計画では、駐屯地の近くから敵である北部第三旅団の指揮官タン・ウインを狙撃し、部隊が混乱したところで潜入し、ソムチャイの生死を確認する。浩志は、ソムチャイはその場で殺されなかったところを見るとまだ、生きている可能性があると考えていた。

脱出は、本隊の車両を爆破するなどして敵を攪乱し、来た道を戻るつもりだった。これは、飽くまでも敵が帰還の準備を始めた気の緩みに乗じた作戦だが、敵がまだ作戦中という隊形をしている以上、危険度が高い。それゆえ、作戦は脱出に至るまで隠密に進めなくてはならないということになる。

「どのみち、タン・ウインを暗殺した時点で、敵は混乱しますよね。ということは、ソムチャイの確認を先にする他ないということですか……」

誰しも分かっていることだが、瀬川は自問するように言った。

「藤堂さん。潜入は、我々に任せてもらえませんか」

ＫＮＬＡのミン・ウーは、にやりと笑って提案をしてきた。

「我々なら、アンブッシュで奪った敵の装備で、国軍の兵士に成り済まして潜入することができます」

「潜入することは、むろんできるだろう。だが仮にソムチャイが生きていたとしても、負傷した者を連れて脱出することは難しい。さらにタン・ウインを暗殺することは難しくなるだろう」

「我々にはできませんが、藤堂さんの部隊なら、この先にいる国軍の三十二個小隊を相手に闘えるのじゃないですか。先に混乱させて、潜入してはどうでしょうか」

「馬鹿な。兵数にして千人はいるぞ」

「彼らを殲滅させる必要はありません。その何分の一でもなくなれば、いくら国軍の有望株だろうと、タン・ウインも必ず失脚するでしょう。暗殺したも同然です」

ミン・ウーの言う通りだ。准将に昇格し、旅団の指揮官にまでなった初めての作戦でつまずけば、タン・ウインを直接殺さなくても息の根を止めることができるかもしれない。ミン・ウーの提案を元に作戦を新たに立て、会議は終わった。

午後十一時、広い河原に国軍の三十二個小隊が、一小隊あたり六つのテントと上官専用テント併せて、二百近いテントが所狭しと張られていた。さすがに数が多く、しかも石や岩が多い河原では小隊ごとに整然と並べることができなかったらしく、絵柄が合わないジグソーパズルのように雑然としている。見張りは、一個小隊に付き一人出しているのだろう。野営地の周辺に二、三十メートルおきに立っている。また、上官専用と思われるテントが二つ、河原の南側にあり、近くに輸送用のトラック四台と、旧式のジープが二台駐車してある。数が少ないのは、ピストン輸送したのか、部隊によってはここまで徒歩で来たのだろう。

「全員、配置についたか」

浩志は、ハンドフリーの無線機で各小隊のリーダーに確認した。全員敵から奪った軍服と装備を身につけていた。

混成部隊は、東にある山側のジャングルに身を潜めており、浩志らリベンジャーズは一番北側に、ＡＢＳＤＦ（全ビルマ学生民主戦線）の小隊は百メートル南に、ＫＮＬＡの小隊は、さらに百メートル南に待機した。

「加藤、行け」

加藤を送り出した浩志は、暗闇を透かしてみるように野営地を凝視し、ひたすらトレーサーマンこと加藤の働きぶりを見守った。

加藤は、河原の岩をすり抜けるように野営地に近づき、見張りに気付かれることなく潜入して行った。さすがにネイティブインディアンの能力を身につけたトレーサーマンと言われるだけあって、ミャンマー兵のすぐ二、三メートル脇を通ったにも拘らず、誰一人彼に気付かないようだ。そして、数分後、仕事を終わらせた加藤は、見張りを一人背後から襲い近くの岩の間に死体を片付けると、涼しい顔をして戻って来た。

「時限爆弾、二、無線爆弾、三、予定通り仕掛けてきました」

「よくやった」

加藤は、〝爆弾グマ〟こと爆破のプロ辰也の作った二種類の爆弾を野営地に仕掛けて来た。プラスチック爆薬に起爆装置を付けた爆弾は、かなり強力に作ったらしく、半径十五メートルの敵は、殲滅できると辰也から聞いている。

「カウントダウンを始めます。十、九、……」

辰也が腕時計を見ながら、カウントダウンを始めた。

「攻撃用意！」

浩志の命令に従い、全員銃を構えた。

「三、二、一、ゼロ！」

辰也のカウントダウン終了とともに、二発の時限爆弾が炸裂した。

「攻撃！」

浩志率いるリベンジャーズは、ジャングルから抜け出て、銃撃しながら野営地の北側に回り込んだ。浩志らの攻撃に気が付いた見張りは、一斉に反撃を始めた。辰也が無線の爆弾のスイッチを押した。三つの爆弾が次々と炸裂し、敵の銃撃は止んだ。

リベンジャーズの陽動で手薄になった野営地の東側に向かって、ＡＢＳＤＦの小隊は、脇目もふらずに走り込んだ。

「反乱だ」

「西部第一旅団が攻撃してきたぞ！」

彼らは、口々にデマを叫んで野営地を一気に走り抜け、反対側の河原に身を潜めた。

野営地は、瞬く間にパニック状態になった。銃を持っている兵士は、味方の反乱と聞いて、同士討ちを始める者も出てきた。その間、上官専用テントをＫＮＬＡ兵士らが、急襲していた。

浩志らは、攻撃を止めて野営地の南側に駐車してある車両の前に集結した。

河原に身を隠したＡＢＳＤＦの小隊は、浩志らから貰ったアップル（手榴弾）を野営地目がけて投げた。次々と炸裂するアップルに、野営地は手がつけられないパニック状態に陥った。

二台のジープには、KNLA兵士らがすでに乗り込んでいた。ジープの後部座席を覗くと山狩りを指揮するはずだった司令官と思われる死体が乗せられていた。もし、途中で検問に遭った場合、司令官死亡の緊急事態と言えば通してくれるだろう。

輸送用のトラックの運転は、ABSDFの活動家に任せ、浩志らは荷台に乗り、用意しておいた汚れた布を頭に巻いて、怪我人を装った。浩志らが車に乗るのを見た国軍の兵士らも先を争って、トラックに乗り込んできた。ABSDFのトゥン・センも仲間を連れて、浩志らを守るように乗り込んできた。

KNLA兵士が運転するジープとABSDFの活動家が運転するトラックが出発すると、残りのトラックもそれに続いた。彼らは、指揮官のジープが動き出したため、撤退の命令があったと思ったのだろう。後続の三台のトラックには、銃も持たないで逃げて来た兵士がほとんどだった。彼らは、相次ぐ爆発で戦意を喪失させたのだろう。荷台には怪我人はほとんど乗っていない。連れて帰ろうとさえ思わないようだ。

ミャンマーの国軍では、家族を一番に考えろと教えられるそうだ。その家族とは軍隊のことで、軍人以外は血縁者すら他人だと徹底的に教えられるらしい。こうして洗脳された兵士は、軍幹部のことなら何でも聞く奴隷となる。彼らも被害者なのだが、軍幹部が望む通りに、民主化を求める民間人を平気で殴り殺し、少数民族に対しては、強姦も戦略だと教え込まされ素直にそれを実行する。彼らもまた血の通わない犯罪者になっていくのだ。

浩志は、彼らの思考能力を奪った軍政府に言いようのない憤りを感じた。

四

浩志らは国軍の野営地から、真夜中の悪路をパープンの村に向かった。

パープンは、山間の平地に流れる蛇行した川を中心にぽつぽつと建物がある他は何もないところだ。浩志らがもし陽の明るいうちに見るなら、村民が追い出された村は荒れた畑と焼け崩れた民家が一面に広がるゴーストタウンであることに気付くだろう。

夜空に寂しげな半月が浮いている。時刻は、深夜の十二時を過ぎていた。

パープンには、タン・ウインの北部第三旅団の本隊が駐屯している。浩志らが乗った野営地から撤退するトラックの荷台で、ＡＢＳＤＦ（全ビルマ学生民主戦線）のトゥン・センが、国軍の兵士から巧みに情報を引き出していた。本隊は、浩志らの予想を裏切り、兵数は二千人を超えるらしい。北部第三旅団は、ＫＮＬＡ（カレン民族解放軍）の掃討作戦を遂行するにあたって、急遽八百人もの兵士が補充されたようだ。

トラックに乗り込んで来た兵士に士官クラスの者はいなかった。そのため、タン・ウインがいる司令部の所在地や、ソムチャイの消息も分からなかった。

浩志らは、北部第三旅団の駐屯地に着くなり、村を見下ろすパープンの東側の山に登った。村には数えるほどの建物しかない。平地だけに、建物の周りに整然とテントが張られていた。おそらく、数少ない建物は、司令部や上級幹部の宿舎になっているに違いない。そこで、四百メートルほど離れた小高い場所なら、狙撃ポイントがあるのではないかと考えたのだ。

ＫＮＬＡとＡＢＳＤＦのメンバーは、独自に駐屯地内を捜索している。軍服を着ているため、国軍の兵士と見分けがつかないという彼らからの提案で、別行動を許した。

村に建物は四つあり、いずれもレンガで作られていた。おそらく、カレン人が住んでいた頃は、村の役場とか学校などの公共の建物だったに違いない。大きさは、まちまちだがほとんどが平屋で、村のほぼ中央に建つ一軒だけ二階建ての建物があった。司令部にするには、もってこいの建物だ。

駐屯地は、野営地から命からがら撤退してきた兵士らの対応で騒然となった。しかも戻って来た兵士らは、反乱だとか西部第一旅団が攻撃してきたとか、ＡＢＳＤＦのメンバーが流したデマを信じているため、誰一人まともな報告ができる者はいない。そのうち、司令部と思われる建物にも明かりが点いた。

さっそく宮坂大伍は、トポイとサムットが命懸けで守ったＳＲ二五対人狙撃銃を地面に固定し、スコープを覗いた。

「距離は問題ありませんが、窓のカーテンが邪魔ですね。しかし高級士官がいることは間違いないようです。出入口に二人の兵士が立ち、周りにも数名の兵士が警護しています」

「確認するには、潜入するしかなさそうだな」

先に潜入しているKNLAとABSDFのメンバーからは、まだ何の連絡もない。彼らの報告を聞いてから行動を起こそうと思っていたが、夜明け前に作戦を終了しなければ、今度は脱出することもできなくなるだろう。

浩志のイーグルチームは、トポイとサムットが抜けたため、加藤と臨時に入れたソーミンの三人になっていた。だが、パンサーチームは、身長一七三センチの黒川を除いて、辰也、瀬川、宮坂、それに田中の四人は全員一八〇前後あり、ミャンマー兵の軍服を着ていても目立つことこの上ない。少人数で行動した方が目立たないこともあり、パンサーチームは、宮坂の狙撃態勢を維持し、他の者は、周囲の警戒にあたるように命じた。

「こちら、ワンダー。リベンジャー応答願います」

KNLAのミン・ウーからの連絡だ。ワンダーとは、ミン・ウーに付けたコードネームだ。ちなみに、ABSDFのトゥン・センは、ウイナーというコードネームを付けた。

「リベンジャーだ。どうした」

「ウイナーと仲間が全員捕まり、村の南のはずれにある建物に連れて行かれました」

村の南には、窓が塞がれた倉庫のような建物があった。

「建物は、確認できた。ワンダー、現在位置を教えろ」

「その建物の東側から三十メートル離れた所にある井戸で合流しましょう」

「分かった。急行する。待機せよ」

「了解！」

浩志は、ミン・ウーが率いるKNLAの兵士らはともかく、軍事経験が浅いABSDFのトゥン・センらを村に行かせるべきではなかったと後悔した。指揮官としての明らかな判断ミスだ。

「黒川も付いて来てくれ」

浩志は、黒川も加えた四人で、山側を迂回し村の南側に辿り着いた。建物の近くにある井戸を探していると、ミャンマー兵に成り済ましたミン・ウーが、先に見つけてくれた。

ミン・ウーの軍服が、二等兵からいつの間にか中尉に変わっていた。探索している途中で調達したらしい。さすがに旅団の副司令官を務めただけのことはある。

「こちらです」

ミン・ウーの後に従うと、五名の部下が暗闇から次々と現れ、浩志たちの後ろに二列縦隊で歩き出した。どう見ても国軍の兵士だった。

「前方に見える建物は、昔、この村の収穫物を収める倉庫として使われていたものです。トゥン・センらは、村の中央にある二階建ての建物を調べていて、司令官直属の親衛隊の兵士に逮捕されてしまいました。倉庫の入り口は、二人の兵士が警護しているに過ぎませんが、中には八名の兵士がいます。裏口は、中から鍵が掛けられていて外からは入ることができません」

浩志が睨んだ通り、二階建ての建物はどうやら司令部として使っているに違いない。

「とりあえず。外の兵士を片付ける」

「了解しました。お任せください」

ミン・ウーは、そう言うと、部下を連れてそのまま倉庫の入り口まで行進していった。入り口を警護する兵士は、ミン・ウーの軍服を見て敬礼した。その瞬間、三人の部下が警護の兵士に襲いかかり、彼らを建物の側にある藪に引きずり込んだ。入れ替わりに二人の部下が警護の兵士に成り済まして、入り口に立った。思わず口笛を吹きたくなるような手際の良さだ。

「問題は、これからです。ご命令ください」

浩志らが近づくと、ミン・ウーは厳しい表情で言った。

「今度は、俺たちに任せろ。黒川、裏口を固めるんだ」

浩志と加藤はロープで後ろ手に縛られた状態で、ミン・ウーの部下たちに連行されるような格好で建物に入った。

倉庫の奥の柱に、トゥン・センが縛られて気絶していた。顔は目が潰れるほど殴られており、右肩に軍用ナイフが刺さっていた。彼の足下に四人の部下が床に倒れ、ぴくりとも動かない。よく見ると四人とも右手首が切り落とされていた。ミャンマー軍で行われる拷問のやり方だ。来るのが遅かった。浩志は、体中の血がふつふつと煮えたぎるのを感じた。

トゥン・センの周りには七人の兵士が立っており、離れたところに下級士官の軍服を着た男が一人立っていた。階級章を見ると軍曹だった。

「何だ。貴様らは！」

軍曹はいきなり恫喝してきた。

「言葉に気をつけろ！　怪しい兵士を捕まえたので、連行してきた」

後ろにいたミン・ウーが、前に出て来て怒鳴りつけた。

「失礼しました！　中尉殿」

軍曹は、ミン・ウーの階級章を見ると慌てて敬礼してみせた。

足取りもおぼつかない振りをして、浩志と加藤は七人の兵士の真ん中まで連れて行かれた。その間に、ミン・ウーは、報告があると言って軍曹に近づいた。

浩志は、腕に絡めてあるだけのロープを解き、背筋と両腕を伸ばした。その両手には、隠し持っていたサバイバルナイフが握られていた。あっけにとられている兵士たちに向かって、浩志の両手はまるで掻き消えたかのように高速に動いた。瞬く間に四人の兵士が、床に崩れ落ちた。兵士らの首筋を目にも留まらぬ早業で跳ね斬っていたのだ。

彼らの頸動脈から血がほとばしるのを合図に、加藤とミン・ウーらが残りの兵士に襲いかかった。浩志と加藤は、残りの三人の兵士らに反撃するチャンスすら与えずに倒したが、軍曹は、ミン・ウーの攻撃をかわして裏口に向かって走った。だが裏口の扉を開けたところで、軍曹は、数歩後ずさりをして仰向けに倒れた。その腹部には、黒川のナイフが深々と刺さっていた。

「しっかりしろ！　トゥン・セン」

トゥン・センの拘束をほどき、肩のナイフを抜いて応急処置をした。何度か呼びかけると、トゥン・センは、潰れかけた両目をまぶしげに開いてみせた。

「藤堂さん、助けてくれると思っていました。しかし、私の判断ミスで仲間を死なせてしまいました。私をこのままほっておいてください。足手まといになりますから」

トゥン・センは、俯いて両手を握りしめた。

「俺の前で二度と勝手なことは言うな。俺の指揮下に入ったのなら、俺の命令に従え」

「しかし……」

「おまえは、食べ物で何が好きだ」

「えっ、食べ物ですか」

トゥン・センは、思ってもみない質問に顔を上げた。

「帰ったら、何が食いたい。俺が奢ってやる」

「食べたことはありませんが、ビーフステーキが食べたいです」

「ステーキか、分かった。とびきり分厚いのを食わせてやる」

トゥン・センの表情が明るくなった。

浩志は、トゥン・センに肩を貸し、立たせた。

五

浩志らは、一旦瀬川たちが待つ村の東側の山に戻った。

「ミン・ウー。報告してくれ」

浩志は、一緒に戻ったミン・ウーに訊ねた。

「我々は、村人が公共の施設として、使っていた建物を調べました」

かつてカレン族の村だったパープンには、その名残として四つのレンガの建物がある。

一つは、トゥン・センらが捕らえられていた食料倉庫として使用していた建物で、村の南側にあった。また、村のほぼ中央には、村役場として使われていた二階建ての建物がある。ミン・ウーの話では、山狩りの部隊が退却してきたという騒ぎで、兵士の出入りが一番激しいらしい。どうやらそこが北部第三旅団の司令部として使用され、指揮官のタン・

ウイン准将の宿舎となっているとみていいだろう。

「後の二つの建物ですが、東側に二つあり、北寄りの小さい建物は武器庫として使用されています。特に警戒されていませんでしたので、中も確認しました。残りの一つは、武器庫から二十メートル南側にあり元は学校だった建物ですが、入り口は一つで二人の兵士が警護していました。そのため、まだ中は確認していません」

「元学校の建物に、兵士の出入りはあるのか」

「確認はできていません。見た限りでは、兵士が出入りしている様子はありませんでした」

「とすると、ソムチャイが捕らえられているとしたら、その学校跡があやしいな」

「私もそう思います。それから、伝令の兵士が、各テントを回って、明朝午前七時、第八旅団があった基地跡に向けて進軍する命令を伝えていました」

時刻は、午前二時を過ぎている。北部第三旅団が進軍する一時間前には、兵士たちは出発する準備を整え始めるだろう。あと四時間もない。それまでには、二つの使命をこなさなくてはならない。

浩志は、新たにチームを二つに分けた。

一つは、SR二五対人狙撃銃を持つ宮坂大伍とRPG七（対戦車ロケット弾発射器）を持った三人のカレン軍兵士、それに彼らをカバーする瀬川、負傷したトゥン・センも入れた六人だ。彼らは、敵の司令部を狙撃するチームとして、村から三百メートル離れた山の中で待機する。敵の司令官タン・ウインを宮坂が狙撃できなかった場合、RPG七で建物ごと吹き飛ばすつもりだ。

浩志らもM七二LAW携帯対戦車砲を使用せず背のうに入れて持っているが、RPG七の射程が三百メートルに比べ、浩志らが持っているM七二の射程が二百メートルと短いため、チーム分けは、自ずと武器の種類で決められた。

狙撃チーム以外の兵士は、浩志も入れて九名、村にある元学校だった建物を急襲することになった。浩志らは、山を下りて再び北部第三旅団の駐屯地に向かった。途中、村の外れで見張りにつけていた加藤と、ソーミンの二人と合流した。

「見張りを除いて、ほとんどの兵士が寝静まってしまったようです」

加藤の報告を聞かなくても、月明かりに照らされた駐屯地は、深閑としていた。

目的の学校跡は、司令部があると思われる建物の三十メートル北寄りになり、宮坂が待機している地点から、距離では約二百八十メートル離れている。学校跡と言っても五十坪ほどだが、横幅が南北に三十メートルほどもある細長い建物のため大きく見える。老朽化が激しく屋根の一部は崩れ落ち、窓はすべて板で塞がれて内部を見ることもできない。唯一の出入口は、山と反対側の西側の南寄りにあった。また、東側には五つの窓があり、左から二番目の窓の板が腐って崩れかかっているため、表とは別の突入ポイントとして使うことにした。

浩志は、辰也、田中、加藤、黒川の五人で学校跡の建物の南側に、残りのミン・ウーをはじめとしたKNLA兵士四人は、建物の北側に待機した。

「こちら、リベンジャー。コマンド一聞こえるか」

「こちら、コマンド一。感度良好」

無線のテストも兼ねて、狙撃チームの瀬川に連絡をした。

「これより、学校を急襲する。無線はオープンにする。モニターしていてくれ」

「コマンド一、了解」

無線をオープンにしたのは、もし、浩志らの襲撃が失敗した場合、浩志の命令がなくても瀬川の判断で司令部をRPG七で攻撃するようにしたためだ。だが、ソムチャイが司令部と思われる建物に捕らわれている可能性も考えると、最悪の手段となるので、確認できない場合の攻撃は避けたかった。

「ワンダー、始めろ」

「こちら、ワンダー。了解」

浩志の命令で、ミン・ウーが三名の部下を従えて、入り口の二人の敵兵まで隊列を整えて行進した。待つこともなく、ミン・ウーが意識を失った敵兵を肩に担いだ部下と戻ってきた。残りの二人の部下は、敵兵の振りをして建物入り口に立っている。

「入り口から、中を覗いてみましたが真っ暗で中の様子はわかりませんでした」

建物の外も外灯があるわけではないので、星明かりだけが頼りだ。まして建物の中は、ライトを点けない限り目視できないだろう。司令部と違い警備の兵が少ないところをみると、司令官以外の上級指揮官の宿泊場所なのかもしれない。だが、ここにソムチャイをはじめとした捕虜が捕らわれている可能性も捨てきれなかった。

意識を失った敵兵を建物の裏に隠すと、浩志らは建物の東側の窓から、ミン・ウーらは正面の入り口から建物に突入した。

室内は、予想通り漆黒の闇が充満していた。浩志らは、ライトの光が外に漏れないようになるべく下を照らしながら、進んだ。ミン・ウーらは、先に部屋の中ほどに進んで、イスに縛られている男を発見した。どうやら、探し求めていたソムチャイが見つかったらしい。

浩志は、はっと息を呑んだ。無数の人の気配を感じたからだ。

「フリーズ！」

英語で動くなという言葉とともに、浩志らは四方から強力なライトを浴びせられた。銃を構えようにも、光の攻撃がまぶしくて何も見えない。

「全員、銃を降ろせ！　おまえらは包囲されている」

左手で強烈なライトをさえぎり、なんとか浩志は、周りの状況を見た。

建物に仕切りはなく、左右の壁の前には、高さ一・五メートルほどの木箱が並べてあり、その上に銃を構えたミャンマー兵が乗っていた。二十人以上はいる。木箱の上に乗っているのは、同士討ちを防ぐためだろう。そのため、ライトで照らしても彼らを見つけることができなかったのだ。

「銃を降ろせと言っているんだ」

左側の銃を構えた兵士たちの後ろで命令しているのは、どうやらタン・ウインらしい。身長一七〇センチほど、年齢は三十後半、目つきが鋭く、制服には、これでもかと言うほど徽章やら勲章をつけている。

「言う通り銃を降ろすんだ」

浩志は、全員に命じた。

「タン・ウインがここにいる。襲撃は失敗した。敵は二十四名」

ささやくように状況を説明した。無線をモニターしている瀬川らに伝えるためだ。タン・ウインがここにいる以上、狙撃チームが司令部となっている建物を攻撃してもどうにもならない。強行軍で判断力が鈍っている上、時間がないという焦りから、まんまと敵の罠にはまってしまった。後は、瀬川ら狙撃チームの行動に任せるより他ない。

六

学校跡だった建物を急襲した浩志ら九人は、敵の待ち伏せに遭い、その場で武器を取り上げられ、全員後ろ手に縛られた。

浩志とミン・ウーは、気を失っているソムチャイの前に引き出された。他の仲間は部屋の右奥に固まって座らされ、銃を持った兵士に取り囲まれた。敵の兵士は、木箱から降りて壁際で銃を構え不動の姿勢をとっている。さすがにこの状態からの脱出は難しい。

浩志らが身動きできないことを確認すると、初めてタン・ウインは兵士を押し退け、浩志らの前に姿をさらけ出した。

「本当に、ソムチャイを助けにここまで来るとは思わなかった。馬鹿な連中だ。下級部隊は壊滅したが、おかげで山狩りをせずにKNLA最強と言われた第八旅団を殲滅することができる」

昨夜襲撃した山狩りの部隊は、主力部隊どころか、単に人数だけ揃えた弱小の作業部隊だったらしい。浩志らの陽動作戦と攻撃であっという間に敗走したのも頷ける。

「私の言った通りになったでしょう。タン・ウイン司令官」

聞き覚えのある声に振り向くと、入り口にスキンヘッドの男が立っていた。

「貴様！」

ブラックナイト上海支局のナンバー二、王洋だった。黒い戦闘服を着た屈強な部下を四名従えている。

「ミスター藤堂。正直言って、私も驚いている。KNLAの兵士と一緒にいるところをみると、昨日私がアパッチで攻撃した際、KNLA第八旅団の基地にいたのかね」

「何だと！　貴様がアパッチを操縦していたというのか」

「やはり、そうだったのか。よくあの攻撃から生還できたな。私の経歴まで知らないだろうから、教えてやろう。私は、湾岸戦争では米国陸軍のアパッチ攻撃部隊に所属していた。戦後、ブラックナイトにリクルートされたと言うわけだ。昨日の攻撃は、ソムチャイを捕獲してくれたミャンマー政府へのお礼の印だ」

「おまえは、ミャンマー軍を使って、ソムチャイを拘束したというのか」

「ミャンマー政府とブラックナイトは、麻薬がらみで付き合いは古いんだ」

ミャンマー北部のシャン州は、メコン川でタイとラオスに接しており、かつては黄金の三角地帯と呼ばれた世界最大の麻薬・覚醒剤密造地帯だった。タイ国軍による掃討作戦により、当時の勢いはないが、ミャンマーやラオスの貧しい農村を中心に未だにケシの栽培は続いている。また、ミャンマーの軍事政権は、国際社会の手前、撲滅(ぼくめつ)を誓っているものの、麻薬がらみの黒い噂は絶えない。王洋が言ったことは、軍部が麻薬の取引きに関与しているという意味なのだろう。ブラックナイトは、麻薬がらみのブラックマネーでミャンマーの軍部にかなり顔が利くと見た方がいいだろう。

「ソムチャイがKNLA第八旅団の司令官だと分かったからな、タン・ウイン司令官に北部第三旅団の出撃を要請したのだ。第三旅団の攻撃にまんまとひっかかったソムチャイの部隊を私が攻撃したわけだ。もっともここまで導いてくれたのは、大佐と君だよ。君らを執拗に尾行し、ある時は盗聴マイクで、ある時は超高感度集音マイクを使ったりと大変だった。君を日本に足止めしなければ、もっと早くソムチャイを見つけられたと後悔しているくらいだ」

「足止め？　……まさか、大道寺を使ったと言うのか」

「ブラックナイトは、彼の殺しのセンスを大いに買っているのだよ。彼には、方法は問わないから、君をしばらく日本から出国させないように頼んでおいたのだ。もっとも殺しても構わないという条件だったがね」

「ハリマオ財団を乗っ取るのに、どうしてそこまでするんだ」

　王は、ハリマオ財団の名を出した途端に、血相を変えて浩志の顔面を殴りつけてきた。そして、浩志の髪の毛を右手で鷲掴みにすると、耳元でささやきかけてきた。

「表向きは、飽くまでもKNLAを壊滅するために、手伝っていることになっているのだよ。ハリマオ財団を乗っ取れば、マレーシアを陰から動かすことができる。それにハリマオが隠した遺産は、八十億とも九十億とも言われているんだ。そうじゃなきゃ、私が、こんな貧乏臭い国に来るわけがないだろう」

大佐は、ハリマオの遺産のことは知らないようだったが、ブラックナイトが狙っているところ見ると、実際あるのかもしれない。

「俺たちをどうするつもりだ」

「むろん死んでもらう」

「殺したいのなら、死に方を選ばせろ」

「いいだろう。銃殺が嫌ならナイフで突き殺してやってもいいぞ」

「簡単に俺を殺してもいいのか。ハンディをやるから、俺と闘え」

襲撃が失敗したことを受けて瀬川らが何か作戦を立てているはずだ。それまで一分でも時間を稼がねばならない。

「決闘だと。馬鹿馬鹿しい。時間の無駄だ」

王は、鼻で笑ってみせた。挑発に乗る様子はない。

「タン・ウイン。面白いショーを見たくないか」

浩志は、王とのやりとりを傍観していたタン・ウインに声をかけた。

「王が、俺をいたぶりながら殺すというショーだ」

「処刑ショーか。どんな趣向だ」

タン・ウインは、にやりと笑って見せた。冷酷と言われているだけに興味を示すと浩志は睨んでいた。

「王がナイフで俺を殺す。それだけじゃ面白くない。そこで、俺は、両手を縛られたままナイフを使う。俺が勝てば、王の部下と次々と闘って行く。その代わり、もし、俺が王とやつの部下全員を殺すことができたら、釈放しろ」

「馬鹿な。両手を縛られたまま闘い、王と四人の部下に勝つつもりでいるのか」

「銃であっという間に殺すより、面白いぞ。もっとも、ハンディを与えても、王の腰抜けが受けるとは限らないがな」

「王、どうする。ここまで言われて、君は黙っているのかね」

タン・ウインは、にやけた表情を王に向けた。

「私も、いたぶるのは、好きですよ、司令官。ハンディは要りませんが、ルールは採用しましょうか」

王は、気取ってタン・ウインにお辞儀をしてみせた。

浩志はロープを一旦解かれ、前に腕を組んだ状態で再び堅く縛られた。そして、右手に刃渡り二十センチの浩志が愛用するサバイバルナイフを持たされた。捕らえられた仲間とソムチャイは、部屋の右奥に押しやられ、部屋の中央に広いスペースが出来上がった。

「君は、私のことを見くびっているようだが、これでもカンフーはかなり使いこなせるんだ。むろんナイフを扱うのも自慢じゃないがうまい」

王は、右手に自分のナイフを握っていた。刃渡り二十数センチ、一見ダガーナイフのように見えるが、どうやら中国の短剣のようだ。右半身に構え、いきなり短剣を目にも留まらぬ速さで左右に振ってきた。浩志は、一撃目をナイフで受けたが、次の瞬間右腕を切られていた。両刃だけに俊敏性があった。それに引き換え浩志は、腕を縛られているため、受けるのが精一杯だった。王の攻撃で手首のロープを切ろうと思っていたが、甘い考えだったことを思い知らされた。

「避けるしか能はないのか、ハンディは君から言い出したことだぞ」

王は、薄笑いを浮かべ完全にこのゲームを楽しんでいるようだ。

浩志は、腕を中心に上半身を数ヶ所切られた。もっとも、いずれも身につけた明石直伝の体さばきで深手にはいたってない。大した怪我ではないが、出血のため確実に体力を奪われている。しかもちょっとでも攻撃を読み違えれば、手首の動脈を切られてしまう。

「見事だ。日本の武道の動きだな」

口では褒めているが、王も浩志の巧みな動きに戸惑っているようだ。

「どうした。かかって来い。ここを狙うんだぞ。心臓の位置も知らないのか」

浩志は、心臓を叩いて王を挑発した。

王は、目を吊り上げ右手を伸ばそうと右足を踏み込んだ。すかさず浩志は、王の右足の膝を蹴った。半月板の攻撃は、出端を挫く最も単純で効果的な方法だ。

バランスを崩した王の右手のナイフを浩志は、両手首で挟み、刃先をロープにあて一気に引いた。切断するまでには至らなかったが、ロープにかなりの切れ目を入れることができた。

「手加減してやれば、いい気になりやがって」

王は、口調を変え左右の蹴りを浩志の太腿と脇腹に決めて来た。スピードも威力もある蹴りだった。もっとも右の蹴りは左に比べて弱い。半月板を砕くことはできなかったが、さっきの攻撃は有効だったらしい。しかし、左上段の蹴りをブロックした瞬間、持っていたナイフを蹴り飛ばされた。王は、すかさず浩志の頭上にナイフを振り下ろしてきた。

浩志は、咄嗟に後ろに半歩下がり、両手を正面に突き出した。切れ目が入ったロープは伸びきっており、王のナイフは見事にロープを両断した。

「馬鹿な！」

浩志は、王の一瞬の戸惑いに左手で王のナイフをはじき飛ばし、続けて右回し蹴りを入れたが、王は左足でブロックし、体勢を整えた。

二人は、激しく打ち合いながら、次第に入り口近くまで移動していった。互角の闘いと言えた。両者の闘いぶりに、タン・ウインとミャンマー兵たちが歓声を上げた。

外で爆発音がして、建物が振動した。

「何事だ！」

タン・ウインが叫ぶと、その周りを兵士が取り囲んだ。

「大変です。武器庫が爆発しました」

入り口から二人の兵士が飛び込んで来て、大声で叫んだ。兵士は、きょろきょろと周りの様子を窺うと、右手に握っていたものを部屋の左奥にいる兵士たちの足下に投げつけた。投げつけられた物は、アップルだった。安全ピンを抜かれていたらしく、いきなり爆発し、左奥の建物の壁ごと数名の兵士を吹き飛ばした。

外から来た兵士は、ミン・ウーの部下だった。爆発と同時に瀬川らが突入してきた。最初の爆発で衝撃を受けた兵士らは、応戦する間もなく我先に逃げようと蜂の巣を突ついたような騒ぎになった。混乱の最中、タン・ウインは、大勢の兵に守られいち早く脱出して行った。

浩志は、爆発の前に伏せたのだが、左肩にアップルの破片が刺さり、その上爆風で飛んで来た木片が頭に当たったため朦朧（もうろう）としていた。

「大丈夫ですか、藤堂さん」

声をかけられ、誰かに引き起こされた。浩志は、その男とともに必死に走った。走りながら、「ソムチャイを救え！」と叫んでいたことまでは、覚えている。だが、急に走ったこともあり、浩志は途中で気を失ってしまった。

キルゾーンからの脱出

一

ドンという大きな衝撃で目が覚めた。

背中に激しい揺れを感じる。どうやら軍のトラックの荷台に寝かされているようだ。周りを見渡すと、瀬川や辰也の姿もある。半身を起こそうとすると、左の肩口に焼けるような痛みを感じた。

「大丈夫ですか。藤堂さん」

傍らの瀬川が声をかけてきた。

「ソムチャイは、どうした」

「大丈夫です。前のトラックに乗っています」

浩志はあぐらをかいて座った。トラックの荷台には、仲間の顔が全員揃っていた。浩志の無事な様子を見て、みんなほっとした表情をみせた。

「タン・ウインと王洋は、まだ生きているのか」

「どちらも逃げられました」

「……そうか」

ソムチャイは救い出すことはできたが、死んで行ったトポイ少佐との約束は果たせなかった。

「状況を説明してくれ」

「我々は、武器庫を爆破し、混乱した敵の駐屯地を二台のトラックで脱出しました。あらかじめ、脱出用のトラック以外の車両は、すべてパンクさせてありますので、現在追っ手の心配はありません。室内で手榴弾を使う無茶な作戦で、怪我をさせてすみませんでした」

アップルの殺傷能力は半径十五メートル、爆発の破片は、二百メートル以上飛散すると言われている。アップルが爆発したところから、浩志がいた入り口近くの場所までの距離は、およそ二十五メートルはあったが、肩の傷程度ですんだのは、ラッキーだったと言えよう。

「最初の爆発で、敵はパニックになった。銃で突入していたら、全員やられていただろう。いい作戦だった。俺以外に怪我人はいるのか」

「捕虜となっていた仲間は、建物の右奥にいたので、全員無事でした。しかし、突入したＫＮＬＡの兵士の一人が、自ら投げたアップルの破片が頭に当たり死亡、もう一人も、左腕を負傷しました」

強行突破で死傷者が出るのは、むしろ当たり前の話だ。味方の死傷者が三人というのは、奇跡というより他ない。

車が緩やかに停まった。

「着いたようです。ミン・ウーの話によれば、この先、山を越えたところで道は広くなるので、軍の検問が設けられている可能性があるとのことです」

車から降りると、ＫＮＬＡの兵士らは、トラックを道の脇にある茂みに突っ込ませ、周りをツタや枯れ木で覆って偽装する作業を始めた。

浩志は、ミン・ウーに肩を担がれて作業を見守るソムチャイの所に行った。浩志の気配を感じたソムチャイは、足を引きずりながら近づいてきた。身長は、一六五、六センチと小柄で痩せてはいるが、筋肉はしっかりとついている。目鼻立ちがしっかりとしており、歳は、まだ三十一と聞いているが、その目は思慮深く輝いていた。浩志は、彼の眼差しを見ただけで、ここまで来たかいがあったと納得した。

「あなたが、仲間を連れてわざわざ助けに来てくれた藤堂さんですね。お礼を言わせてください」

左手を差し出して、ソムチャイは、握手を求めて来た。右手は厳重に布が巻かれ首から吊るされていた。

「王洋とかいう男の手下に拷問を受けて、潰されました。手首を切り落とされないだけましですが、肘から上に右腕を上げることができません。ひょっとすると二度と銃は握れないかもしれません」

ソムチャイは溜息混じりに言った。

「聞きたいこともある。落ち着いたら話がしたい」

「了解です。これから、我々の基地があった山を越えサルウィン川を渡り、タイに一旦逃れるつもりです。南部にある他の旅団の基地に行くには、あまりにも危険ですから」

「俺も賛成だ。タイに行って、その手をちゃんと治療した方がいい」

「どうでしょうか。私がちゃんとした病院に行けるとは思えません。タイは、寛容な国ですが、さすがにＫＮＬＡの指揮官を治療することはしないでしょう。逮捕されて、送還されるのがオチです」

「心配するな。タイがだめでもマレーシアでも日本でも連れて行ってやる」

「日本ですか。祖母から、おまえはおじいちゃんにそっくりで、日本人のようだとよく言われました。そのせいか、祖母にはよくかわいがられました」

「自分が、ハリマオの孫だと知っているのか？」

「もちろんですよ。マレーの虎と呼ばれた偉大なる祖父を持って私は誇りに思っています。もっとも子供の頃、日本人のようだと言われるのは、肌の色が白いせいでコンプレックスを感じていましたが」

ハリマオの元妻だったジャンタナーを守り抜いたチェ・クデからの最後の手紙は、ジャンタナーの死を知らせる簡素なものだった。手紙には、彼女の息子が死亡したことはもちろん孫がいることすら書かれていなかった。そのことを話すと、ソムチャイは苦笑いを浮かべて答えた。

「祖母のジャンタナーは、父を生んでから、六年後に四つ年下のチェ・クデと再婚しました。私は、小さいじいちゃんと呼んでいましたが、彼は、ハリマオの妻だった祖母と結婚したことを気にしていました。多分そのせいでしょう」

すでに離婚しているとはいえ、自分に命令を出したハリマオの妻であったジャンタナーと結婚したことを、チェ・クデは財団の関係者に言えなかったのだろう。ハリマオがその後再婚していることも彼は知らなかったのかもしれない。

「小さいじいちゃんは、メソートに住んでいます。しばらくあそこで静養するつもりです」

「チェ・クデは、死んだ」

「いっ、いつのことですか」

ソムチャイは双眸を見開き、浩志の腕を摑んで来た。

「三日前、……殺されたんだ」

「殺された？」

「犯人は、おそらく王洋の手下だ。継承者の印を探していたのだろう」

「何てことだ。王洋は継承者の印の在処を聞き出そうと私を拷問しましたが、そんなもの見たことも聞いたこともない。父なら、知っていたかもしれませんが、そんなことのために小さいじいちゃんは、殺されたのですか」

王洋は、継承者の印にこだわっている。それゆえ、ソムチャイを殺さずに生かしていたのだ。ハリマオ財団の会長であるリムアナから、大佐も知らない継承者の印の秘密を聞き出しているのかもしれない。だが、浩志もソムチャイの言葉に落胆した。継承者の印がなければ、たとえＤＮＡ鑑定でハリマオの血を受け継ぐ者と判明しても、財団の継承者とは認められないからだ。

「出発しましょうか」

浩志とソムチャイの会話が途切れたのを見計らい、ミン・ウーが声をかけて来た。

二

ジャングルを北東に進み数キロ入った辺りから、足早に太陽が空に昇った。頭上を覆う木々の隙間から溢れる日差しは、強かった。

浩志は、このころから全身に気怠さを覚えていた。前を見る気力もなく、ひたすら足下を見て歩いた。一列縦隊で前後をKNLA兵士に守られる形で、浩志が先頭になり六人の仲間は後ろに続いた。足下の倒木を跨ごうとして、足をひっかけ前のめりに倒れた。

「大丈夫ですか。藤堂さん」

後ろを歩いていた瀬川が、手を貸してくれた。

「大丈夫だ」

「藤堂さん。すごい熱ですよ。肩の傷口をみせてもらえますか」

大したことはないと誰にも傷をみせていなかった。浩志は、仕方なく上着を脱いで左肩の傷をみせた。

「化膿していますね。アップルの破片を取り出して消毒しましょう」

瀬川は、自分の背のうから陸自で使う救急医療セットを取り出した。ご丁寧に日本から持ち込んだものらしい。

「先に抗生物質と消炎剤を服(の)んでください。メスはないので、サバイバルナイフを使います」

そう言うと錠剤を四錠渡して来た。さすがに現役の空挺部隊隊員だ。サバイバル訓練もかなり積んでいるようだ。水分を摂る意味でも、多めの水で薬を流し込んだ。

瀬川は、ライターでナイフを赤くなるまで熱すると頷いてみせた。

浩志は、銃のスリングを束にして口に銜(くわ)えた。

焼かれた瀬川のナイフが、煙を上げながら傷口をえぐってきた。激痛が肩から脳天に駆け抜けた。声を上げるのを必死で堪(こら)え、スリングを噛み締めた。

「取れました」

一センチにも満たない破片が肩から出て来た。こんなもののために、熱をだして痛い思いをするなんて情けないと思いつつ、ほっとした気持ちにさせられた。これまで、何度も同じような経験をしているが、こればかりは慣れるものではない。

応急処置は受けたが、なかなか腰を上げることはできなかった。ソムチャイが心配顔で見にきた。

「私も、怪我した足が痛くて仕方なかったところです。ここで三十分ほど休憩しましょう」

ソムチャイの足の銃創は、ミャンマー軍の駐屯地で治療されたらしいが、彼も辛(つら)いに違いない。

「すまん。斥候（せっこう）を出してくれ」

パープンでミャンマー軍に捕まった浩志らは、銃をはじめとした装備を取り上げられた上どさくさに紛れて脱出したため、それらを全部回収することはできなかった。もっとも銃などの武器は、瀬川が武器庫を爆破する前に調達してくれていたので問題はなかった。しかし、無線機を失ったのは痛かった。現在手元にあるものは、狙撃班にいた瀬川や宮坂らの五台だけだ。田中と宮坂の無線機を加藤と黒川に渡し、二人にそれぞれＫＮＬＡ兵士と組ませて、斥候に行かせた。当面の浩志のチームの指揮は、辰也に頼んだ。

十分ほどして、ソーミンと組ませた加藤から連絡が辰也に入った。

「藤堂さん、西に二キロの地点でミャンマー兵の斥候と出くわしたそうです」

連絡を受けた辰也が報告に来た。

「気付かれたのか」

「大丈夫です。やり過ごしたようです。ただ、本隊が西北西から近づいているそうです」

「西北西？　タン・ウインの北部第三旅団じゃないのか」

「新手のようです。タン・ウインが軍部に泣きついて応援を要請したのじゃないですか」

「そんなことをすれば、軍部に恥をさらすようなものだ。おそらく王洋が軍幹部に直接要請したのだろう」

「そこまで、ブラックナイトは、この国に影響力を持っているのですか」

「やつらの資金力は半端じゃない。軍が支配する最貧国を顎で使うのは簡単だろう。マレーシアを支配下に置けると思ったら、なんでもするさ」

「確かに。この国の軍人は節操がありませんからね」

「出発するぞ」

たった十分の休憩だったが、足腰に力が滲んで来た。水分を補給したのもよかったのだろう。

北東にさらに数キロ進むと、浩志らが北部第三旅団の斥候部隊を攻撃した自然の広場に出る。この場所は、アンブッシュ（待ち伏せ）に最適の場所だ。一キロ手前で、小休止を取り、加藤とソーミンを斥候に出した。

「敵の姿は、ないようです。しかし、我々が倒した敵の死体もないようです」

加藤から報告を受けた浩志は、首を捻った。報告をソムチャイに話した。

「北部第三旅団が、この辺りまで上がって来られるのは、早くとも今日の夜、あるいは明朝になるでしょう。ミャンマー軍に我々第八旅団の基地の所在が明らかになっているのなら、ひょっとするとサルウィン川流域の警護に就いていた西部第一旅団が山越えをして来たのかもしれませんね」

西側に展開する西部第一旅団が山越えしたとなると、この先、敵の部隊と遭遇する可能性がある。だが、彼らの裏をかき、サルウィン川に出ることができれば、敵の背後に回ることになり、脱出はかえって容易になるとも考えられる。

「いったいこの地域にどれだけの兵力が投入されているんだ」

浩志は、むなしい自問自答をした。もし、三つの旅団が投入されているなら、敵の兵力は一万を軽く超すだろう。

「一旦、進路を北に取り、秘密の洞窟に直接行きましょう。我々の基地は、巧妙に隠蔽してあります。位置が分かっても彼らが簡単に行けるとは思えません」

ソムチャイは、判断が早かった。若くして、KNLA兵士を百人以上従えていただけのことはある。

進路を北に取ったため、ジャングルは険しさを増した。たったの数キロ進むのに、二時間近くかけ、今度は、東に進路を変えた。第八旅団の基地があった山裾を迂回するのだ。さらに三キロほど進んだところで、山肌にツタが生い茂る場所に出た。このツタの向こうに直径三メートルほどの洞窟がある。この洞窟を抜け、山道を登ると第八旅団の基地があった山頂に出る。山を越し、滝の通路を通って、サルウィン川に出るのだ。

洞窟の周りを調べたが、敵の気配は感じられない。それでも用心を重ね洞窟に入った。自然の洞窟だろうと、出入口付近はもっとも攻撃されやすい場所だからだ。

暗い穴を十数メートルほど進むと巨岩が左右からせり出した場所がある。以前落盤事故があったとミン・ウーは言っていた。ここから数メートルは高さも幅も二メートル以下になり、人一人通るのがやっとになる。その先はまた広くなり、二十メートルほど進むと外に出ることができる。

先頭を歩くKNLAの兵士が洞窟から外に出た。

数発の銃声が轟き、二人の兵士が後ろにはじかれるように銃撃された。

「戻れ!」

続いてミン・ウーの叫び声が聞こえた。全員必死に洞窟の外まで退却すると、追っ手の兵士が次々と洞窟から出て来た。

KNLAの兵士が、散開して敵を迎え撃った。浩志らも、迎撃態勢に入った。

「加藤、M七二で敵を押し戻せ。黒川、おまえもM七二を用意しろ」

加藤は、洞窟の入り口から撃って来る敵目がけて、M七二を発射した。敵は、悲鳴を上げて、洞窟の中へと逃げて行った。

「進め!」

傷の痛みも忘れ、浩志は自ら先頭に立つと、仲間も一斉に前進し、洞窟に銃撃を集中させた。敵は、あまりの銃撃の激しさに跡形もなく洞窟の奥へと消えて行った。

「黒川、せり出したあの岩の天井にM七二を命中させろ」

黒川は、M七二をすばやく構え、発射した。ロケット弾は、白煙を残し、洞窟の天井に命中した。地響きを立てて天井の巨石が崩れ落ち、小石と砂埃が洞窟から噴き出して来た。

「これで、敵は出て来られませんね」

黒川は、大きく息を吐いて額の汗を拭った。

「だが、二人も犠牲者を出してしまった」

敵の包囲網が次第に狭まってきた。逃げれば逃げるほど狭くなるのだろう。

三

苦しい逃避行となった。KNLA第八旅団の基地跡を通り、山を越えてサルウィン川に向かうつもりだったが、川を警備していた西部第一旅団が逆に東から攻めてきた。南は、タン・ウインの北部第三旅団が駐屯しており、西からは、新たな敵が谷沿いに展開している。逃げ道は尾根沿いに北に行くしかなかった。

浩志は、肩からアップルの破片を取り除いたものの依然熱は高く、気力だけで歩いていた。また、救い出したソムチャイもふさがっていた足の傷口が開き熱も出てきたため、KNLAの兵士が作った簡易担架で運ばれている。そのため、急な斜面や崖は、総出で担架を担ぐことになった。

「十分休憩」

浩志のチーム七名、ソムチャイも含めてKNLAの兵士五名、それにABSDFの生き残りであるトゥン・センを加えた十三名が現在生き残っている。その先頭に立つミン・ウーは、こまめに休憩を入れてきた。強行軍で体力の消耗をなるべく抑えるためだろう。

浩志は、どっかと腰を下ろし、水筒の水を飲んだ。この先水の補給ができるかどうか心配だが、発熱していることも考えると飲むしかない。

「藤堂さん。これをお食べください」

ガイドとしても活躍してくれたソーミンが、両手に拳大のマンゴスチンを持って現れた。ドリアンがフルーツの王様と言われるのに対して、マンゴスチンはフルーツの女王と呼ばれている。

「野生のマンゴスチンの木がこの辺りに自生していたので、副司令官は休憩したのです。食べれば、力がつきますよ」

ソーミンは、濃い紫色のマンゴスチンの厚い皮をナイフで器用に半分に切り、みかんのように房に分かれた白い果実を浩志に渡してくれた。柔らかい果実を頬張ると甘くさわやかな味が口中に広がった。思わず、続けざまに口に放り込んだ。

「うまい！　生き返った」

「藤堂さん、傷口をみせてもらえますか」

言われるままにシャツを脱ぎ包帯を解くと、傷の上に薄く切ったマンゴスチンの皮を重ねて貼り付けられた。

「昔から山の民の間では、マンゴスチンの皮が傷に効くことで知られています。粉末にして飲めば、お腹の調子もよくなりますよ」

試したことはないが、浩志も、マンゴスチンの皮に抗酸化特性を持つキサントンが含まれていることは知っていた。

浩志の他にソムチャイとトゥン・センにもマンゴスチンの皮を使った治療が行われていた。トゥン・センは、殴られて目が潰れるほど腫れ上がっていたが、どうにかそれも治ったようだ。だが、治療を受けながらぐったり疲れきった表情をしている。

「ソーミン。トゥン・センの肩の傷はどうなんだ。そうとう疲れているようだ」

「肩の傷のせいだけじゃないと思いますよ。トゥン・センの背のうが重過ぎるんですよ」

「どういうことだ」

「北部第三旅団の武器庫を爆破する際、かなりの手榴弾を盗んで自分の背のうに入れたようです。右肩の傷で銃が撃てないから、せめて手榴弾でもと思っているのでしょう」

仲間を失ったことで、敵兵を一人でも倒したいという執念がそうさせるのだろう。気持ちは分かるが、倒れてしまっては、足手まといになる。だが、それを取り上げたら彼の生き抜こうとする力を奪ってしまうことになるだろう。戦場では、憎しみ、悲しみなど負の精神力でも人一倍強ければ生き抜くことができるからだ。

「出発!」

ミン・ウーの号令で全員重い腰を上げた。現在歩いている山の尾根をあと十数キロ進めば、サルウィン川の流れが緩やかな場所に出る。最悪泳いでも川の向こうのタイまで渡れるそうだ。だが、ひょっとするとそこにも流域を警護している西部第一旅団がいる可能性は考えられた。だが、兵数はおそらく少ないだろう。その時は、正面突破をするしかないと、浩志とミン・ウーはすでに打ち合わせていた。

時刻は、午後五時二十分。予定では、あと一時間ほどでサルウィン川に出るはずだ。時間的にも日没は近い、川を渡るにも都合がよかった。

これまで、浩志たちのチームの前後にKNLAの兵士を配備する形をとっていたが、浩志の体調が徐々に回復してきたために、前をKNLAの兵で固め、浩志らはしんがりを務める形で、後ろになった。この方がいざというときチームプレーが取れ、しかも互いのチームを援護しやすくなる。

ミン・ウーが、右腕を上げて斥候の意味のハンドシグナルを出して来た。

「加藤、頼むぞ」

加藤が、小走りに先頭まで行くと、ソーミンと二人で先に進んで行った。彼らは、斥候としては名コンビと言えた。

「こちらトレーサーマン。リベンジャー応答願います」

「こちら、リベンジャー。どうした」

「民兵の斥候を発見しました。二人です。彼らは、山を下りて行くところです。どうしましょうか」

「まだ陽も高い。追う必要はない。民兵の所属は分からないのか」

「ソーミンの話ですと、DKBAの兵士だそうです」

「DKBAか、かえって面倒だな」

DKBAとは、民主カレン仏教徒軍のことで、カレン族でありながら、政府軍に加担する民兵組織だ。元を正せば、彼らもKNLA（カレン民族解放軍）に属していたが、トップをキリスト教信者が指揮したため、それに反発していた。それを嗅ぎ取った政府は、キリスト教徒が仏教徒を弾圧するというあらぬ噂を仏教徒側兵士に信じ込ませ、彼らを分裂させ抱き込みに成功した。

政府は、独立したDKBAに不法移民の取締りや不法伐採などの権利、それにミャンマー西岸の支配権など、数々の利権を乱発し骨抜きにしてしまった。それに答える形でDKBAは、KNLAを目の敵（かたき）にするばかりか、政府軍の手先となり、山岳民族に対して、略奪、強姦など悪事の限りを尽くしている。また、彼らはタイに越境し、カレン族の村や難民キャンプまで襲撃するという、政府軍よりも悪辣（あくらつ）なことで知られている。

浩志は、先頭で休息するミン・ウーの所に行った。

「ミン・ウー、この先にＤＫＢＡがいるらしい」

「ソーミンから聞きました。やっかいな連中です。だが、今さら引き返せない」

「とにかく敵の部隊の規模を確認してから、作戦を立てよう」

午後六時二十分。ジャングルは日没を迎え、頭上の木々の隙間から見える空が、オレンジから紫色のグラデーションに染まっている。

浩志とミン・ウーは、斥候を兼ねて山の中腹にある岩陰に身を潜めていた。

三百メートルほど北東の方角には、サルウィン川が流れている。川から二十メートルほど西のジャングルは切り開かれ、無数のテントが張られていた。兵士らは川岸で夕食を食べていた。テントの脇には、赤いミャンマーの国旗が立ち、川岸近くの一角に黄色のＤＫＢＡ（民主カレン仏教徒軍）の旗がたなびいている。テントの数からすれば、ミャンマー軍八個小隊およそ二百人、ＤＫＢＡ二個小隊四、五十人といったところだろう。

川岸には、見張りの兵が五メートル間隔で立っている。大きなライトも用意されていた。夜の闇に紛れて川を渡るのも難しそうだ。ミャンマー軍は、サルウィン川の渡河が容易な場所に兵を配備しているのだろう。この先、いくら北上しても川を渡って国境を越えるのは絶望的かもしれない。

「ＤＫＢＡだけなら、相手はできるが、さすがにミャンマー軍の八個小隊ともなると難しいぞ」

「そうですね。奇襲をかけたところで、川を渡っている時は、無防備になりますからね」

昨夜、北部第三旅団の山狩りの千人近い部隊を壊滅させた。奇襲ということもあったが、こちらには人も武器もあった。それに敵も下級兵を中心とした戦闘能力の低い部隊だったことも後で分かった。

「我々としては、ＤＫＢＡだけでも息の根を止めたい気持ちはありますが、一緒にいるミャンマー軍は、精鋭の北部第二旅団です。今は彼らを相手にはしたくありませんね」

「川に軍用ボートが係留されていない。車でここまで来たんだろう。どこに置いてあるんだ」

「ここから、三キロ西に行くと道があります。おそらくそこに軍用トラックが止めてあるはずです」

「トラックか」

浩志は、思案顔になった。

「トラックを盗んでも、サルウィン川は渡れませんよ。船を盗むなら分かりますが」

「分かっている。船がないのだから盗みようがないだろう。とりあえず、トラックを盗んで別の場所に行くことを考えよう」

浩志は、にやりと笑った。

四

サルウィン川の川岸にキャンプを張っていた新手の敵は、ミャンマー軍の精鋭北部第二旅団と民兵組織ＤＫＢＡ（民主カレン仏教徒軍）だと分かった。その後、加藤とＫＮＬＡのソーミンに調べさせたところ、川岸だけでなく西に向かっておよそ一・五キロ先にも六個小隊分のテントが張られているらしい。彼らは、浩志らが北に迂回しないように配備されたに違いない。ここを押さえられたら、南に戻るしかない。ミャンマー軍は、そう考えているのだろう。

浩志らは、日没間もない闇に紛れ、ジャングルを西に移動した。

「リベンジャー。こちら、トレーサーマン。ジャングルを五十メートル四方切り開かれた場所に敵の車両を発見しました。テントの数からして一個小隊四、五十名だと思われます」

斥候に出させた加藤からの連絡だ。

「了解。そのまま監視を続けろ」

十数分後、浩志らも車両のある場所のすぐ近くのジャングルまで辿り着いた。敵の数からして、車両を警備するための小隊だろう。監視の兵は、八名、車を囲むように配置されています」

「トラックは、十二台、ジープは三台。監視の兵は、八名、車を囲むように配置されています」

浩志らが、到着したことを受けて、加藤は直接報告しにきた。

軍用のトラックは、六台を二列、ジープは、その東側に三台並べて駐車してある。また、見張りの二個小隊のテントは八つあり、車が置いてある場所のすぐ横から東に並んで張ってあった。見張り以外の兵は、夕食も終えたらしくすでにテントの中に入っているようだ。

総員十三名生き残っている。車を盗み出すなら、トラックなら一台、ジープなら二台必要となる。見張りを一人残らず片付けるか、あるいは奇策でもって車を奪うのか、敵に気付かれずに奪うには、そのどちらかだろう。

「藤堂さん。どうしますか。二個小隊なら、連中が寝静まった頃を見計らって奇襲をかければ、殲滅できますよ」

車やテントの配置を検討していると、ミン・ウーが話し掛けてきた。

「ここから、一・五キロ東に六個小隊がいる。下手に攻撃すれば、やつらを呼び寄せることになる。おそらく十分とかからないで来られるだろう。追われることも考えると五分以内に攻撃を終えなければならない」

「なるほど。いくらなんでも五分で片付けるのは、難しいですね」

負傷しているソムチャイ以外の全員を集めた。ソムチャイは、足の傷が悪化し熱も高く歩ける状況ではなかった。早く治療しないと、命に関わることになるかもしれない。だが、強靭(きょうじん)な精神力で言葉はしっかりとしていた。浩志は、作戦を立てる上で、彼から様々な情報を聞き出し、またアドバイスも受けていた。

「手榴弾をみんな出してくれ」

浩志たちはアップルをすでに大半使っており、残りは五発になっていた。だが、瀬川らが、北部第三旅団の武器庫を爆発する前に敵の武器を奪っており、手榴弾も新たに八発調達していた。

「十三発か、あと二、三発は欲しいな」

ちらりとトゥン・センを見ると、渋々三発の手榴弾を出して来た。

「盗み出す車は、ジープ二台だ。トラックは機動力がない。それに、二台の方が何かとリスクが軽減できるからな」

第一の作戦は、加藤とソーミンが車両付近まで潜入し、安全ピンを抜いた手榴弾を、盗み出す車以外の前輪にはさみ込んでおく。これは、車が動き出せば、自動的に起爆レバーがはずれ爆発するというわけだ。タイヤを銃で撃ち抜くのが早いが、敵を呼び寄せないようにできるだけ銃の使用は、避けたい。また、潜入する際、テントの入り口にあらかじめ用意しておいた手榴弾のブービートラップを置いておく。攻撃に気付かれても、敵兵が足に絡ませて爆発するようにしておくのだ。

　手榴弾設置後に、東側の見張りを、すでに潜入している加藤らが倒す。見張りの一角が綻（ほころ）びたところから、浩志と辰也が潜入し、残りの見張りを片付け、車を盗み出すのだ。

「もし、加藤とソーミンが、途中で気付かれるようなことがあれば、銃撃戦となる。その場合、戦闘は数分で終わらせなければならない」

　リスクは高い。だが、一刻も早く活路を見いださねば、ソムチャイを救うことはできない。

　午後十一時、夜空に上がった月は昨夜より輝きを増していた。

「リベンジャー。位置につきました」

　敵の車両の北側についた田中からの連絡だ。田中は、宮坂と組ませている。もしもの時を考え、味方を潜入する東側を除いた方角にも配置してあるのだ。

　西側は瀬川と黒川、南側は、ミン・ウーとＫＮＬＡの兵士一名、それに負傷しているソムチャイとトゥン・センらだ。加藤とソーミン、それに後から潜入する浩志と辰也も東側の離れた岩陰に潜んでいる。

「加藤、ソーミン。行け！」

　全員の配置を確認すると、浩志は、加藤らをテントがある東側から潜入させた。二人は、闇を好む動物のように音も立てずに移動を始めた。

ソーミンの生まれ故郷は、カレン州南部のジャングルで狩猟を生業とする村だったそうだ。男なら、誰でも子供の頃から、弓矢を持って狩りに出る。そのため、ジャングルの動物にさえも気付かれずに行動ができるようになるそうだ。だが、その村も、ミャンマー軍により焼き払われてしまったらしい。

敵の六つのテントの入り口に置くブービートラップは三つ、一番東から一つずつ置いておく。車両近くの二つのテントには、爆発した際、潜入した加藤らに影響を及ぼすので、置くことはできない。

半月とはいえ、月明かりを頼りに見張りの兵たちは、じっと辺りを監視していた。

見張りの兵士は、トラックが置かれている場所を四角形とするとその角に一人ずつ、その中間にも一人ずつ、計八人立っている。彼らの監視する視野角度は、夜間ということもあるので百度前後だろう。だが、監視活動は時間が経つにつれ、疲労とともにその角度は少なくなるものだ。現在見張りをしている兵士らは、二時間以上立っている。前を向いたまままったく頭を動かさない兵士もいる。

テントにトラップを仕掛けた加藤らは、ジープの手前で身を屈め、監視兵の視線の先を追ってトラックまで移動するタイミングを計っている。

加藤が、トラックの下に潜り込んだ。続けてソーミンも潜入に成功した。

「よし！」

思わず、浩志は拳を握りしめた。作戦の第一段階は、成功したようだ。

五

監視の目を盗み、トラックの下に潜り込んだ加藤とソーミンは、手榴弾の安全ピンを抜き、起爆レバーがバネで起き上がらないように前輪の後ろに挟み込む作業をしている。通常、起爆レバーが跳ね上がってから四秒前後で爆発する。トラックは、旧式の大型で一台に二十人前後の兵士を乗せるだろう。当然、発進時のスピードは遅く、前輪から解放された手榴弾は、後輪近くで爆発するはずだ。

「こちら、トレーサーマン。すべてのトラップ完了」

加藤が、作業が終わったことを連絡してきた。

傍らの辰也が、出番が来たとばかりに腰を浮かした。

「待て！」

浩志は、辰也の肩を掴んだ。ジープの近くのテントから、兵士が次々と出て来たからだ。見張りの交代の時間らしい。トラップが仕掛けてある東側のテントでなかったのが幸いだ。

交代した兵士が、トラックを点検しながら、帰ろうとしている。前輪の手榴弾はともかく加藤たちが見つかってしまう。

「全員、攻撃用意！」

浩志の命令を受け、全員銃を構えて見張りの兵に狙いを定めた。

見張りの兵がまさに加藤が潜んでいるトラックの下を覗こうとした瞬間、東の方角から爆発音がした。音の大きさからして、一・五キロ東の六個小隊が攻撃されているらしい。

浩志は、はっとした。

「ワンダー。ウイナー（トゥン・セン）はいるか？」

「こちらワンダー。見当たりません。それにルーヂィーの無線機がありません。ウイナーが持って行ったに違いありません」

ルーヂィーとは、ビルマ語で指導者を意味するソムチャイのコードネームだ。

爆発音が続いた。続けて今度は、銃声が響いた。

トラックの見張りをしていた兵士らが、慌てて東の方角に走り出した。

他の兵士もテントから、顔を覗かせている。

「攻撃！」

浩志は、攻撃命令を出し、見張りの兵士に銃弾を浴びせた。

テントから次々と兵士が飛び出し、二つのトラップが続けて爆発した。あっという間に半数に減った敵兵は死にものぐるいで応戦してきた。だが、三つ目のトラップが爆発した瞬間、残りの兵は、次々と銃を投げ出し降伏してきた。

「撃ち方止め！　全員無事か」

浩志の仲間に怪我人はいなかったが、唯一ソムチャイを守っていたＫＮＬＡの兵士の一人が流れ弾に当たって死亡していた。

「加藤、トラックに仕掛けた手榴弾を回収しろ。後の者は捕虜を一箇所に集めるんだ」

加藤とソーミンは、さっそく仕掛けた手榴弾に安全ピンを戻して回収していった。その間、浩志は、辰也と手分けをして車のタイヤを撃ち抜いて行った。残りの仲間は、捕虜の武装解除をし、まとめて縛り上げていた。

東の方から、また爆発音がして銃声がその後に続いた。トゥン・センはうまく逃げ回りながら、手榴弾を投げているようだ。彼の独断で行った攻撃に、浩志らは救われた。もし、加藤らが先に見つかっていたら、味方にもっと被害が出ていたことだろう。

浩志は、各自の作業が終わったのを確認し、全員車に乗るように命じた。

「藤堂さん、助手席にお乗りください」

運転席に座るミン・ウーが呼びかけてきた。この車に浩志やＫＮＬＡの兵士、それにトゥン・センも乗ることになっていた。もう一台の車には、浩志の仲間が全員乗っている。

この場所に長居すればそれだけ脱出するタイミングを失って行くことになる。だが、トゥン・センが、敵兵に追われながらも戻って来たのなら、勝手なことをするなと怒鳴りつけて、車に乗せてやるつもりだ。

浩志は、テントの近くに敵兵のRPG七（携帯対戦車ロケット弾発射器）が落ちていることに気付き、それを拾うと仲間が乗っているジープから離れ、東の方角を向いて構えた。これで、トゥン・センが逃げて来たら、背後の敵に一発喰らわせてやることができる。

「こちら、……ウイナー。リベンジャー……応答願います」

トゥン・センから無線が入った。

「リベンジャーだ。はやく戻って来い」

「腹に二発……喰らいました。もう……歩けません」

トゥン・センの荒い息遣いが聞こえる。

「……いいから戻って来い！」

「もう……行って……ください」

「馬鹿野郎！　勝手なことを言うな！」

「あと、……一発……手榴弾があります」

「トゥン・セン！　止めろ！」

「……ありがとう」

むなしく無線が切れ、遠くで爆発音がした。

浩志はＲＰＧ七を東の空に向け引き金を引いた。爆音とともに、ロケット弾は白い煙を曳(ひ)きながら飛んで行った。数百メートル先で爆発した。トゥン・センの死に対する礼砲だった。

ＲＰＧ七を地面に投げ捨て、浩志はジープに乗ろうと振り返った。

負傷しているソムチャイも含め、仲間全員が車から降りて東の空に向かって敬礼をしていた。

越え難き国境

一

浩志らを乗せた二台のジープは、真夜中の悪路を北に進んでいた。舗装もされていないぬかるんだ川沿いの道は、轍（わだち）も深く、何度も車輪を取られそうになった。精鋭と言われた北部第二旅団のすべての車両のタイヤを破壊したため、追っ手は今のところない。キルゾーンとも呼ぶべき敵の包囲網からの脱出は、トゥン・センの尊い命と引き換えに成功した。

ヘッドライトが映し出す光景は、泥道と道路脇の雑草ばかりだ。かれこれ一時間近く同じ風景を見ている。

「あと何キロで着くんだ」

助手席に座る浩志は、運転するミン・ウーに聞いた。

「すでに三十キロ走っていますので、あと二十キロです」

さすがにミン・ウーも、風景では判断がつかず、距離計を見て答えた。目的地は、カヤー州南部にある陸軍の補給基地だ。基地と言っても、人口百人に満たない村の外れにヘリコプターが一、二機あるだけで、常駐している兵士も一個小隊と数もしれているそうだ。

浩志が脱出する際、車両にこだわったのは、怪我人の搬送もあるが、ソムチャイから五十キロ北にヘリコプターが常駐している補給基地があると聞いていたからだ。ヘリコプターの操縦なら、〝ヘリボーイ〟と呼ばれるオペレーションのスペシャリスト田中に任せればいい。川がだめなら、空から国境を越えようというわけだ。

「あれです」

ミン・ウーが小高い丘の上を指差した。道から二十メートルほど入った丘の上のジャングルが切り開かれ、金網のフェンスで囲まれた雑草だらけの敷地に木造の小屋と大きなプレハブの建物が一つあった。何の照明もなく、月明かりを受けてひっそりと佇(たたず)んでいる。

「オンボロな基地ですが、あのプレハブの建物には、いつも一、二機ヘリコプターが格納されています。小屋は、兵舎も兼ねた司令室です。上空から、軍事基地だと分からないようにしているというのが、彼らの考えらしいのですが、実際は、ヘリポートを作るお金もないのですよ」

「とりあえず、格納庫にヘリコプターがあるかどうか確認し、それから、兵舎を制圧する」

浩志は、確認だけならと加藤を一人で格納庫に行かせた。

「こちら、トレーサーマン。ヘリコプターが一機、それに牽引用に使うためのトラクターが一台あります。しかし、ヘリコプターが使い物になるのかは、私には判断できません」

「リベンジャー、了解」

浩志は、田中を連れて格納庫に潜入した。後の者は、いつでも攻撃できるように兵舎の近くで待機させた。

格納庫には、軍用のヘリコプターと、ヘリコプターを牽引するためのトラクターが置いてあった。加藤がトーイングトラクター（航空機用牽引車）と呼ばなかったのは、農業などに使う本当のトラクターだったからだ。

「こいつは、懐かしいな。旧型のヒューイですよ。藤堂さん」

加藤が使用できるのか首を捻ったのも頷ける。ベトナム戦争で活躍した汎用ヘリコプターのUH－一でヒューイの愛称で呼ばれていた米国製ヘリコプターだ。自衛隊でも改良された型がまだ現役として働いているが、田中が感心したのは、目の前のヒューイがこの国に存在する歴史だった。

「塗装がかなり古いですから、三十数年前、麻薬生産地である黄金の三角地帯を掃討する目的で、当時の米国政府がビルマ政府に供与したものです。おそらくベトナム戦争で使った中古品でしょう」

田中の言っていることが本当なら、博物館に陳列されていてもおかしくない代物だ。

しばらくヒューイを点検していた田中は、大きな溜息を漏らした。

「電源を入れましたが、まず燃料が入っていません。それに、エンジンを動かさないと分かりませんが、機体全体がかなり老朽化しています。特にテールローターの接合部分が、金属疲労を起こしており、危険な状態です。この分では、エンジンもまともに出力が出せるか疑問ですね。飛んだが最後、空中分解する可能性もあります。自殺覚悟で乗るなら別ですが」

「修理はできないか」

「パーツがあったとしても、二、三日かかります」

浩志は、頷くと全員に引き上げを命じ、車に乗り込んだ。

「次の目的地に行くぞ」

運転席のミン・ウーは、大きく頷き車を発進させた。

さらに北に四十五キロ行くと、カヤー州の首都であるルワインコーという街に国軍の飛行場があると聞いていた。

再び闇夜のドライブをすることになった。道は、険しい山筋を抜け、両側に山がせり出しているような谷道になった。時折、寂れた村をいくつも通り過ぎたが、国軍の山岳民族一掃を目的とした打ち払いにより人が住んでいる村は、皆無と言っていいらしい。

「ミン・ウー。ルワインコーは、大きな街なのか」

浩志は、ミャンマーについては、地図上の知識しかない。

「聞いた話ですが、飛行場には、ヘリが何機もあるらしいです。外国人は入れませんが、街もそこそこ大きいですよ。なんせ、携帯が使えますから。もっとも使うのは軍人だけですが」

ミン・ウーは、低い声で笑った。

「携帯が使えるのか」

浩志は、これで大佐と連絡が取れるとほっとした。

「携帯が使いたかったのですか。それなら、途中の廃村に中継基地があったので、そこでも使えましたよ」

東南アジアでは、電話線を敷設するより、携帯の基地局やアンテナを設置した方がコストを抑えられるため、携帯が思いのほか通じる。だが、ミャンマーでは、ライフラインの整備が遅れているため、どこでも通じるというわけにはいかなかった。

午前四時、開けた道に入り、ルワインコーまであと数キロという地点で、試しに携帯の電源を入れてみたところ、なんとかアンテナは立った。さっそく大佐に電話を入れてみた。

「浩志、無事だったか！」

夜明け前にも拘らず、電話にすぐ出た大佐の声は興奮していた。

「何とかな。ソムチャイは、救出した。だが、怪我をしている。緊急の手術ができるように病院の手配をしておいてほしい」

「了解！　今、どこにいるんだ」

「ルワインコーの五、六キロ南だ。ヘリコプターを盗んで国境を越えるつもりだ」

「ヘリコプターを盗むのか、それはいい。ルワインコーの飛行場は確か陸軍と空軍の両用だ。戦闘機はないが、インド製の小型攻撃戦闘ヘリやロシア製の大型輸送ヘリ〝カモフ〟もあると聞いたことがある。私もミャンマーの軍部と今はほとんど付き合いがないからよく知らないんだ」

「それだけ、知っていれば充分だ」

「分かっているとは思うが、レーダーに引っ掛からないようになるべく低空で飛行するんだ。もし、見つかったら、ヤンゴンの基地から空軍のミグ二九が飛んで来るからな。それから、西南百キロのタイのメー・ホン・ソーンに行くんだ。手術が必要なら、メー・ホン・ソーンからチェンマイに搬送できるようにタイの陸軍に頼んでヘリの用意をさせよう。離陸したら、すぐ連絡をくれ。事前に空軍にも連絡を入れておく」

大佐に連絡を入れたかいはあった。ミャンマーの空軍に撃墜される心配もあるが、国境を越えればタイの空軍からも狙われる。これで一つ問題は解決できた。

「それから、第三特殊部隊のスウブシン大佐に、トポイ少佐とサムット軍曹がアパッチの攻撃で戦死したと伝えてくれ」

「アパッチだと!」

大佐もさすがに、アパッチと聞いて驚きの声を上げた。

「敵の駐屯地で出くわした王洋が、自分で操縦していたと言っていた」

「軍事政権とブラックナイトが繋がっていたとはな。それにしても、トポイは、死んだのか。……おしい軍人を亡くしたものだ」

「詳しくは、帰ってから話す。俺たちに時間はないんだ。大佐、頼んだぞ」

あと二時間もすれば夜は明けてしまう。それにソムチャイの容態も考えれば、一刻も早くミャンマーを脱出したい。

二

ルワインコーの三キロ手前の地点で、車は停められた。

午前四時半、ミン・ウーの話だとすでにルワインコー郊外の農村部に入ったようだ。暗いので、よく分からないが道の両脇が開けているのは、田畑が続いているためらしい。一キロほど先に、軍の検問所があるため、ここから先は、徒歩で迂回することになる。街に潜入するにあたり、ミン・ウーとパイロットになる田中を交えて打合せをした。ソムチャイは、すでに熱にうなされて歩くことはおろか、担架で運ぶことすら危うい状態になっていた。ソムチャイに護衛をつけてどこか安全な場所に待機させ、盗んだヘリコプターで収容した後で、タイに脱出するのがベストだろう。

打合せは十分ほどで終わった。ミン・ウーのルワインコーに関する知識も、人づてに聞いた話で、あてにならなかったからだ。まずは、偵察した上で改めて作戦を練るしかない。無謀というより他ないが、これ以上、逃げ回って時間を費やすことができないので仕方がない。

浩志は、潜入に備えて新たにチーム分けをした。

まず、浩志がリーダーであるイーグルを潜入チームとし、加藤と田中、それにKNLAのミン・ウーにソーミンとギータルという名の兵士の六名で構成した。

ソムチャイを守る待機チームはパンサーとし、辰也をリーダーに、瀬川、宮坂、黒川を加えた五名だ。車を隠す場所がどこにもないため、このチームは来た道を二台のジープで戻り、三十キロほど南にある無人の村で浩志たちの救援を待つことになった。この廃村には、携帯の中継局があるため、緊急の連絡が取れるからだ。

「頼んだぞ」

「お気をつけて」

先頭のジープを運転する辰也に声をかけると、笑顔で彼は答えてきた。兵士の別れの挨拶は、いつもそっけないものだ。短いほどお互い死を予感しているということなのだろう。

検問所を避けるために、イーグルチームは、加藤を先頭に一旦田圃(たんぼ)のあぜ道を東に五百メートルほど進み、改めて北に進んだ。田圃は、日本のようにきれいな長方形をしているところは少ないらしく、あぜ道はまっすぐに通っていない。おそらく機械化が進んでいないために、整備されていないのだろう。そのため、北に進んでいるようで、いつの間にか方向がぶれてしまう。だが、プロのトレーサーである加藤は、しっかりと星座をインプットしているために自分の位置を見失うことはない。方角が変わる度に別のあぜ道を通り、修正をしていった。

やがて田圃はなくなり、民家が続く道路に入った。さらに六百メートル進むと川に突き当たった。

「この川は、ルワインコーを南北に分けるもので、ここから二十キロ北北西にあるインレー湖に流れ込んでいます」

黒い水をたれ流したような暗闇の川を見つめ、ミンー・ウーは小声で説明してきた。

川幅が五十メートル近くあるため、歩いて渡ることはできない。浩志らは、川岸の道を東の方角に進んだ。幅四メートルほどの橋が見つかったが、橋のたもとに二人ずつ警備の兵が立っている。手前の兵を片付けるのは簡単だが、向こう岸の兵に気付かれてしまう。

来た道を戻り、今度は西に進んだ。二百メートルほど進むと川幅が部分的に狭くなり、幅二メートルほどの橋があった。だが、ここにも警備の兵が両岸に二名ずつ立っている。

「夜明け前なのに、警備が厳しいなんて信じられない」

ミン・ウーは、首を振った。

「橋という橋には、警備兵がつけられているのだろう。それだけ、軍の施設が大きいという証拠だ。とにかく渡るしかない」

肩をすくめてみせたミン・ウーと簡単に作戦を練った。

ミン・ウーは、ギータルを連れ、川岸を散歩するかのように橋に近づいた。

「止まれ！」

二人の警備兵は、同時に銃を向けてきた。ミン・ウーは、ゆっくりと近づき二人の兵を睨みつけた。

「失礼しました。中尉殿」

ミン・ウーの制服を見ると、警備兵は慌てて敬礼をして不動の姿勢になった。

「楽にしろ。相手の服装を見る前に銃口を向けることは大事なことだ。君の上官は誰だ」

警備兵に軽く敬礼を返し、ミン・ウーは、貫禄（かんろく）のあるところをみせた。

「対岸にいるヤン軍曹です」

「ヤン軍曹か、彼のことならよく知っている。彼にも、君らの優秀さを伝えておこう」

ミン・ウーらは、二人の警備兵の間を抜け、堂々と橋を渡って行った。対岸に着いたミン・ウーは、打ち解けた様子で、警備兵と話をしている。

ソーミンを先頭に浩志と加藤の三人は、おもむろに橋に近づいた。ソーミンがビルマ語で警備兵に話しかけ、彼らが銃口を上げようとした瞬間、浩志と加藤は同時にナイフを投げて警備兵らを倒していた。対岸の警備兵は、この異変に気が付く前、すでにミン・ウーらに倒されていた。

警備兵の死体を片付け、橋を一気に渡りきった浩志らは、ミン・ウーらと合流し、街中の道路を急いだ。高い建物こそないが、レンガやコンクリート製の建物がびっしりと建っている街の中心部に到達した。

先頭を走る加藤が、立ち止まった。六十メートル先の交差点に装甲車が停まっていたからだ。トラックをベースに背の低い鋼製の箱を取り付けたような形をしている。天井に重機関銃の銃座が備え付けられており、運転席と助手席、それに後部にもドアがある。近辺に人影こそないが、近づくべきではない。すぐ先の道を右に入り、裏通りを抜けた。

建物は、やがてまばらになり、敷地の広い官舎のような建物が並ぶ一角に入った。東の空がうっすらと明るみを帯び、建物のシルエットも次第にはっきりしてきた。

二百メートルほど北に進んだ建物の陰で加藤が再び立ち止まり、前方を指差した。大きな空き地の向こうに植栽とフェンスに囲まれた広い敷地が広がっていた。管制塔らしき建物も百メートルほど先に見える。目的地の飛行場に着いた。だが、フェンスの前に二、三メートルおきに銃を構えた兵士が隙間なく立っている。また、飛行場の敷地内にも、装甲車が数台、それに小隊ごとに整列した兵士が無数に立っているのが見える。ざっと見渡した限りでも千人は軽く超えるだろう。

ミン・ウーは、浩志に空港入り口近くに立てられている軍旗を指差した。

「北部第一旅団が警護しているようです。第一旅団の兵数は三千人を超えます。これじゃ、潜入するどころか、近づくこともできません」

「空軍の基地は、どこもこんなに警備が厳しいのか」

頭を抱えるミン・ウーに浩志は、訊ねた。

「ヤンゴンの空港だって、こんなに警備は厳しくありませんよ。我々がここに潜入するのがばれたのでしょうか」

溜息をつくミン・ウーに答えるかのように南の方角からヘリコプターの爆音が聞こえてきた。

「見ろ、答えはあれだ」

浩志は、苦々(にがにが)しげに南の空を見た。猛スピードで飛来してきたアパッチが二機、飛行場の上空で旋回しながら着陸した。着陸時に対空ミサイルを避ける見事なランディングだ。

ＫＮＬＡの基地を破壊したアパッチとは、別にもう一機、王洋は、ミャンマーに持ち込んでいたようだ。一機、六十億とも言われる攻撃戦闘ヘリ二機とブラックナイトのエージェントの警護に、北部第一旅団は、駆り出されているのだろう。それぞれの操縦席から、パイロットが二人ずつ降りて来た。ヘルメットで顔の確認はできないが、一人は、右足をいくぶん引きずっている。王洋に違いない。北部第三旅団で闘った時、浩志の浴びせた半月板蹴りで痛めたのだろう。

浩志が撤退を命じると、全員、諦めの表情で頷いてみせた。

敵を目の前にして、退却する。これほど屈辱的なことはない。だが、王洋とアパッチがこの基地にいる限り、警備が緩むことはないだろう。

潜入はなんとかできた。だが、見張りを四人も始末してしまったため、気付かれるのも時間の問題だ。一刻も早く脱出する他ないのだが、肝心の足がない。

浩志はチームを引き連れ、迷うことなく街で最初に見かけた装甲車に向かった。

三

交差点に停車している装甲車から少し離れた建物の陰で、三人の兵士が煙草を吸ってたむろしていた。彼らに飛行場周辺の緊迫した雰囲気はない。そもそも、彼らは何のために働かされているのかも知らないのだろう。

ミン・ウーは、ソーミンとギータルを連れ、三人の兵士に近づいた。

「お前たちの持場は、ここなのか！」

いきなりミン・ウーに怒鳴りつけられた兵士らは、煙草を投げ捨て起立した。

「すみません。中尉殿。少しの間だけ、休憩しておりました」

軍曹の階級章を付けた男が、敬礼して答えた。

「装甲車を空にしてもいいのか！」

「いえ、運転席に一名、後部席に二名待機しております」

敵の人数はこれで分かった。ミン・ウーらは、不動の姿勢をとっている兵士らを苦もなく倒し、建物の陰に隠した。

浩志らも同時に、装甲車の後部ドアから侵入し、三人の敵兵を気絶させ、外の暗闇に放り出した。内部にいた三人は、いずれも寝ていた。外の兵士と交代で仮眠していたのだろう。中は、思いのほか広々としており、銃座の台を中心に、両脇にベンチイスがあった。重武装の兵士でも、十人は収容できる。また、乗務員のミャンマー兵らが持っていたアサルトライフルのＧ３六丁とは別にＲＰＧ七（携帯対戦車ロケット弾発射器）三丁とロケット弾が十二発も後部席に積まれてあった。

「ミン・ウー。運転を頼む」

検問は、できれば穏便に通りたかった。

「待ってください。藤堂さん。私とギータルを置いて先に行ってください」

「どういうことだ」

「着陸したアパッチをRPG七で破壊する絶好のチャンスです」

「アパッチは、放っておくんだ。RPG七を撃ったが最後、三千人の兵に囲まれるぞ」

「これぱかりは譲れません。たった一機のアパッチで、われわれ第八旅団は壊滅しました。それが、二機もあるのですよ。今なら、確実に破壊できます」

「ミン・ウー。アパッチを操縦しているのは、ブラックナイトの兵士で、ソムチャイの件が片付けば、この国からアパッチと一緒に出て行く。アパッチは、国軍に配備された訳じゃないんだぞ」

「ソムチャイ司令官は、我々の希望です。第八旅団は壊滅しましたが、あの方なら、新しく軍隊を組織して、軍事政権と闘ってくれるはずです。アパッチを今ここで、潰しておかないと、司令官は殺されます。それとも、藤堂さんは、アパッチに勝てるのですか。それにあのヘリに、仲間が百人以上殺されたのですよ。復讐する権利は我々にあります」

ソムチャイを国外に脱出させれば、それで済むと思っていただけに、ミン・ウーの主張に返す言葉がなかった。

「待ってください。副司令官、私も連れて行ってください」

目を血走らせたソーミンが、ミン・ウーに迫った。

「おまえは、藤堂さんたちとともに行動するんだ。そして、ソムチャイ司令官を何としてもお守りしろ」

「しかし！」

「いいか、ここで死ぬのは、簡単なことなんだぞ。どこまでも生き抜いてソムチャイ司令官にお仕えしろ」

ミン・ウーとギータルはＲＰＧ七を握り、浩志に敬礼すると、後部ドアから出て行った。

浩志は頷き無言で送り出した。彼らとは、すでに深い友情で結ばれており言葉は必要なかったからだ。

「ソーミン。おまえが運転して、検問を抜けるんだ」

ソーミンは頷くと運転席に座り、エンジンをかけた。浩志と田中は、後部ドア近くに、加藤は銃座の下に待機した。これまで見たこともない形をした装甲車は、おそらくミャンマー国内で作られたものだろう。溶接が雑なところを見ると、トラックの上部に装甲板を取り付けて改造したに違いない。

ソーミンは、四人の兵士に止められ、検問所の前で装甲車を停車させた。すると、検問所の横にある小屋から新たに六人の兵士が出てきた。

「緊急の命令で、これからパープンに至急行かなければいけません」

ソーミンは、検問所の兵士に聞かれる前にそう言った。

「誰の命令だ」

兵士は、横柄に聞いてきた。ソーミンの軍服が二等兵のものだからだろう。

「テインタン少佐です」

ソーミンは、ミャンマーではよくあるテインタンという名前を使い、適当に答えた。

「テインタン少佐だと？　知らないな。どこの部隊か調べるから待っていろ」

ここらが限界だろう。浩志と田中は、同時に後部ドアを開け、敵兵を銃撃した。加藤も銃座に上り、装甲車の上から銃撃し、六人の敵を瞬時に倒した。

飛行場の方から、爆発音が二度した。その後に、激しい銃撃音が続いた。ミン・ウーらがアパッチを攻撃したのだ。

「ソーミン、ぐずぐずするな。早くここを出るんだ！」

ソーミンは、声もなく頷いた。というより出せなかったのだろう。溢れる涙を袖口で何度も拭きながら、ソーミンは、装甲車を発進させた。

背後で銃撃が止んだ。それが何を意味するのか誰もが分かった。

〝武器を持つ奴は死んで行く〟、浩志は兵士のセオリーを心に浮かべた。ミン・ウーはこの最も簡単なセオリーに従って、死んで行った。そこに正義があったとしても、むなしい死だった。だが、彼らが敵陣深く行動したことにより、浩志らの逃亡にしばらくの間、目を向けられることはないだろう。

浩志は、達也の携帯に電話をかけた。

「辰也、ヘリコプターは手に入れられなかった。現在、ルワインコーを脱出して、そちらに向かっている」

「了解しました。ソムチャイは、瀬川の持って来た消炎剤と抗生物質でなんとか小康状態を保っていますが、早く手術をしないと危ないですね」

「分かった。一時間以内にそっちに着く。すぐに出られるように準備しておいてくれ」

「了解しました」

浩志は携帯を切ると、銃座に上り外の空気を吸った。腕時計を見ると、六時を少し過ぎていた。太陽はいつの間にか東の空に浮かんでいた。両脇に迫る山の緑は、美しく輝き、後ろを振り返ると広々とした田園風景が続いていた。この国が軍部による悪政で病んでいることなど、この風景を見て誰が想像できるだろう。

浩志は、尊い兵士が死んで行ったことを胸に刻み込み、自らのコードネームが〝リベンジャー〟であることを肝に銘じた。

四

装甲車は、トラックのエンジンを使用し、ボディはコンパクトに設計されているためか、最高速度は八十キロ近く出る上、足回りも良かった。予定よりも早く、四十分ほどで辰也らが待つ廃村に到着した。

浩志は、到着すると早々、二台のジープを先に走らせ、装甲車を最後尾にして、出発させた。車列を組んで走ることにより、正規の部隊だと思わせるためだ。廃村に着く前に、上空で軍用セスナ機に追い越された。特に攻撃してくる様子はなかったが、もし偵察機だった場合も考えるとやはり用心に越したことはない。

先頭を走るジープの運転をソーミンにさせ、後部座席に浩志は田中と乗り込んだ。二台目のジープは、瀬川と黒川と加藤が乗り込み、三台目の装甲車に、辰也と宮坂、後部の床にソムチャイを寝かせている。

「田中。あの補給基地を襲撃し、ヒューイで脱出しようと思う。もっともまだあそこにあればの話だが」

「やはり、そう来ましたか。あの機体に乗ることは自殺行為ですが、そんなこと言ってられませんからね。死ぬ覚悟で操縦します。あのヒューイは、心配しなくても、まだ飛んでないはずです」

「連中も、恐ろしくて乗らないのか」

「いや、ミャンマー兵たちは、上からの命令があれば、飛ばすでしょう。あの基地に忍び込んだ時に、操縦桿の下の配線を切断しときましたから、まだ飛んでないと思いますよ」

田中も傭兵歴が長いだけに、破壊工作をすることが身に付いているようだ。浩志は、田中からヘリを飛ばす手順を聞き出し、補給基地の一キロ手前で他の車両も停車させ、全員に作戦の説明をした。

その頃、目的の補給基地では、ルワインコーの基地で早朝に起きた襲撃事件にまったく影響されない日常の勤務風景があった。

基本的にこの基地は、南部の元首都であるヤンゴンの陸軍基地から飛び立ったヘリコプターに対して、燃料と弾薬の補給を行う、地方のガソリンスタンドのような場所らしい。

午前八時二十分、補給基地の雑草だらけの広場では、補給部隊の兵士が数名サッカーを楽しんでおり、司令室と兵舎を兼ねた小屋の陰で、だらしなく座った兵士が煙草を吸いながら、それを見ていた。誰一人武器を帯びている者はいない。この基地には、夜明け前にルワインコーで起きた事件のことなど知らされていないのだろう。

ソーミンは一人でジープを運転し、サッカーをしている兵士を避け、小屋の前で車を停めた。そして、ジープを降り、小屋の中に入ろうとすると、小屋の前に座っていた兵士に呼び止められた。

「おい、勝手に入るな」

振り返ったソーミンは、声をかけてきた兵士の階級章が曹長であることを確認し、敬礼した。

「失礼しました。曹長殿」

「俺が、この基地の責任者だ。何の用事だ」

「私は、北部第三旅団第一砲兵隊のソーミン二等兵であります。ここから、一キロ南で、車両事故がありまして、本隊に応援を要請するように、上官に命令を受けました。そこで、こちらの無線機をお借りしにきた次第です」

「なんだ、無線機か。中にウーチョー一等兵がいるから、そいつに聞け」

「ありがとうございます」

ソーミンは小屋に入り、無線機の前で雑誌を読んでいる兵士に近づき、無造作に殴りつけて気絶させた。

「こちら、ファイター。リベンジャー応答願います」

小屋に潜入したソーミンからの連絡だ。

「リベンジャーだ」

「無線機を破壊しました」

「了解、待機せよ」

浩志は、ソーミンからの連絡を受けると、補給基地にジープと装甲車で乗り付け、無防備な基地の兵士らをあっという間に制圧した。

事前に役割が決まっていたため、辰也と宮坂は、基地内の兵士を小屋に集めて全員を縛り上げた。ミン・ウーから基地に詰めているのは、一個小隊二十名前後と聞いていたが、実際の人数は、八名だった。

田中の指示の下、さっそくヘリコプターの準備に取りかかった。とりあえず、ヘリコプターを格納庫から出さなければならない。まず、ヘリコプターの左右のスキッド（そりのような足の部分）には、車輪が付いていないため、ハンドリングホイールと呼ばれる補助タイヤを付けなければならない。ハンドリングホイールには、油圧ジャッキが付いており、これで機体を押し上げ、バルブで圧力を抜くことにより、スキッドにタイヤが装着される。外す際は、その逆をすることになる。次に、機体にトーイングバー（牽引棒）を付け、トラクターを使って外に引っ張り出すのだ。この作業は、浩志と田中、瀬川と黒川がそれぞれ組んで作業を行った。

田中は、外に牽引されたヘリコプターの切断した配線を接続し、エンジンを始動させた。

「燃料がまだ入れられていません」

補給部隊の兵士らは、ヘリを点検するどころか、整備する気もないらしい。

田中は、格納庫にある燃料タンクをトラクターで牽引してきた。ヒューイといえども最低八百リットルは入れないと満足に飛べない。燃料タンクには、手押しポンプがついていたが、時間がかかる。ちなみに八百リットルで二時間ほどの飛行が可能になる。田中が、ヘリコプターの燃料バルブを開け、補給用ホースを突っ込むと、瀬川がポンプを動かし始めた。

「どのくらいかかるんだ」

「四百リットルとすれば、数分です。ここからタイのメー・ホン・ソーンまでは、約百キロ。このヘリコプターは、巡航速度を八十ノット程度に抑えたとしても、四、五十分の飛行ということになります。従って、四百リットルあれば足りますが、できるだけ沢山入れておきたいですね」

「分かった」

これればかりは、パイロットの助言を素直に受け入れる他ない。

「ソーミンと加藤で、ソムチャイをヘリの後部席に寝かせるんだ。他の者は、周囲の警戒をしろ」

浩志は、作業を眺めつつ、周囲に気を配った。このおんぼろヘリコプターでの脱出が、最後のチャンスだ。これを逃せば、誰一人国境を越えることはできないだろう。

五

ヒューイに給油を始めて数分経った頃、上空をまたセスナ機が通り過ぎた。

浩志は携帯を出してみたが、やはり通話圏外だった。離陸前に大佐と連絡を取りたかったが、タイ領に入ってから連絡する他ないだろう。

「田中、あとどれくらいだ」

「まだ、四百リットルも入っていません。もう少し入れさせてください」

「藤堂さん、このポンプ、見た目以上にぼろいんですよ」

手押しポンプの調子が悪いらしく、瀬川がぼやいた。

南の方角に何かざわめきを感じた。ジャングルから、鳥が飛び立つのが見える。耳を澄ませると、機械的な雑音が断続的に聞こえてきた。

「まずいぞ、給油を急げ！」

浩志は辰也に声をかけ、G３を担いで装甲車の運転席に乗り込んだ。辰也はＲＰＧ七を担ぎ助手席に飛び乗って来た。アクセルを踏み込み、曲がりくねった坂道を一キロ近く降りると、荷台に重機関銃が備え付けてある国軍のジープに出くわした。国軍のジープは急ブレーキをかけて停まった。浩志も停車させた。五十メートルほど先で、国軍の兵士が慌てて銃を構え出し、荷台の重機関銃で、いきなり撃って来た。浩志らの乗る装甲車の車体はなんとか持ちこたえた。やはり、上空を飛んでいたセスナは偵察機だったのだ。盗まれた車両を見つけ、一番近くに駐屯する軍に出動を要請したか、北部第三旅団の追っ手が来たのかもしれない。

「任せてください」

辰也は、助手席から後部の銃座に移り、ジープ目がけて銃撃した。敵兵は、途端にジープを捨てて逃げて行った。辰也は、エンジンルームに銃撃を集中させ、狭い山道の真ん中でジープを爆発させた。これで、少しでも後続の車の通行を妨害できる。

「やばい」

敵のジープの後方から突如、戦車が現れた。浩志らは、断続的に聞こえて来た音が戦車のキャタピラの音だと気付いていたが、これほど近くまで来ているとは思わなかった。

辰也は、銃座から降りて、ＲＰＧ七を取りにきた。

「辰也、無駄だ。あいつは、中国の九〇Ⅱ式だ。装甲は厚いぞ」

九〇Ⅱ式戦車は、量産されもっとも中国陸軍で普及している九六式戦車の輸出仕様型だ。ちなみに、次世代の九八、九九式戦車はあまりのコスト高で生産が遅れ、最近では九六式戦車を改良し、パワーアップすることで再配備されている。

中国やロシアは、欧米から経済制裁を受けているミャンマーに武器供給をしている。人権問題で制裁動議が国連で提出される度に中国とロシアが反対するのは、こうしたビジネス上の問題があるからだ。彼らは欧米諸国に敵対する国に、ビジネスチャンスを作るのが実にうまい。人権問題が深刻な国が増えるほど、彼らは潤うというわけだ。

浩志は、装甲車をバックで発進させた。戦車は、燃え盛るジープを谷底に押し退けて進んできた。

「辰也、脱出しろ！」

辰也が助手席から降りると、浩志は、装甲車を道一杯になるように斜めに停め、運転席から飛び降りた。間一髪、戦車の一二五ミリ滑腔砲が火を噴き、装甲車は爆発炎上した。

装甲車をどけるのに戦車が手間取っている隙に、二人は、山道を駆け上った。

「すぐ離陸するんだ！」

浩志の姿を見ると、田中は慌てて給油ホースをヘリから抜き、機体のバルブを閉めた。

ヒューイに次々と仲間は乗り込んだ。

田中はバッテリースイッチを入れ、計器類の確認をした。そして、左手で操縦席脇のピッチレバーを握り、スタータースイッチを入れた。

「どうした！　回れ！」

田中は、スタータースイッチをかちかちと動かしてはいるが、メインローターは回転する気配はない。

空気が擦れる音がしたかと思うと、耳をつんざく爆発が続き、背後の格納庫が吹き飛んだ。戦車は五百メートルほど離れたところで停車し、砲撃してきた。この距離では、RPG七を撃ったところで当たるものではない。

「行って来ます！」

辰也が、RPG七を担ぎヒューイから飛び降りた。

「止めろ！　辰也」

浩志も飛び降りたが、辰也は一目散に坂道を駆け降りて行った。

「田中！　どうした」

浩志は、振り返って声を荒げた。

「くそったれ！」

田中は、ピッチレバーの上部を拳で叩き、スタータースイッチを再び入れた。するとエンジンががくんと音を立てメインローターが回転し始めた。同時にテールローターも回転し、機全体が振動し始めた。

「藤堂さん。飛べます！」

田中が大声を出した。

「瀬川、ラダーを降ろせ！」

瀬川は、後部キャビンに用意されているラダー（縄梯子）を降ろした。

「上昇させろ！」

浩志は、Ｇ３を瀬川に投げ渡した。ヒューイが浮上し、垂れ下がるラダーに左腕と左足を絡ませた。ヒューイが数メートル上昇し、体がラダーとともに持ち上がった瞬間、忘れていた左肩の傷に激痛が走った。

足下を砲弾が通過し、今度は小屋が吹き飛んだ。

爆風で押されるようにヒューイは、十メートルほど上昇した。

「上昇させろ！」

「回転数が、まだ上がりません！」

田中が悲鳴を上げるように答えてきた。このままでは、いくら空中にいるとはいえ、戦車の餌食にされてしまう。

戦車の前面で爆発が起きた。辰也が、ＲＰＧ七を発射したのだ。

戦車は、ロケット弾の犯人を探し求めて主砲の向きを変えた。

「辰也は、どこにいる」

仲間は、ヒューイの後部スライドドアを全開にし、辰也の姿を探した。

「いました。戦車の前方左五十メートルの岩陰です」

加藤が、ヒューイから身を乗り出して叫んだ。

「戦車の後ろに隠れている兵士に銃撃を加えろ！」

瀬川や黒川がいち早くG3で銃撃を始めた。

戦車の後ろに大勢の兵士が身を隠していたが、ヒューイに向かって反撃してきた。

「回転数が上がりました」

ヒューイは一気に三十メートル上昇した。

辰也は、兵士らがヒューイに気を取られている隙に戦車に走り寄り、再びRPG七を発射させた。ロケット弾は、戦車の上部側面に見事に命中し、爆発した。至近距離でしかも装甲のつなぎ目とも言うべきところに当たったのだろう、さしもの九〇II式戦車も炎と煙を出し始めた。

辰也はRPG七を担ぎ、坂道を上り始めた。

戦車の後ろにいた兵士が、銃撃しながら辰也を追ってきた。

「降下！　援護しろ！」

後部ドアから四人の仲間が一斉に銃撃を開始した。ヒューイは高度を下げ、辰也の背後から近づいて行った。

「辰也！　摑まれ」

浩志は、右手を目一杯伸ばした。

辰也は懸命に走り、手を伸ばしたが、あと数センチ及ばなかった。

「行ってください！」

辰也は、つまずき転んだ。

「戻れ！」

田中は、ヒューイを旋回させ、今度は、谷側から辰也の正面に接近した。

「辰也！　飛べ！」

辰也は頷くとRPG七を投げ捨て、走り出した。そして、浩志目がけて崖から飛んだ。

浩志は、右手で身長一八〇センチ、体重七十八キロの辰也を抱きしめた。左肩から全身に稲妻が走ったように激痛が突き抜けた。

辰也はすぐに自らラダーに掴まり、今度は浩志を支えた。

「また命を救ってもらいましたね」

「俺の命令を無視したからな。一発殴るまでは、死なれちゃ困るんだ」

「藤堂さんの好きな豚カツ奢(おご)りますから、許してください」

「ふざけるな！　ステーキも付けろ」

「了解しました」

二人は、ラダーに掴まり大笑いをした。

六

ヒューイは、ジャングルをかすめるように西に進んだ。

午前十時六分、国境まであと二十数キロというところまで来ていた。

浩志は、左の副操縦席に座り周囲を警戒していた。後部キャビンもスライドドアを全開にし、全員で周囲を警戒している。レーダーも完備していないヒューイでは、目視だけが頼りだ。

「前方にサルウィン川が見えます」

田中の落ち着いた声がヘッドセットを通じて聞こえて来た。

「高度を上げるんだ」

「了解」

サルウィン川の川岸に多数のミャンマー兵の姿が見られた。彼らは、ヒューイが盗まれたことを知らされていないのだろう。友軍機と思い発砲して来る者は誰もいない。

「あと十数分で国境を越えます」

「油断するなよ」

「この機体じゃ。油断なんてできませんよ」

田中は、機体が空中分解しないように巡航速度を七十ノット（約一三〇キロ）に抑えている。

「三時方向に機影発見！」

加藤が大声で知らせて来た。

ヒューイの上空を例の偵察セスナが南から北に向けて通過していった。

「驚かせやがって、寿命が縮まったぜ」

辰也が、額の汗を拭くしぐさをして笑いを誘った。

「機影発見。八時方向。……アパッチです！」

ソーミンが横に潰れたようなアパッチの独特なフォルムを見つけて声を張り上げた。

「速度を上げるんだ」

「了解、百ノットまで上げます」

田中が、ヒューイの速度を上げると機体の揺れが激しくなった。

「逃げても、無駄だ藤堂！　おまえらをいびり殺してやる」

無線に王洋の憎悪に満ちた声が飛び込んできた。

「王、一機だけか」

浩志は、ミン・ウーの攻撃の成果を知りたかった。

「一機を破壊したくせに嫌みか。貴様らを簡単には死なせないぞ！」

たとえ一機でも破壊できたのなら、ミン・ウーの作戦は成功したと言える。浩志は、心の中でミン・ウーの戦果を褒め讃え、にんまりと笑った。

アパッチは、上空からヒューイの前方に向け、空対空ミサイルを撃って来た。ジャングルすれすれに飛んでいたため、ミサイルは目の前で炸裂し、田中は右に旋回して回避した。

「おかしいな。はずしてしまったぞ」

王洋の笑い声が無線機から聞こえてきた。わざとはずしたのだ。

今度は、三十ミリ機関砲を右前方に向けて撃って来た。ジャングルの木々が煙を上げて吹き飛び視界を塞いだ。

田中は左に回避しながらも、巧みに国境に向けて距離を稼いだ。

「キャビンのドアを閉めろ!」

ヒューイの装甲では、三十ミリ機関砲の銃弾は避けきれない。だがむざむざと人が標的になるようなことはしたくなかった。スライドドアを閉めた辰也と瀬川が、自分の背のうからM七二LAW携帯対戦車砲を取り出して、浩志に合図を送って来た。浩志は親指を立てて頷いた。

「王、止めろ! 継承者の印ごと撃ち落とす気か!」

「何! 継承者の印だと!」

浩志の嘘に王洋は乗ってきた。

「そうだ。生きて帰れるなら、国境を越えたところで着陸して渡してやる」

「嘘をつけ、ソムチャイですら、存在を知らなかったのだぞ」

「当たり前だ。継承者の印は、大佐が隠し持っていたんだ。ソムチャイは知るはずがない。俺たちは、彼を連れ戻すために、継承者の印を持ってきたんだ。嘘だと思うなら、俺は左の副操縦席に座っている。ホバリングするからすぐ横に付けて確認してみろ」

浩志は、地上の敵に狙撃されないようにヒューイを地上七百メートルまで上昇させた上でホバリングさせた。そして、辰也と瀬川にM七二LAW携帯対戦車砲を担いで準備するように合図を送った。いくら装甲が厚いとはいえ、アパッチが耐えられるのはアサルト銃の弾丸程度だ。ロケット弾を喰らえばひとたまりもない。

次に横になっているソムチャイを安全な場所に移し、キャビンの右のドアだけ前もって開けさせた。そして、加藤とソーミンに、辰也らが対戦車砲の発射直前に、左のドアを全開できるような体勢を取らせた。右のドアを事前に開けさせたのは、対戦車砲のバックブラスト（後方爆風）を外に逃がすためで、閉ざされた狭い空間で撃とうものなら、バックブラストで大やけどをしてしまうからだ。

浩志は、水筒の蓋を外し、操縦席の窓の近くにかざしてみせた。

王洋は、アパッチをヒューイと十数メートルの距離まで近づかせ、ホバリングを始めた。

アパッチは二人乗りで、操縦席は戦闘機のように前後にある。前席は副操縦士兼砲手で後席は、操縦士が座る。操縦士が身を乗り出すようにこちらを見ている。王洋に違いない。

「今だ！」

浩志の合図で後部キャビンのドアは、勢いよく開けられ、同時に辰也と瀬川がM七二LAW携帯対戦車砲を発射した。だが、スライドドアを開けた瞬間に王洋に気付かれ、急上昇された。一発は外されたが、一発は右車輪を撃破した。アパッチは、衝撃で左後方に落ちて行った。

「田中、飛ばせ！」

田中は、目一杯ピッチレバーを引いた。

「百四十ノット、限界です」

機体が今にも分解しそうな激しい音を出し始めた。

「もうすぐ国境です！」

田中が歓声を上げたが、それを否定するかのように背後から銃撃を受けた。体勢を整えたアパッチが三十ミリ機関砲で攻撃してきたのだ。

「藤堂、ミサイルを撃ち込まれたくなかったら、着陸しろ！」

　空対空ミサイルを使わないのは、なるべく原形を留める形で墜落させたいのだろう。継承者の印を浩志が持っていないとは限らないからだ。

　アパッチの三十ミリ機関砲がまた火を噴いた。

　ヒューイの機体が激しく振動した。

「ソーミンが撃たれました！　しっかりしろ、ソーミン！」

　加藤が、叫び声を上げた。

「出力が落ちます。エンジンか、燃料系統もやられたようです」

　田中が悲痛な声で状況報告をしてきた。

「藤堂さん！」

「馬鹿な！」

　操縦席の二人は、目の前に出現した新たな状況に驚きの声を上げた。五百メートル先に二機のアパッチが、ホバリングしているのだ。

「くそっ！　いったい何機いるんだ」

「だめです。エンジン停止します。これより、オートローテーションに入ります」

　田中が、額に汗を浮かべながら操縦桿と、ピッチレバーを握りしめた。

　オートローテーションとは、エンジンが停止した後、降下することで風車のようにメインローターを回転させ、浮力を得て着陸する方法だ。この緊急体勢に入った場合、攻撃に対しての回避行動はできない。

「撃つな！」

田中が、前方のアパッチを見て悲鳴を上げた。左前方のアパッチが空対空ミサイルを発射したのだ。ミサイルは、まっすぐヒューイに向かって来る。

「何！」

ミサイルは、ヒューイのわずか数メートル左をかすめ、王洋のアパッチに命中した。アパッチは、きりもみ状態になり、サルウィン川に墜落していった。

田中は、安堵の溜息をつくと、ジャングルが開けた場所にヒューイを着陸させた。

「こちら、タイ陸軍航空隊のスラユット大尉です。不時着した機に藤堂さんは、いらしゃいますか」

上空のアパッチから無線が入った。

「藤堂だ。どうして俺だと分かった」

「第三特殊部隊のスウブシン大佐から、国境付近の警備強化の命令が出されています。そこで、ミャンマー側の動きを我々は、ずっとモニターしていました」

大佐が手回ししていたに違いない。連絡は取れなかったが、彼の機転に助けられたようだ。

「重傷の怪我人が二人いる」

「了解しました。ここの座標を報告します。ブラックホークが救援に来るまで、決して移動しないでください」

「了解！　よろしく頼む」

二機のアパッチは、颯爽（さっそう）と旋回して去って行った。

継承者の印

一

ハリマオの孫で、KNLA（カレン民族解放軍）第八旅団司令官だったソムチャイを救い出した浩志は、仲間と別れ一人レンタカーのランドクルーザーでチェンマイから、美香や柊真が待つメソートに向かった。

二日前、タイの国境付近に不時着した浩志らは、タイ陸軍のブラックホークでチェンマイに移送された。ソムチャイは、すぐさまチェンマイで最新の医療技術を誇る病院で手術を受け、ことなきを得ている。また、脱出時に三十ミリ機関砲で左足を撃たれたソーミンは、足を切断することになったが、命に別状はなかった。

ソムチャイは、本来強靭（きょうじん）な肉体の持ち主なのだろう、二、三日中に退院できるそうだ。その間、大佐がつきっきりで看病し、ハリマオ財団についてレクチャーを試みている。ソムチャイは高潔な人物なだけに、財団にとって悪い方向に向くとは思えない。また、大佐が引き続き辰也をはじめとした四人の仲間にソムチャイの警備を要請し、病院自体、タイ陸軍の第三特殊部隊が密かに警護しているので、ブラックナイトの影に怯（おび）えることもない。ちなみに、瀬川と黒川は傭兵代理店の社長池谷から任務終了と判断され、日本に帰って行った。

午後七時半、浩志は、一週間前に宿泊していたホテルメソートインにチェックインした。

道路状況の問題もあったが、急ぐ旅でもないとチェンマイから三百キロの道のりをゆっくり流して来たので、五時間近くかかってしまった。おかげで体中汗と埃（ほこり）の装甲をまとってしまった。シャワーを浴びていたが、ドアが開く気配がしたため、タオルに包んでおいたベレッタを握り、バスルームを出て洗面所のドアの陰に隠れた。

侵入者は、ほとんど足音を消して歩いている。訓練された者の動きだが、浩志にはその正体が分かった。洗面所にベレッタを置き、タオルを腰に巻くと、伸び放題の無精ひげを剃り始めた。

「美香。食事の予約はしてあるのか？」

「バレたの？　せっかく驚かせようと思ったのに」

洗面所の鏡に美香の顔が映った。小麦色に日焼けしている。

「健康そうな顔をしているな」

「これでも、日焼け止めクリーム塗っているのよ。任務は、無事終了したのでしょう」

一昨日、チェンマイの病院で浩志も肩の治療を受け、その時、美香に連絡を入れていた。もっとも、帰ったの一言だったが。

浩志は、ひげを剃り終わると、初めて振り返った。浩志の上半身には、王洋との闘いで付けられたナイフ傷が無数にあり、しかも左肩には、真新しい手榴弾の傷痕があった。

美香の顔から笑顔が消え、両腕を浩志の腰に回し、抱きついてきた。しばらくの間、そのままほうっておいた。美香が声も出さずに泣いていたからだ。

「よかった。無事で、本当によかった」

顔を上げた美香に、笑顔が戻っていた。彼女は、浩志の顔を両手ではさみ、熱いキッスをすると珍しくすぐ離した。

「言い忘れたけど、下のロビーで、お腹をすかせた柊真君が待っているの」

「俺もそうだ。すぐ着替えるから待っていてくれ」

階段を降りて、小さなロビーに行くと、真っ黒に焼けひと回りも逞しくなった柊真が立っていた。

「お帰りなさい。藤堂さん」

剝き出しの闘争心は消え、落ち着いた目をしていた。喜びや悲しみを経験し、静かに燃える目だ。柊真が、この一週間の間に、難民キャンプで学んだものがどれだけ血肉になっているのか聞かなくても分かった。

「がんばったようだな。柊真」

柊真は、照れくさそうに笑ってみせた。

三人は、ホテルの近くの中華レストランで食事を摂った。その間、柊真は体験したことを夢中で話してきた。浩志と美香は、それを笑いながら聞いていた。一昨日までの地獄が嘘のように感じられる。

食事が終わると、柊真は妙な気を使って一人で先に帰ってしまった。二人は、食後のコーヒーを頼んだ。

「ホテルに帰る前にあなたに報告しておくことがあるの」

美香は、真剣な顔になった。こういう時は、彼女が内調（内閣情報調査室）の特別捜査官として話をする時だ。

「この一週間、私はほとんど柊真君と一緒にいたけど、本店やクアラルンプールにいる高橋とは密に連絡を取っていたの」

「高橋って、元警視庁公安部の同僚か」

「彼には、クアラルンプールに潜伏している白鳥雅美の追跡を依頼してたの覚えている？白鳥を武器も扱う骨董品のブローカーということにして。それが、意外にもブラックナイトと関係していることが分かってきたの。驚かないでね。白鳥はこの一週間の間で、二度も王洋と接触しているの」

「やはりそうか」

「やはりって、どういうこと」

浩志は、ミャンマーのパープンで王洋と闘った時に聞いた話をした。

「ブラックナイトから依頼され、あなたを日本に留めるために大道寺が連続殺人事件を起こしたっていうことなの？　不謹慎な言い方だけど、随分回りくどいことをするのね」

「大道寺は、新井田と名乗っていた時もそうだが、殺しを作品と考えている。自分で殺しのストーリーを作って、その世界に浸っているんだ。依頼を受けた仕事も単純にこなすような真似はしないで、俺を直接襲わずに他人を殺し、それで快感を覚えている。俺たちは、奴の描き出した殺人ストーリーに振り回されていたというわけだ」

「なんて卑劣な男なの。それじゃ、弟の訃報記事もその筋書きの一つということね」

「いや、弟を殺した俺への私怨もあるのだろう。今回、大道寺と異母兄妹である白鳥雅美が新たに犯行に加わったのは、復讐のためだと俺は思っている」

「異常心理の殺人者の気持ちは、分からないわね。まして、それがプロの殺し屋だなんて。こんなケースも趣味と実益を兼ねているっていうのかしら」

「奴にとっては、そういうことになるのだろう」

「気になるのは、白鳥の消息が二日前から分からないの。ひょっとして、あなたを陥れる罠をどこかで仕掛けているのじゃないかと思えて仕方がないわ」

「可能性は、ないとは言えない。だが、他の可能性も考えられる」

中国系アメリカ人だという王洋と、中学から大学までの八年間を中国で過ごしている白鳥に、殺人の依頼主と実行者以外の関係はないかと浩志は考えていた。

「王洋は、米国陸軍のアパッチ攻撃部隊に所属していた時に、リクルートされたと言っていた。俺を殺すつもりだったから、正直に言ったのかもしれないが、奴の経歴を洗い直してくれないか」

「そうね。本店を通じて、調べてみるわ」

「ところで、日本を離れて十日以上経つが、大丈夫なのか」

「大丈夫よ。昨日も連絡したけど、留守番の女の子たちは、しっかりしているから」

「店のことじゃない。本店の仕事の方だ」

「そっちね。実は、メソートに来ているって本店に連絡を入れたら、ミャンマーの情報を調べるように依頼されたの。なんせ、メソートは、ミャンマーの反政府勢力の一大拠点で、新たな情報を持った難民が、毎日二千人近く押しかけて来るのよ。ミャンマー国内にいるより、よほど情報が集まるわ」

「そういうことか」

二人は、レストランを出て、まっすぐに浩志の部屋へ直行した。そして、部屋に入るなり抱き合うと、服を脱ぐのももどかしくベッドに倒れ込んだ。

浩志は、一週間の戦闘で目覚めた野生の性を爆発させ、美香は浩志の腕の中で歓喜の嗚咽を漏らした。

二

二日後の十月一日、チェンマイから、大佐とソムチャイ、それに二人を護衛する辰也、田中、宮坂、加藤の四人の仲間が、二台の車に分乗しメソートにやって来た。全員、浩志が宿泊しているホテルにチェックインした。

あらかじめ大佐と二日後にメソートで落ち合うことになっていた。というのも、戦時中、ハリマオからチェ・クデを通じてソムチャイの祖母であるジャンタナーに渡されたはずの継承者の印を、大佐と一緒に探す約束をしていたからだ。また、大佐は、ソムチャイから二日間にわたって様々な話を聞き出し、ジャンタナーとチェ・クデが最後に住んでいたメソートに継承者の印の手掛かりがあると確信していた。

ソムチャイは、退院したその足で長距離を移動したため、夕食後、疲れたと言って先に部屋に戻った。四人の仲間は、ソムチャイの部屋を取り囲む形で部屋を借りており、彼らも、ソムチャイ警護のため、おのおの部屋に戻った。

ちなみにソムチャイは、極秘でメソートに来ている。彼は、ミャンマーではあまりにも有名人なので、この街に潜入しているミャンマーの秘密警察に知られないようにするためと、カレン民族同盟（ＫＮＵ）の関係者が挨拶に来るのを防ぐためだ。また、ＫＮＬＡ（カレン民族解放軍）の作戦上、第八旅団が壊滅したことを公に知られたくないという思惑もあるらしい。

浩志は二日前、ホテルにチェックインする際、美香と柊真が宿泊している五階のフロアーを借り切る形で、大佐をはじめとした仲間の部屋の予約もしておいた。小さなホテルのため、ワンフロアー十部屋しかない。全員の分を借りても一部屋余るのだが、警備上、他人が同じフロアーに入るのを避け、空き部屋も押さえてある。

浩志は、大佐と美香を誘い、一階のロビーの奥にあるカウンターバーに入った。ホテルのカウンターバーと言えば聞こえはいいが、イスが五つしかない場末の飲み屋といった感じだ。このホテルのオーナーは華僑で、浩志らがよく行く中華料理屋も経営している。バーテンは、このホテルで昼間ボーイをしている中国人の中年の男で、何度か来ているため、顔馴染みになった。

「いつものでいいですか。こちらの女性は何を飲まれますか」

ここでは、浩志はバーボンのストレート、大佐は冷えたタイの地ビールしか飲まないので、バーテンはにやけた顔で美香にオーダーを聞いてきた。美香にしては、ポロシャツにジーパンと地味な格好をしているのだが、彫りが深い顔にモデルのような体型は周囲の目を引く。基本的にどこに行くにしてもいつも柊真が近くにいるため男が近づかないだけで、この街では噂になっているとバーテンは言っていた。

「私は、喉が渇いたからカンパリソーダをもらうわ」

オーダーが揃ったところで、一番右端に座った大佐は、ソムチャイのことを日本語で話し始めた。他に客はいないのだが、バーテンにも聞かれたくないからだ。

「ソムチャイは、自分の指揮していた第八旅団が壊滅したことが相当なショックだったようだ。それに、王洋の部下に潰された右手は手術をしたが、完治しても握力は戻らないと医師は言っていた。おそらく銃の引き金も引くことはできないだろう。だが、カレン民族のために闘う意思だけはまだ持っていると言っていた」

「アパッチが相手じゃ勝ち目はなかった。せめて対空ミサイルでもあれば別だったな」

「そこなんだ。ソムチャイは、ハリマオ財団を引き継ぐつもりはない。権利を放棄する代わりに、条件を出してきた。ＫＮＬＡの軍資金が欲しいと言っている。装備を整えて、軍の立て直しをしたいそうだ」

「いくら要求して来たんだ」

「五百万ドルだ」

「日本円で五億か。財団の規模にしては、控えめだな。それぐらい出せるんだろう」

「二年前なら、まったく問題ない金額だが、今の会長のリムアナが投資に失敗して、資金を焦げ付かせた。流動資本が枯渇（こかつ）しているから、すぐに揃えろといっても難しいんだ」

「そのことをソムチャイに言ったのか」

「いや、言ってない。どのみち継承者の印を見つけることができなければ、ソムチャイは財団と関係ない赤の他人だからだ」

　大佐は、グラスに残ったビールを飲み干し、お代わりを頼んだ。

「今度は、私が話をしてもいいかしら」

　浩志の左隣りに座る美香が、大佐の会話が途切れたのを見計らい話し掛けて来た。

「すまない。私の話は、終わったよ」

　大佐は、苦笑いをして、バーテンにナッツを頼んだ。

「王洋の経歴だけど、調べてみたわ。湾岸戦争の時に、米国陸軍のアパッチ攻撃部隊には王洋という名前の隊員は、いなかった。その代わり、陳凱旋（ちんがいせん）という当時二十六歳の中国系のアメリカ人がいて、この人物が王洋らしいの。陳は、二十一の時に中国からアメリカに渡り、二十二で米国陸軍航空隊に入隊して帰化している。もともとヘリコプターの免許は持っていたらしく、すぐに攻撃戦闘ヘリのパイロットになっているわ」

「王洋の本名は、陳凱旋か、なるほど」

「ただ、リクルートされたと言うのは、怪しいわね」

「どうして、そう思うんだ」

「陳の出身地は、上海なの。ブラックナイトの本拠地と同じ。米国に渡る前にすでにエージェントだった可能性もあるわ」

「ブラックナイトは、一九九一年、ソ連が崩壊した後に元KGBを母体として生まれた犯罪組織と聞いている。湾岸戦争は、一九九〇年に勃発(ぼっぱつ)している。理屈に合わない」

「上海にあったKGB支局は、かなり大きな組織だったことは分かっているの。KGBに雇われていれば、そのままブラックナイトのエージェントになった可能性はあると思うわ」

「なるほど。上海か、……待てよ。白鳥雅美も上海に住んでいたことがあったな。まさか」

「決めつけるのは早いけど、彼女もブラックナイトのエージェントじゃないかと私も思うの。調べてみたら、彼女はこの五年間に、上海に六回も行っているということも分かったわ。上海に住んでいる頃、KGBにリクルートされ、そのままブラックナイトのエージェントになったとしてもおかしくない」

「新井田と名乗っていた大道寺兄弟が異母妹の白鳥を裏の世界に誘ったのじゃなくて、その逆という可能性も出て来るのか」

「ほう、女は、怖いね。浩志は、その女に騙されていたのか」

二人の会話に聞き耳を立てていた大佐が、大げさに驚いてみせた。

「確かに、まんまと騙された」

白鳥のマンションで停電になった際、特殊警棒のライトをすぐに点灯しなかったら、彼女に殺されていたかもしれない。浩志はグラスを呷り、不快な記憶をバーボンとともに流し込んだ。

三

翌日の朝、浩志と大佐はソムチャイを連れ、継承者の印を探すべく殺されたチェ・クデの家を調べに行った。また、辰也ら四人の仲間には、さりげなく周辺の警備をするように指示した。

チェ・クデの家は、一階が雑貨屋で二階が住居となっている。だが、独り身の家を探すのは一時間もあれば充分だった。もっとも浩志たちがミャンマーに潜入していた四日間、大佐は隅々まで調べており、隠し部屋や隠し扉すらないことはすでに分かっていた。

「ひょっとして、ブラックナイトがもう見つけてしまったのじゃないですか」

ソムチャイは、探し疲れて、チェ・クデのベッドに座り込んだ。

「いや、私が目を光らせていたので、それはない。何より、君が拷問されたのがその証拠だ。継承者の印は、どこか他の場所に隠されているのだろう。君を連れて来たのは、君にしか分からない方法で、その場所を示すヒントがあればと思ったからだ」

「大佐、私は、祖母のジャンタナーから実の祖父のハリマオのことはよく聞かされました。しかし、継承者の印については、何も聞かされていません。父もそうだったはずです。大切な物なら、隠し場所を私に教えるでしょうし、あるいは身につけていたかもしれません。いったいどういう形をしている物なのですか」

大佐は、ソムチャイを試す意味でも、継承者の印を作った型どころか、形すら教えていなかった。

「ソムチャイ。チェ・クデは、君の祖母のジャンタナーと再婚したことを気にしていたと言っていたな。チェ・クデからは、ハリマオのことは聞いたことはないのか」

大佐の質問に、困り果てているソムチャイに助け舟を出すように浩志は、訊ねた。

「そう言えば、聞いたことはありませんね」

「やはり、そうか」

「どういうことだ。浩志」

「ハリマオの命を受けて、十五歳のチェ・クデが十九歳のジャンタナーを導いて、疎開した。妊婦を連れての逃避行は辛かったはずだ。おそらく命懸けだっただろう」

「藤堂さんのおっしゃる通りです。苦労話は、小さいじいちゃんからよく聞かされました」

「命懸けで守った女とその息子をチェ・クデは愛していたということだ。だから、彼はソムニヤンを我が子として育てるために、贈られてきた継承者の印を誰にも見せなかったと考えれば、辻褄(つじつま)は合う。大佐、継承者の印の型をソムチャイに見せてやれ」

大佐は、ポケットから、黒い箱を出し、メダルのような形をした直径六センチほどの型をみせた。

「これが、型だとすれば、実物はこれと同じ大型コインのようなものですね。やはり、見たことはありません」

ソムチャイは首を傾げた。

「チェ・クデが、ソムニヤンのことを実の子のようにかわいがったとしたら、ハリマオとの縁を切るために、継承者の印を捨ててしまったのかもしれないな」

大佐は、がっくりと肩を落とした。

「私も父も小さいじいちゃんをとても愛していました。彼がそういう行為をしていたとしても、それを責めることはできません。大佐、私は財団の件は、正直言ってどうでもいいのです。お金の話もしましたが、お忘れください。軍資金をカレン民族に関係ないところに求めること自体、虫のいい話でした。たとえ証明されなくても、ハリマオの子孫であることを私自身が誇りに思っていればいいことだと思っています」

ソムチャイの言葉に、浩志と大佐は顔を見合わせ頷くより仕方がなかった。

「大佐、私の代わりに小さいじいちゃんを埋葬してくれたと聞きましたが、墓地を教えていただけますか」

「そう言えば、墓参りもしてなかったな。すまない」

「実は、小さいじいちゃんは釣りが趣味でして、死んだら釣り竿を一緒に埋葬してくれと頼まれていました。今さら、棺桶に入れるのもなんですから、墓石の下にでも埋めてやりたいと思っています」

ソムチャイは、ベッドの下から、釣り道具を出して、そこから、一番具合が良さそうなものを一本取り出した。

「待てよ。ソムチャイ。ジャンタナーの葬儀に参列したのか」

「まさか。私は、すでにＫＮＬＡの第八旅団司令官として、ミャンマーで闘っていましたから」

「ジャンタナーの墓は、どこにあるんだ」

浩志の言葉に、大佐とソムチャイは顔を見合わせて頷いてみせた。すぐさま、ソムチャイに案内させ、浩志と大佐は、メソート市の南の外れにある墓地へと向かった。

墓地に着くと、ソムチャイは気が急くのか松葉杖を突くのももどかしげに早足で歩き始めた。

「祖母は、タイ人でもマレー系でハリマオと同じイスラム教徒でした。イスラム教徒の墓はあの墓地の一角ですよ」

ソムチャイが指差す方向には、背の低い塀で囲まれた日当たりがいい場所があった。この一角だけ整然と墓石が並べてある。イスラム教徒は、白い布に包まれメッカの方角に顔を向けて埋葬されるためだろう。

浩志は、仲間の四人に墓の周りの警護に当たるように散開させた。

「ここです」

ソムチャイが松葉杖を置き、荒い息をしながら跪いた墓石には、確かにジャンタナーの名が刻んであった。

「死者を冒瀆する行為ですが、墓守を呼んで、ここを掘り返させましょう」

墓守は、六十過ぎの男とその息子と思われる三十後半の男だった。最初は、頑に拒んでいたが、金を握らせるとあっさりと引き受けてくれた。だが、昼間は暑いからと言って作業は遅々として進まなかった。二時間後、数度の休憩後にやっと棺桶が顔をみせた。

大佐は、新たに昼飯代を払い二人の墓守を墓地から追い出した。

浩志と大佐は、腐りかけた棺桶の蓋をこじ上げた。すると茶色く変色した布に包まれた死体が現れた。そして、その胸元には、埃にまみれた大型のコインのようなものが置かれてあった。

「あったぞ!」

大佐は、棺桶に手を伸ばし、継承者の印を摑むと墓の上から覗いていたソムチャイに渡した。

ソムチャイはしばらくじっと継承者の印を眺めていたが、やおら足下に投げつけ右足で踏みつけた。

「何をするんだ!」

浩志は、ソムチャイの後ろから組み付いて止めた。

「放してください! こいつのために、私は百二十六名の部下を失ったんだ」

浩志は、摑んでいた腕を放した。

ソムチャイは、継承者の印が地面にめり込むまで踏み続けた。そして、泣き崩れるように四つん這いになった。大佐は、ソムチャイの肩をいたわるように叩いた。

浩志は、地面にめり込んだ継承者の印を拾い上げてジーパンで泥を拭き取った。印は、型と同じく六センチほどの大きさがあり、型と対称の柄をしている。周囲は、コインのように刻みが入れてあった。浩志は、印を裏返してみた。

「これは……」

継承者の印の裏面には、大佐が持っていた型にはない文字が刻み込まれていた。

「大佐、これを見てくれ」

印を見た大佐は、ゆっくりと頷いてみせた。どうやら、次の目的地が決まったようだ。

四

浩志らは急いで出発の準備を済ませ、メソート空港から午後の国内線に乗り、バンコク国際空港で乗り換えると、クラビ空港に向かった。メソートから、タイ南部クラビ県の県都クラビまでは、一二八〇キロ、乗り継ぎが悪く五時間近い旅になった。

アンダマン海を望むクラビは、美しいビーチに温泉、寺院など見所の多い観光地だ。同じくアンダマン海に浮かぶマレーシアのランカウイ島は、クラビのわずか百キロ南に位置する。

ジャンタナーの墓から掘り出した継承者の印の裏側を調べると、二重の輪の絵柄が刻まれていた。外の輪は、唐草模様のような柄の中に、〝ケーブ〟、〝左五〟、〝右四〟、〝左三〟という意味不明の単語に続き〝真実を見よ〟という文章が、小さな文字で刻まれており、内側の輪には、〝タイガーケーブ〟と刻まれ、同じ輪の反対側に〝ケーブ〟、〝ケーブ〟、〝六八七〟、というマレー語で書かれた単語が読み取れた。

ブラックナイトの王洋が執拗に継承者の印を欲しがっていたことからも、これは、ハリマオが財宝を隠したと思われる場所を示すキーワードと推測された。
大佐も知っていたが、タイを熟知する美香によると、〝タイガーケーブ（虎の洞窟）〟は、クラビの北十キロにある岩山の洞窟で、昔虎がいたためにタイガーケーブと呼ばれている。洞窟を利用した寺院〝ワット（寺院）・タムスア（虎の洞窟）〟があることでも有名だ。マレーの虎と呼ばれたハリマオが自ら選んだ土地として、これほどふさわしい土地もないだろう。浩志らは、キーワードを見た瞬間に迷うことなくクラビを目指し、メソートを出発したのだった。

クラビには、浩志と大佐、ソムチャイそれに護衛の仲間四人で来た。ミャンマーを脱出できたとはいえ、完全にブラックナイトが諦めたとは考えられないからだ。それに飛行機で移動することになったので、武器を携帯することができず、敵の襲撃に備えて、人数は確保したかった。

浩志らが街の東に流れるクラビ川にほど近いクラビリバーホテルにチェックインしたのは、午後八時過ぎだった。例によって、美香にホテルの予約を頼んだので、探す手間が省(はぶ)けた。しかも、値段も安く清潔で、ナイトマーケットに近いのも都合がよかった。

翌日、ホテルの一階にあるカフェレストランで朝食を摂り、さっそくタイガーケーブの下見に出かけるべく街に出た。

クラビは、五月から十月までが雨期なので、今はオフシーズンになる。午前九時半、繁華街は西のビーチ沿いということもあるが、ホテル周辺では、観光客の姿はあまり見かけない。さすがに屈強の男が七人も歩いていると目立つことこの上ないので、辰也ら仲間四人は、別グループのように離れて行動させた。

ホテルや土産物屋が並ぶ通りを歩いていると、後ろから警笛を鳴らされた。振り返るとピックアップトラックの荷台にイスと屋根をつけて改造した〝ソンテウ〟という乗り合いバスの運転手が手を振っていた。客と見て合図をしてきたようだ。

「タイガーケーブまで、行くのか？」

「二十分で着くよ。一人六十バーツね」

日に焼けた運転手は、白い歯をにっとみせて答えた。一バーツ、三円と換算しても百八十円だが、観光客とみて少々ふっかけたようだ。

「一人五十バーツだ」

大佐がすかさず値切ると、運転手は首をすくめて手招きしてみせた。

浩志らがソンテウに乗り込むと、辰也は、小さく頷いてみせた。席は、ベンチシートが両サイドにあり、せいぜい六人、詰め込めば八人は座れるかもしれない。窓ガラスはないので、心地よい風が吹き込んでくる。

走り出して五分もすると突然激しい雨が降り出した。シートに座っているとずぶ濡れになってしまうので、車の真ん中に中腰で移動した。すると、車の脇をタクシーが水しぶきを上げながら追い越して行った。中から、辰也らが笑いながら手を振っているのが見えた。

十数分後、タイガーケーブの入り口に着いた。雨は止んでいたが、ソンテウから降りた浩志らは上半身ずぶ濡れになった。

「あれっ、藤堂さん、随分汗かいちゃって、どうしたんですか」

先に着いた辰也らが、笑いを堪えてわざとらしく聞いてきた。

「タイガーケーブにあるワット・タムスアの屋外祭壇は、一二三七段の階段を上らないと、一番上の仏像は見られないんだぞ。俺たちは、それに備えて先に汗をかいたまでだ」

負け惜しみを言ってはみたが、我ながら情けない姿に笑うしかなかった。

事前にホテルのトラベルガイドでタイガーケーブとワット・タムスアについて、調べておいた。寺院は、岩山の切り立った絶壁の下にあるタイガーケーブと呼ばれる洞窟に作られ、本堂の近くにある一二三七段の石の階段を上って標高六百メートルの山頂に行くと仏塔と仏像があるらしい。ワット・タムスアは、標高六百メートルの岩山をまるごと利用した寺院なのだ。

仏塔をイメージしたゲートをくぐり、しばらく進むと左手に巨大な岩棚のような洞窟を利用した本堂があった。本堂からひんやりとした空気が流れてきた。洞窟の奥には大小様々な金の仏像群があり、その前で、僧侶が二百人近い信者を前に説法をしているところだった。本堂に隣接する場所に土産物屋があり、そこも別の洞窟を利用している。そこからさらに百メートルほど進むと傾斜が四十度近い石の階段があった。

「おまえらは、この階段を上って六八七段目に何かないか調べて来てくれ」

継承者の印の裏には、〝六八七〟という数字が刻まれていた。階段かあるいは、その近辺に何かあるかもしれない。

「えっ、俺たちでですか?」

辰也らは、階段を見て生唾(なまつば)を飲み込んだ。

「俺と大佐は、もう大汗をかいたから、これ以上汗をかく必要はない。それにまさか足を怪我しているソムチャイが上るわけがないだろう」

「楽勝ですよ。こんな階段」

辰也は、笑って答えた。

階段を上ると、左に曲がる緩やかな階段になり、突き当たりを右に進むと傾斜角四十五度はありそうな階段が延々と続いているそうだ。

「時間がもったいないから、走って行くんだぞ」

浩志の言葉に、大佐が腹を抱えて笑い出した。

「走るんですか?」

四人の男たちの顔が引き攣った。

「人を笑った罰だ。休むんじゃないぞ」

二十分後、息を切らした辰也から連絡が入った。

「階段の六八七段目にはなにもありませんでした。山頂に近づくにつれ、傾斜角がきつくなる階段があるだけで、周辺も調べましたが、細工された様子もありません」

「〝六八七〟は、階段のことだと思ったが、違っていたか」

「ついでに山頂まで行って来ます」

四十分後、大汗をかいた辰也らが戻り、山頂の仏塔や仏像に、〝六八七〟の数字に関わるようなものは、なかったと報告してきた。

浩志らは、岩山に沿った道を五十メートルほど進み、巨大な金の観音像が建つ広場に出た。広場には大勢の観光客と、餌が目当ての野生の猿がそこら中にいる。ふと左手を見ると、石の階段があった。

「この先にも何かありそうだな」

まるでツアーガイドのように、浩志は仲間を引き連れ、上下する二百段近い階段を進むと、ジャングルで見かける〝テンバーガ〟だろうか、地表近くの根が平板上に肥大化した立派な板根（ばんこん）がある巨木が一本、目の前にそびえ立っていた。左手には石灰岩の岩壁が大きく切り込んでおり、法衣をまとった白い仏の座像が一段高いステージ上に安置されていた。ここは、奥の院と呼ばれる場所らしく、修行僧の瞑想の場所らしい。岩壁のまわりには、修行僧のための小さなバンガローのような宿坊がいくつも建っていた。ステージの奥には、二つの小さな洞窟があるようだが、人ごみで中は見られない。

「今日は、週末だ。タイミング悪かったな。夜か、明日の朝早くにでも来ないと調べられないぞ」

大佐が、首を横に振りながら言うのも当然で、本堂もそうだったが、奥の院まで観光客ばかりか地元の人間で溢れかえっていた。

「夕方、出直して来るか」

人ごみを避けて、表のゲートまで出ると、ポケットの携帯が振動した。

「浩志。白鳥が昨日の夜、タイに入ったらしいの」

携帯に出るなり、美香が早口で報告してきた。

「同僚の高橋が、白鳥がバンコク行きの国際便に搭乗するのを確認したんだけど、尾行しようとしたら、何者かに襲われて怪我をしたの。それで、連絡が遅くなったんだけど、白鳥をまた見失ったわ」

「ブラックナイトは、未だに俺たちの動きを捕捉しているようだな」

怪我人を多人数で護衛しているのだから、どこかで監視されていても仕方がなかった。

「何か企んでいるに違いないから、気をつけてね」

「分かった」

携帯を切ると、仲間が皆頷いてみせた。ここにいる全員、この一週間の間に一緒に闘った戦友を数しれず失っている。彼らは皆、復讐に燃える目を光らせた。

五

浩志らは、一旦ホテルに帰って食事を摂ると、街に出て手分けをして買い物をした。観光地だけに武器を買い揃えることはできないが、スポーツショップでハンドライトやサバイバルナイフを買うことはできた。美香にも注意されたが、この街は、武器アレルギーでナイフを買うのも気を使った。また、街で気ままに流すタクシーやソンテウに頼るわけにはいかず、日本製のランドクルーザーを二台、レンタカーショップで借りた。

午後五時半、早めに腹ごなしを済ませた浩志らは、スポーツバッグに荷物を詰め、二台の車に分乗してタイガーケーブを目指した。

ワット・タムスアのゲート前に車を停め、中に入ったが、観光客の姿はなく、行き交うのは地元の参拝客や寺で修行する僧侶の姿だけだ。本堂では夕方の勤行なのだろうか、二十人ほどの僧侶が念仏を唱えていた。本堂を通り越し、薄暗い境内を進み、奥の院に出た。仏の座像の前で二十人近い僧侶が念仏を唱えていた。

継承者の印に刻まれた〝タイガーケーブ〟という洞窟は、タイでもここしかない。だが、〝六八七〟の数字が意味するものが分からない。

ハリマオが戦時中に物を隠したとすれば、六十年以上経った今も同じ状況でなければならない。ホテルでは分からなかったが、僧侶にワット・タムスアがいつ建立されたのか聞いたところ、一九七五年だと分かった。つまり、寺院は関係ないことになった。だが、ハリマオが洞窟に財宝を隠した後、寺院が建設されたのなら、この寺院のどこかに財宝は埋もれている可能性も捨てきれなかった。

「まいったなあ。ここに間違いないのだろうが。皆目見当がつかない。テレビや映画で見るような宝探しの地図でもあればいいのになあ」

一時間ほど境内を歩き回り、大佐は、疲れた様子で溜息を漏らした。

「どうする浩志、明日また出直すか」

日はすっかり暮れてしまった。ライトがなければ、洞窟は真の闇の世界に変わってしまう。かなり少なくなったが、修行僧の唱える念仏が、岩壁に反響し不思議な音色のように聞こえてくる。

「もう少し、調べてから考えよう。ホテルでも検討したい。とりあえず、洞窟の見取り図を作れるように主要な寸法を書き出そう」

浩志がそう言うと、スポーツバッグを持っている加藤が、中から街で買い求めた五十メートル巻のメジャーを取り出した。

「待てよ。戦時中にメートルのメジャーをハリマオは持っていたのか」

浩志は、自問した。

「当時の日本人なら、尺で計っただろうな。もっともマレーシアは英国領だったから、フィートかもしれない。だが、ハリマオがもっとも嫌う英国の数値を使うとは思えないな」

浩志の独り言を聞いた大佐が、疑問に答えた。

「メートルに、六八七という数字を当てはめると、洞窟から外のジャングルに出てしまう。尺なら、約二百六十メートル、フィートなら約二一〇メートルか」

起点をどこにするのかということもあるが、どの方向に向いても、ワット・タムスアから、六百メートル以上離れた所には、何もなかった。

「さっき、大佐は宝物の地図と言っていたな。ひょっとして、六八七は歩数を意味するのじゃないか」

「歩数か。なるほど」

「大佐、ハリマオの身長を知っているか？」

「文献によれば、一五五センチ前後だったらしい。一六〇センチはなかったはずだ」

「とすると、歩幅は、三十センチ程度と考えて、六八七歩なら、約二百メートルということか」

「歩数だったとしても、どこを起点にするかが問題だな」

「六十年以上前から、変わらないところだな」

「その辺の修行僧に聞いてみるか」

謎解きに夢中になっているうちに、いつのまにか読経（どきょう）も聞こえなくなり、洞窟は深閑としていた。しかも、言いしれぬ殺気が洞窟に充満していることに気が付いた。

「全員、武器を取れ。加藤、大佐、ソムチャイを担いでもいいから走るんだ。俺が先頭で、辰也はしんがりだ。田中と宮坂は、ソムチャイの左右を守れ。脱出するぞ」

浩志を先頭に、ダイヤモンドの隊形になった。すると、後ろのジャングルから二十人近い黒い戦闘服を着た男たちが現れた。奥の院の修行僧たちの気配に混じり、近くに潜んでいたようだ。

「こいつらを相手にするな。走れ！」

男たちに追われ、浩志らは必死で境内を走り抜け、本堂の前も通り過ぎると、前方に黒い戦闘服を着た十人ほど男たちが立ち塞がった。

浩志は、田中と宮坂の二人を斜め後ろに付け、前方の攻撃を強化するアロー隊形にして進んだ。

男たちは、全員手にナイフを持っており、無言で襲ってきた。

浩志は、前から襲ってくる敵を遮二無二倒した。後ろの敵は人数が圧倒的に多い、闘えば数で押しつぶされてしまう。前の敵を倒して、駐車場まで逃げるしかないだろう。敵が多いだけに、一撃で相手を戦闘不能にしなければならない。敵の手首、目、首筋、露出している急所を狙い、六人続けて倒した。サイドを守る田中と宮坂も残りの敵四人を倒した。

「駐車場まで一気に走れ！」

浩志は、加藤を先頭に走らせ、しんがりで敵の攻撃を阻んでいる辰也に加勢し、敵を威嚇しながら走った。

洞窟を抜け、正門ゲートをくぐった。駐車場は目の前だ。

「危ない。伏せろ！」

先頭を走る加藤が、危険を察知し、大声を上げた。

全員その場に伏せた。瞬間、頭上を無数の矢が過った。後ろにいたはずの敵はゲートの後ろに隠れたのか、姿は見えない。

「くそっ、はめられたぞ」

前の敵が失敗しても、後ろから追い込み、矢で射殺すつもりだったのだ。

「また、来ます！」

今度は、角度が付けられて矢が放たれてきた。上空を舞った無数の矢は急降下し、にわか雨のように降り注いできた。

浩志は、咄嗟にソムチャイの松葉杖を拾い、矢を振り払った。だが、松葉杖をすり抜けた矢が、浩志や仲間に容赦なく突き刺さった。ボウガンの短い矢だった。角度が付いた分、速度は殺されていたが、浩志の右腿にも浅く刺さった。

「くそっ！　後退するんだ」

浩志は、すぐさま矢を引き抜いた。これを繰り返されたら、間違いなく殺されてしまう。後退し、二十人の敵と闘うしかないだろう。

「きぇーい！」

駐車場の奥の闇に突如奇声が発せられた。

「ちぇすとー！」

ただの奇声ではない。腹に籠った気合いが発せられている。奇声が上がる度に、敵の悲鳴が聞こえた。やがて、闇から一人の男が抜け出してきた。声の主は分かっていた。

「柊真！」

「藤堂さん！　武器を持った奴らは、倒しました」

柊真は、二本の棒を手に持っていた。

前方の攻撃チームが全滅したのを受けて、後ろに控えていた二十人の男たちがゲート裏から飛び出して襲ってきた。

「藤堂さん。これを使ってください」

柊真は、右手に持っていた木の棒を浩志に投げ渡してきた。

「柊真、油断するな！」

浩志と柊真は、男たちの中に飛び込んだ。二人は、まるで競うように敵を次々と倒して行った。その鬼神のような闘い振りに、仲間も加わった。彼らは、いずれもスペシャルAクラスの傭兵だけに、格闘技も飛び抜けて強い。ものの十分もかからず、敵を殲滅した。

「柊真、それにしても、どうしてここにいるんだ」

「藤堂さん、僕一人でここに来るはずないじゃないですか」

柊真は、駐車場の奥の闇を指差した。

「さっさと歩くのよ」

美香の声が聞こえたかと思うと、髪を振り乱し、後ろ手に縛り上げられた女を引っ張ってきた。

「大丈夫？　急いだんだけど。飛行機が遅れちゃって」

美香は、にっこりと笑って見せた。だが、浩志をはじめ男たちは、現実が理解できずに口をあんぐりとするだけだった。

「胸騒ぎがして、柊真君と後を追いかけて来たの。何、変な顔をしているの。せっかく主犯を捕まえてあげたのに」

美香は、女の髪を摑み、無理矢理上を向かせた。

「白鳥！」

浩志は、思わず声を上げた。これまで、浩志たちを襲撃して来た首謀者は、どうやら王洋とこの女だったようだ。王がミャンマーで死んでしまったために、白鳥は陣頭指揮を執ったのだろう。

六

ワット・タムスアの襲撃事件で、幸いなことに僧侶に怪我人はなかった。彼らは、狭い宿坊に閉じ込められただけで済んだからだ。また、警察も由緒ある神聖な寺で起きた事件ということもあるが、観光地のイメージを損なうことを恐れ、外部に漏れないように関係者に箝口令を敷いた。おかげでマスコミに情報が漏れることはなかった。もっとも大佐が、タイの軍部を通じて手を回したのは言うまでもないことだ。

襲ってきたブラックナイトのエージェントは、やはり上海から来た者が大半だったが、頭数を揃えるため、バンコクで雇ったチンピラも十人以上いたらしい。全員、警察に逮捕されたが、白鳥はその所在が外部に漏れないように、軍の秘密監房に収監してもらった。

浩志らは、翌日の午後にまたワット・タムスアに来た。昨日と違い今日は、ライトだけでなく、ハンマーやスコップやロープなどの様々な道具も用意し、タオルやスポーツドリンクも各自持参している。しかも、宝探しと聞いて俄然張り切っている美香に、柊真も加わった。

「さて、浩志。昨日の続きをはじめるとするか」

大佐は、寺院のゲートをくぐるなり、両手をすり合わせてみせた。

「その前に、私にも継承者の印と、それを作った型を見せてくれる」

浩志に寄り添うように歩いていた美香は、大佐とソムチャイからそれぞれ印と型を受け取り、両手に持って見比べた。

「確かに型の模様と、印の模様は一致するわね。微妙に違っていて、そこにヒントがあると思っていたけど、やっぱり、型は印が本物かどうか調べるためにあるんだ」

浩志は、印に刻まれている〝六八七〟の数字が歩数を意味するものだと解釈したいきさつを話した。

「六八七は、確かに、歩数かもしれないわ。でも、あまりにも難解ね。六八七歩歩いた後で、左に五歩歩いて、右に四歩、……、まるで迷路のようなところが、あるのかしら」

継承者の印の裏には、二重の輪が刻まれている。

外の輪は、唐草模様のような柄の中に、〝ケーブ〟、〝左五〟、〝右四〟、〝左三〟という意味不明の単語に続き〝真実を見よ〟という文章が小さな文字で刻まれており、内側の輪には〝タイガーケーブ〟、同じ輪の反対側に〝ケーブ〟、〝ケーブ〟、〝六八七〟、というマレー語で刻まれた単語が読み取れる。

「ケーブ（洞窟）って繰り返し、刻まれているけど、洞窟はこの岩山にいくつもあるから、もし六八七が歩数だったとしても、どこが起点なのか、分からないわね」

「タイガーケーブとダイレクトで刻まれている。ひょっとしたら、もっと単純な意味を持った単語の集まりじゃないのか」

浩志は、二重の輪の内側の輪に、単純に固有名詞が使われていることに着目していた。

「内側の輪は、起点を示していると俺は思っている。要は二つ洞窟があるところが起点じゃないのか。ワット・タムスアの本堂は大きな洞窟で、本堂の横にも小さい洞窟がある」

「なるほど、まずは、外側の輪を無視して考えれば、いいのか」

大佐は大きく頷くと、いきなり本堂に向かって、走り始めた。全員、慌てて大佐を追いかけて走りだしたので、まわりの僧侶や、観光客が呆れ顔でそれを見送った。

大佐は、加藤に手招きをし、小さい洞窟の端に立たせた。

「加藤、歩幅を三十センチとして、六八七歩奥に向かって歩いてみてくれ」

入り口に向かえば外の駐車場に出てしまうので、大佐は、加藤を寺院の奥に向かって歩かせた。

加藤は、正確に歩幅を保ち、六八七歩、歩いたのだが、そこは奥の院と呼ばれる開けたスペースの入り口だった。しかも途中、石の階段を通らなければならないので、歩数が違っている可能性も出てきた。

「ここに出たか。昨日も調べたが、ここは何にもないな」

大佐は、がっくりと肩を落とした。

切り立った崖に祭壇と呼ぶべき仏を奉ったスペースがあり、その前に高さ二十メートルはあるかと思われる巨木が一本立っているだけだ。観光ガイドから、樹齢千年だと聞かされていた。

浩志は、空に向かってそびえ立つ巨木の前に立ち、鬱蒼と葉を茂らせる枝を見上げ、はっとした。

「この木は六十年どころか、千年も前からあるぞ。印と型を貸してくれ」

浩志は、型を下にして、継承者の印をその上に重ねてみた。すると印の五角形の穴から、型の中心の突起が二センチ近く飛び出した形ではまった。浩志は巨木の前から後ろの祭壇を振り返った。

「見ろ、この突起は、ただの穴型じゃないぞ。突起は、この巨木を意味するんだ。突起の形が四角じゃなく、五角形の歪(いびつ)な形をしているのは、この木の板根を表現しているに違いない」

「何だって!」

大佐が、駆け寄ってきた。

「近くでは逆に祭壇に隠れて見えなかったが、ここから見ると、祭壇の右奥に小さな洞窟が二つ見える」

「とすると、起点は、この突起の巨木なのか」

浩志は巨木の真下に立ち、印を胸元で持つと、内側の輪の二つの〝ケーブ〟の単語と洞窟の位置を合わせた。そして、外の輪に刻まれている〝ケーブ〟の位置を見た。

「加藤、俺の指差す方向に、六八七歩、歩いてみてくれ」

浩志は右腕を上げて、祭壇からはるか右方向を指差した。

加藤は、巨木の根元からジャングルに入り、岩山の裾に向かって歩き出した。そして、きっかり六八七歩、歩いたところで苔むした岩壁の前にぶつかった。ここは寺院の敷地からは、外に出ていた。

浩志らは、岩壁についた苔を落とし、丹念に調べた。

「この部分は、石灰岩じゃないぞ。人工的に作られている。ハンマーを貸してくれ」

浩志は、壁の一部を思いっきり叩いた。するとみごとにヒビが入り、中から赤いレンガが顔を見せた。

「レンガで壁を作って、その上から岩の形に似せてコンクリートを塗り付けてあるんだ」

浩志に代わり辰也と宮坂がハンマーを振るい、レンガの壁を突き崩すと、一メートル四十センチほどの洞窟の入り口が現れた。ライトで照らしたが、中はそうとう深いらしく、見渡すことができない。

浩志を先頭に全員腰を屈め、中に入った。五メートルほど進むと洞窟は、いきなり広くなり、天井まで五メートル、幅も三メートル近くなった。さらに二十メートルほど進むと、行き止まりになり、一メートル四方の大きさの物体が麻布で包まれて置かれていた。

大佐が一番に麻布に手をかけたのだが、真っ黒に手が汚れた。

「何だ。これは」

大佐は、自分の手の匂いを嗅いでみた。

「機械油がこの麻布に染み込ませてあるぞ」

浩志は、それを聞いて自分のナイフを取り出し、麻布を斬り裂いた。麻布のなかから、油で黒光りした金庫が現れた。油は、腐食や錆を防ぐために塗ってあるに違いない。

「見つけたぞ！」

大佐は金庫を見て、手を叩くと、仲間も大きな歓声を上げた。

七

金庫の前で大佐と仲間たちがばか騒ぎをしている中で、浩志はじっとその扉を見つめた。

「中を見るまで、喜ぶのは早いぞ」

浩志が喝を入れるように言うと、みんなしゅんと静まり返った。

扉の左端に付いている取っ手を引いても、ロックがかかっているためびくともしない。しかも通常金庫に付いているダイヤルや鍵穴も付いてない。浩志は、金庫の前面に分厚く塗られている油をタオルで拭き取った。よくよく調べてみると、中央のやや左に五角形の突起が突き出ており、二十センチほど離れたところに今度は、五角形の穴が空いていた。

「何だこの金庫は、壊れているのか」

大佐が、首を傾げた。

「突起と穴は、五角形だ。見たことがあるだろう」

浩志は、ジーパンのポケットに入れてある継承者の印と型を取り出した。

突起と穴の周りの油を再度タオルで拭き取り、左の突起に印を、右の穴に型をはめてみた。穴と突起に寸分違わず継承者の印と型がはまり、金庫のダイヤルのようになった。五角形の穴と突起が歪な形をしていたのは、挿入する位置が間違わないためでもあったのだ。また、型の裏面に描かれていた象の鼻の先が、金庫の扉にある小さな突起と一致した。驚いたことに、印に描かれた象の鼻の先も、金庫に付いている突起の位置と一致した。これで、回転した位置を確かめることができる。ローテクだが、考え抜かれた秘匿方法に高い技術と芸術的センスが感じられた。ハリマオが依頼した職人の腕の良さが偲ばれる。

「完璧だ」

浩志は、ふうと息を吐いた。

継承者の印の裏には、〝左五〟、〝右四〟、〝左三〟と刻まれていた。まずは、左の印を時計回りに五回転させた。試しに逆に回そうとしたが、右にしか回らないようになっていた。次に右を四回転、最後に左を三回転させた。すると金庫の内部でカチャリと音がした。取っ手を引っ張ると、中に大きな白い麻袋が二つ入っていた。一つ取り出し、口を締めているロープをナイフで切った。中から出て来たのは、見たこともない札束だった。

「日本軍が戦時中、マレーで発行した軍票じゃないか。しかも十ドル軍票の束だ」

大佐は、もう一つの袋も開け、中身を取り出して確かめると、がっくりと肩を落とし、尻餅（しりもち）をついた。

「こんな軍票、今さら換金できない。せめて、百ドルのものがあれば、コレクターにも価値があるのだろうが、十ドル軍票がこんなにあってもたかが知れている。全部売り払ったところで、子供のこづかい程度だ」

後ろでその様子を見ていたソムチャイは突然笑い出した。

「王洋は、こんなクズ紙幣のために、私の部下を殺戮（さつりく）し、自らも命を落としたのか。これは笑わせてくれる」

笑うのを止めたソムチャイは、悔しげに洞窟の壁を左手で何度も叩いた。

浩志も力が抜けてしまった。くだらない遺産のために犠牲になった命は、あまりにも多過ぎた。

「本当に、そうかしら？」

美香が、後ろで腕組をしていた。

「軍票は、戦時中の代替貨幣に過ぎないことは、ハリマオにも分かっていたはずよ。しかも、十ドル軍票だなんておかしいわよ」

美香は、ライトで照らしながら金庫の中に頭を突っ込むようにして調べ始めた。

「おかしいなあ。どこにも仕掛けはないわね。継承者の印に〝真実を見よ〟と刻まれているのは、軍票に騙されるなという意味だと思ったのに、違うらしいわね」

浩志は、美香の行動を見てはたと思い、金庫の扉を閉じると両手で金庫を押し始めた。空の金庫は地面に固定してあるかのようにびくともしなかった。しかも怪我をした左の肩の傷が痛みだした。

「どうしたんですか、藤堂さん！」

辰也が、驚いて声をかけてきた。

「だめだ。左肩にまだ力が入らない。金庫を倒してくれないか」

「倒せば、いいのですね」

辰也は、アメフト選手のように肩から金庫にぶつかったが、金庫はぐらりと揺れただけで倒れる気配はない。

「よし、二人でやろうぜ」

一八〇センチの辰也が、一八二センチの宮坂に声をかけて、二人同時に金庫を押し始めた。さすがに巨漢の二人が押し始めると金庫は徐々に傾き始め、最後は根負けしたとばかりに仰向けに倒れた。

金庫が倒れるのを待ち構えていた浩志は、さっそくその下の地面をスコップで掘り始めた。四十センチほど掘ると、スコップは、がつんと鈍い音を発てた。慎重に土をどかすと、四角い物が顔を覗かせた。

側で見ていた辰也が、土の中から六十センチ四方の木の箱を拾い上げた。

「私が、開けてみよう」

大佐が、ハンマーで木箱の端を叩き壊した。木箱の中には、白い布で厳重に包まれた物が三つ入っていた。

「また、くだらないものかもしれんなあ。これ以上、ここには何も出て来ないだろう。外に出て中身を見よう。息苦しくなってきた」

大佐は苦笑を漏らし、包みを一つ抱えて外に出た。

外に出ると、雨期の天気らしくぱらぱらと雨が降っていた。この降り方なら、本降りにはならずに二、三十分で晴れるだろう。

大佐を中心に浩志や仲間は円陣を組むように取り囲んだ。

「大佐、もったいぶらないで早く開けてくれ」

「いやなに、また期待を裏切られた時のことを考えて、心の準備をしていたところだ」

浩志が催促すると、大佐は大きく深呼吸をして、布を剝がし始めた。布を剝がすと、その下は、油紙で包まれており、それを剝がすとまた布が出て来た。あまりに厳重に包まれているので、いら立ちを覚えたのか、大佐は最後の布を乱暴に剝がした。すると中から二十センチほどの金色の仏像が出てきた。

「なんだこれは、やっぱりがっかりしたほうがいいのかな。それとも鑑定に出せば、値打ちがあるとでもいうのか。あまり重くないから純金でもなさそうだぞ」

金箔で輝いてはいるが、とりわけ美術的に優れているというわけでもなさそうな座像だった。

「すみません。私に見せてもらえますか」

美香は、大佐から仏像を受け取ると丹念に調べ始めた。

「この仏像、おかしいわね。宗派によっても違うけど、仏像は、その作りでだいたいの時代だとか、地域だとか分かるはずだけど、これはぜんぜん分からないわ」

「美香は、仏像にも詳しいのか」

「鑑定ができるほどじゃないけど、仏像に限らず文化や歴史を知っていれば、東南アジアを旅行した時の楽しみ方が、何倍にもなるでしょう。だから、学生時代、趣味で勉強したの」

「何処が、おかしいんだ」

「強いて言えば、これは仏像じゃないわね。頭が普通の人と同じ髪型をしているから」

「その像も、よくあるパンチパーマだぞ」

「罰が当たるわよ、本当に。頭のぐりぐりは、螺髪（らほつ）と言って修行中に束ねた髪が右巻きに巻かれた結果、ああなったの。私が言っているのは、頭の上に肉髻（にくけい）がないから、これはお釈迦（しゃか）様じゃないと言いたいの」

「その肉髻ってなんだ」

無神論者の浩志にとって美香の説明では何を言っているのかさっぱり分からない。

「仏像の頭の上にこぶのようなものがのっているの見たことがない？」

「あれは、髪を束ねたものなんだろう」

「確かに、国や時代によっても違うけど、日本では、お釈迦様が厳しい修行で悩み、思索を重ねた結果、脳が大きくなって頭頂部が巨大化したと言われているの。だから、この像は、仏像に似せたただのおじさんの座像よ」

浩志は、美香から仏像を受け取り、じっと見た。

「ハリマオは、イスラム教徒だった。これが本物の仏像だったとしてもおかしい。第一、イスラム教徒は、偶像崇拝はしないはずだ」

「藤堂さん、祖父が言いたかったことが分かりました。その像を貸してもらえますか」

二人のやりとりを見ていたソムチャイが、口を開いた。

「金庫の軍票は、金に対する戒め(いまし)と同時に、目先の価値に惑わされるなということをハリマオは言いたかったのでしょう。野心を持った者が金庫を発見すれば、馬鹿馬鹿しくて財宝を諦めたかもしれません。そして、この仏像そのものは、継承者に対する最後のテストだと思います」

「テスト?」

浩志が聞き返すと、ソムチャイは仏像を受け取り、両手で掲げて岩壁に投げつけた。仏像は、粉々に砕け、中からガラスのような光り輝くものが沢山出てきた。

「これは……」

近づいて、よく見ると中から出てきたのは、大粒のダイヤモンドだった。

「すごい、これ全部ダイヤよ。二十カラット以上のものがごろごろしている。鑑定しないと分からないけど、全部で二十億円は下らないわね」

美香が、両手で掬(すく)うように大粒のダイヤを拾った。

「おそらくそれは、戦時中の陸軍の諜報員が軍資金として、アジア各国で合法、非合法な手段で集められた宝石の一部だろう。特務機関の諜報員が日本に持ち帰った宝石は、戦後GHQや政界に流れた、いわゆるM資金と呼ばれた裏金で、何百億もあったと言われている。この埋蔵金は、もともと日本軍の軍資金だったのだろう」

大佐がしみじみと語った。

「ソムチャイ。君の持っていた継承者の印は、本物だった。しかも、埋蔵金まで見つかった。これは、すべて君のものだ。どうするかね」

「大佐。私は、これからも虐げられているカレン民族のために闘いたい。ハリマオ財団は、あなたにすべておまかせします。それから、このダイヤもあなたにお預けします」

地面に散らばったダイヤモンドをじっと見つめていたソムチャイは、何度も頷きながら答えた。

「どういうことだ。五億欲しいと言っていたじゃないか」

「いきなり大金を持ち帰っても、仲間同士で取り合いになりかねません。大佐に預けますから、私の体勢が整い次第、武器や援助物資という現物で、五百万ドル分送ってください」

「なるほど、そういうことか。それにしても、欲のない男だ。これを持って、他の国で贅沢できるものを」

大佐のつぶやきを笑顔で聞き流したソムチャイは、振り返って浩志に左手で握手を求めてきた。

「藤堂さん。お世話になりました。あなた方のことは生涯忘れません」

力強い手だった。浩志も、力一杯握り返してやった。

雨が止み、木漏れ日が射してきた。見上げると抜けるような青空だった。

闇の逆襲

一

ハリマオの財宝を見つけた浩志らは、二日後にタイから日本に帰国していた。帰国した浩志と仲間は、それぞれ以前と同じ暮らしに戻っていた。一方、マレーシアに帰国した大佐は、マレーシア産業振興財団こと〝ハリマオ財団〟の総会を開き、ソムチャイから預かった継承者の印と財団の権利をすべて大佐に委譲するという誓約書を会議の席で提出し、会長のリムアナを追放することに成功した。

財団は、会長職は置かないことにし、合議制で健全な運営をされることになった。また、大佐は会員の総意で引き続き顧問として残ることになったそうだ。すべての事務処理をわずか二日で終えたと、浩志は後に大佐から聞かされた。もっとも、無能な独裁者だったリムアナは財団の鼻つまみ者だったため、大佐の議事進行に異議を唱える者はいなかったようだ。

十月も十日、日本では、抜けるような青空が広がる気持ちのいい季節になっていた。

帰国して一週間経つが、浩志は連日、目黒の明石妙仁の下で修行に励んでいた。午前中は、柔拳道（じゅうけんどう）、午後は、居合道を明石専用の道場で柊真を交え三人でするのだ。明石の教える柔拳道とは、柔術と合気道を併せた古武道の拳法に空手の要素も取り入れた、かなり実践的な格闘術である。また、その動きは居合いの稽古にも取り入れられている。

古来の武道では、刀を打ち合っているさなかでも、隙があれば、関節技や打撃系の技も繰り出した。殺し合うのに、掟（おきて）などなかったのだ。いかに相手を殺し、生き抜くか、それが戦場で鍛えられた武道だったのだろう。もともと明石から教わってきたものだが、柊真と乱取りをして、それを明石が指導する形になったため、教わる方としては実に都合がよかった。

「よし、昼飯にするか」

明石の言葉に救われたとばかりに、柊真は一礼すると道場の壁に凭（もた）れ掛かって、座り込んだ。若いだけに力の強弱が付けられなくて、かえって浩志よりも疲れやすいのだろう。

明石と浩志は、柊真を残して道場から母屋（おもや）に向かった。昼飯は、明石の家で簡単に済ませるのが日課になっていた。

「藤堂君、柊真の奴は本当に変わったよ。練習嫌いだったのに、毎日精魂尽き果てるまで練習するようになった。何より、目つきが変わったな。よほど、いい経験をしてきたに違いない。君には本当に世話になった。感謝するよ」

「彼はある意味、地獄を見たからでしょう」

柊真は、目の前で人が死んで行くのを何度も見た。だが、それよりも、貧困に喘(あえ)ぐ人を目の当たりにしたのがむしろ衝撃だったに違いない。メソートでのボランティア活動の中で一番つらかったのは、街のゴミ捨て場でゴミを拾って生活している子供たちを見ることだった、と柊真は言っていた。彼らに、一時的な援助をしたところで何の役にも立たないことが分かり、それがそうとう堪(こた)えたようだった。

「それはそうと、藤堂君、君自身も居合いの練習に、ことのほか身を入れているが、どうしたのかね」

先を歩く明石は、なにげなく訊ねてきた。

「……生かしておけない人間を始末しようと思っています」

言うかどうか迷ったが、明石から学んだ技を使う上での礼儀として、正直に話した。

「やはりそうか。正直に言ってもらえてよかった。それなら、教え方も変わるからな」

明石は、普段と変わらない様子で答えた。

午後の練習は、熾烈を極めた。

明石の居合いの稽古は、真剣と木刀で練習する。真剣の場合は、お互い向き合い、先手

（攻撃）と後手（守り）と交互に練習をするのだ。先手の攻撃に対して、後手は攻撃を見極めて、刀を使う。しかも、間合いは刀が触れ合わない程度まで近づいて行うという実戦さながらの稽古で、踏み込みが半歩でも狂えば刀が交わるという危険があった。

一方、木刀の稽古は、実際に打ち合って行う。連続して二本の型を行うのだが、最後の一本は、自由に技を使う。最後の技のみ寸止めで行うのだが、今日の明石の木刀は、打撃が少ないだけで実際に腕や胴に容赦なく打ち込まれてきた。

普段は、柊真も入れて稽古をするのだが、明石はそれを許さず、浩志一人を相手に稽古が続けられた。もっとも、恐ろしいまでの気迫で行われる稽古に、柊真が入り込む余地はなかった。だが、浩志もただ打たれているばかりではなく、攻撃も果敢に行った。三本に一本は、明石の隙を突くことができた。

「今日は、これまで」

明石は、ふうと息をついてみせると、さすがにくたびれた表情を見せた。午後一時から休みを入れながらとはいえ、時刻は六時を過ぎていた。五時間近く練習をしたのだ。浩志でさえ、肩で息をするありさまだ。六十六という年齢を考えると、明石の体力は驚異的としか言いようがない。

「前のようにとても通し稽古をすることはできなくなったな。いや、藤堂君、強くなった。私が完敗するのも、時間の問題だな」

浩志は、道着と自分の刀を仕舞い、礼を言って道場を後にした。

帰国早々、殺人鬼大道寺堅一とは決着をつけるべく手は打ってあった。大道寺が弟の堅二の訃報を新聞に載せたように、白鳥雅美の訃報を浩志が喪主として、大手新聞に掲載したのだ。むろん、白鳥は、密かにタイの陸軍特別監房に入れられている。彼女は、大道寺と異母兄妹で、彼らの間に兄妹愛があったかどうか別として、仕事上のパートナーだったことは間違いないだろう。堅二に続き妹の白鳥も浩志に殺されたとあっては、大道寺のプライドを大きく傷つけることができると浩志は考えたのだ。

訃報記事を掲載して三日経つが、大道寺のリアクションは未だにない。

浩志は、自ら囮（おとり）となるべく下北沢のマンションまで、電車にも乗らずに帰る道のりを淡々と歩いた。どこまでも無表情に、内に秘める感情など一切出すことはない。ただひたすら己（おのれ）に向けられる殺意を感じ取ることができるように全神経を集中させて歩いた。

二

目黒の明石道場からは、裏道を通って下北沢に帰ることはせずに、大回りだが山手通りを通り、松濤二丁目の交差点を左折し、駒場東大前（こまばとうだいまえ）を通って下北に向かうルートをこの一週間毎日歩いている。敵の目を惹（ひ）くには、同じパターンの行動をとるべきだからだ。また、こそこそしない方が、より敵に対して挑発することができる。

午後七時三十分、中目黒駅の高架橋の下を歩いていると、ジャケットのポケットに入れてある携帯が振動した。

「藤堂さん、沙也加です。たっ、大変です！」

沙也加の声が震えていた。

「どうした！」

「店に……いきなり男がやって来て、……ママを……連れて……行っちゃったの」

沙也加の声は、断続的な涙声になってきた。

「落ち着くんだ。どんな男だった」

怒鳴りたい気持ちを抑えて、沙也加をなだめてみたが、しばらく返事は返って来なかった。高架下で携帯も聞き取り辛いため、浩志は、小走りに渋谷方向に走った。

「目出し帽を被（かぶ）った男が三人いて、警察に通報すると、殺すと脅されたの。そのうちの一人に、藤堂さんに、いつものルートで帰るように伝えろと言われたの」

落ち着きを取り戻した沙也加は、今度ははっきりとした口調で答えてきた。

「お願い藤堂さん。ママを助けて！」

「心配するな。必ず救い出す。言われたように警察には連絡をするな。今日は店を閉じて、もう帰るんだ」

浩志は、携帯を切ると真剣を入れたカバーを肩に担ぎ、帰り道を急いだ。

山手通りから、松濤二丁目の交差点を左に入り、井の頭線駒場東大前駅の前を通った。まだ敵からのリアクションはない。駅前の通りをこのまま西に進むと見通しの悪い三叉路に出る。そこをいつもは左折して、井の頭線の踏切を渡るのだ。時間もさほど遅い時間ではないので、人通りもある。

三叉路に出て、浩志は初めて足を止めた。通りの向こうに身長約一八二、三センチ、細身の体型で黒いスーツを着た男が立っていた。白髪混じりの頭をオールバックにした男は、浩志の姿を捉えると、寒気がするほど残忍な微笑を浮かべた。大道寺堅一だった。外灯の近くに立っているにも拘らず、この男の周りだけ、暗く感じさせる。

大道寺は、くるりと背を向けると、左手に長い杖を持ち、ゆっくりと歩き出した。違うのは、足取りが以前と違いしっかりしていることだ。今年の二月、浩志は、大道寺と踏切を渡ったところにある駒場野公園で闘ったことがある。その時、大道寺は、右足を幾分引きずるように歩いていた。あの時の大道寺は、背中に弾丸を撃ち込まれた後遺症があったのだろう。だが、歩き方を見る限り今は完治しているようだ。

大道寺は、すぐに右折し北にまっすぐ歩き出した。浩志は、その三メートルほど後方を付いていった。美香を人質に取っているため、大道寺は無防備な背中を平気でさらけ出しているのだろう。そのふてぶてしさに腹が立った。

帰国して一週間、大道寺と決着をつけるまでは美香とは会わないようにしていた。にも拘らず、彼女を巻き込んでしまった。猟奇的な殺人を好むが、誇り高い殺し屋ゆえ、まさか人質を取るような姑息な真似はしないと思っていたのは、明らかに油断だった。やはり、弟の堅二と違い、堅一は繊細さに欠け、粗暴なのかもしれない。

大道寺は、百メートルほど歩くとふいに左に曲がり、狭い路地に入って行った。目の前には、夜間は入場することができない駒場公園の裏門とも言うべき南門があるのだが、闇の中にぽっかりあいた穴のように門は開けられていた。

駒場公園は、加賀百万石の旧当主だった前田侯爵邸の庭園跡地で、園内には、レンガ作りの洋館や書院造りの和館がある。また、周囲を森に囲まれた芝生の庭園があり、日中は憩いの場所として人気のある公園だ。

森を抜け、庭園の芝生に出ると、大道寺は立ち止まった。すると、目出し帽を被った二人の男が、美香を両脇から抱えるように洋館の陰から現れた。彼女の口にはガムテープが張られているが、今のところ、危害は加えられてはいないらしい。

大道寺は、ゆっくりと振り返った。

「人質を取ったのは、本意ではない。彼女は、貴様のアドレナリンがよく出るように連れて来たまでだ。見たところ武器を持っているようだから、使うがいい」

浩志は肩にかけていた刀カバーから、真剣を取り出し、左手で鞘を握ると、下緒をほどいて、左手に持った。帯に刀を挿したいところだが、ジーパンでは手に持つしかない。

「ほう、居合いができるのか」

大道寺は、左手に持った杖を静かに持ち上げ、杖の上部に軽く右手を添えた。弟の堅二と違い、堅一は若い頃に両手に火傷を負ったため、手術メスを握れないという欠陥があった。その代わり、この男は居合いで人を殺す。弟と違い堅一が粗暴なのは、その辺にあるのかもしれない。

浩志は、この男を銃で簡単には殺したくなかった。堅一の手にかけられた被害者と同じように、居合いで殺したかった。

二人は、見合ったままじりじりと間合いを詰めた。居合いは、刀を抜いた一刀目が勝負だ。浩志は、身長一七六、大道寺は一八二、三。リーチは当然大道寺が長い。その分、特長を生かした攻撃をしてくるに違いない。互いに近寄れば、浩志が先に大道寺の戦闘領域である刃境（はざかい）を侵（おか）すことになる。

だが、浩志は、恐れずにゆっくりと送り足で大道寺に近づいて行った。それに対して、大道寺は、ぴたりと歩みを止めて不動の姿勢になった。

「来るがいい。藤堂」

毒蜘蛛（ぐも）が、まさに獲物を狙うように、大道寺は不敵な笑みを見せた。

三

大道寺は、人質にされている美香と浩志を結ぶ直線からわずかに外れるように身構えた。大道寺の脇の辺りに美香の顔がちらついた。本意でないと言いつつ、姑息にも人質を利用しているようだ。

浩志は、大道寺の両眼だけ見つめ、視界から美香を外した。そして、左の親指を刀の鍔（つば）にかけ、いつでも刀が抜ける状態にし、前に進んだ。大道寺の攻撃が及ぶぎりぎり一歩手前で立ち止まった。

「藤堂。刃境を越えるのが恐ろしいか」

大道寺は、腰をわずかに落とし、左足を後ろに下げた。

浩志は、右手を刀の柄にかけ、一歩踏み出した。

大道寺の右手が動き、杖から白刃が伸びてきた。大道寺の腕のリーチを利用した正面斬りが、浩志の頭上を襲った。浩志は、身を屈め、大道寺の刀の下をかいくぐり、右斜めに移動する抜き胴を放った。

ガキンッ。

大道寺の一撃をかわしたものの、浩志の刀は、大道寺が咄嗟に上げた左手の杖で受け止められていた。

「貴様！　私の必殺の正面斬りを避けるとは」

浩志はすかさず向き直り、右下段から左上段に片手で斬り上げた。浩志の刀は、闇を斬り裂くほど凄まじい勢いを持っていた。

大道寺は、後方に飛び浩志の剣先をかわすと、杖を投げ捨て上段に構えた。

「何！」

大道寺が着ているジャケットの前が斜めに両断されていた。

浩志は、地面に置くように鞘を捨てると、剣先を右斜め下に向ける下段脇構えにし、ゆっくりと前に進んだ。美香を人質に取られたことで動揺することはなかった。むしろ、美香を守るという執念が数倍の力を浩志に与えていた。

「こしゃくな」

大道寺は突然右方向に走り出し、芝生から森の中に入った。そして、街路灯の光も届かぬ暗闇で、再び上段に構えてみせた。

浩志も森に入り、間合いを詰めるべく、一歩一歩足場を固めるように進んだ。大道寺の強烈な殺気が、痛いほど感じられる。浩志は再び下段に構え、間合いを詰めた。

「どうした藤堂」

大道寺の挑発に乗るまいと、半歩踏み出した瞬間、別の殺気を感じ、咄嗟に右に大きく飛んだ。何かが空を切り裂き、左脇腹に激痛が走った。

「しぶとい奴だ。俺の槍をかわすとは」

二メートル近い槍を持った男が、左の闇から抜け出てきた。

「馬鹿な！」

坊主頭の王洋だった。

「俺が、死んだと勝手に思い込んでいたようだな。生憎、アパッチがサルウィン川に墜落したおかげで助かった。だが、貴様のせいで俺は失脚し、ブラックナイトから追われる身になった」

「人質を取り、あげくの果てに、二人じゃないと俺に勝てないのか。つくづく情けない奴らだな」

「何とでも言え。俺が相手だ、藤堂。ドクには、おまえをおびき出すように依頼したのだ。白鳥の訃報記事など、へたな小細工などする必要は、なかったのだ。幹部が喜ぶような残忍な方法でおまえを殺せば、俺はブラックナイトに復帰できる。見事におまえを串刺しにしてやるから覚悟しろ」

王は、槍をしごき、間合いを詰めてきた。

浩志は、正眼に構え、左に走り、森の木が密集しているところに入った。

槍は、突く、斬る、叩くなど、穂と呼ばれる刀の部分ばかりでなく、石突と呼ばれる棒の尻の部分での攻撃技などがある。何と言っても槍は、その長さで攻撃範囲を広げるのだが、一方で狭い場所では自ずと使える技が減る。

「藤堂、考えたな。だが、俺の腕は、広さなど関係ないぞ」

王は、槍を大きく振り回した後、手元で扇風機のように回転させて、最後にぴたりと止めた瞬間、槍を繰り出し、浩志の喉元に穂先を突き出してきた。

浩志は、槍と闘ったことは一度もない。ただ、明石からは、槍に対する受けと攻撃の技を一つだけ教わっていた。

王は、槍を目にも留まらぬ速さで突いてきた。浩志は、何とかかわすのだが、槍が長い分、攻撃することができない。しかも、狭い場所ということで充分に動けないのは、浩志も同じだった。むしろ、かわす場所が限られてくるので、不利とも言えた。

浩志は、思い切って森を出て芝生に逃げ込んだ。

「馬鹿な。自ら死を急ぐとは」

王は、解放されたとばかりに槍を振り回しながら、かかってきた。浩志は、回転する槍の下をかいくぐり、右袈裟斬りを放った。王は、俊敏に槍を引き戻し、浩志の袈裟斬りを槍の柄で受けた。だが、浩志の踏み込みが深かったために、剣先は王の左上腕を浅く斬っていた。

王は怒りの絶叫を上げ、今度は、浩志の心臓を執拗に突いてきた。

浩志は、明石から教わった技を使うべく、タイミングを計った。

王は、痛みと怒りのせいで攻撃が単調になってきた。

浩志は、胸元に隙を作るかのように刀を前に突き出す上段の構えになった。古武道で言う霞の構えだ。

「死ね！」

王は、にやりと笑うと、浩志の心臓目がけて突いてきた。

浩志は、すかさず刀を右から振り下ろすように回転させて槍を受けると、刀を槍の柄に沿わせて滑らせ、前に突進した。

「くっ！」

王の顔が、醜く歪んだ。王の槍の柄に導かれるように浩志の剣先は、王の腹に深々と刺さっていた。

浩志は、王の腹から刀を引き抜くと、大道寺を睨みつけた。

王が大の字に倒れるのを見た大道寺は、洋館に向かって走り出したが、人質の美香の姿はなく、二人の手下もだらしなく倒れていた。

「藤堂さん、美香さんは、助けました」

洋館の右奥から、抜き身の刀を持った柊真と美香が現れた。

大道寺は、舌打ちをすると、洋館の左の散歩道に向かって走り始めた。

「無駄だ！」

洋館の小道から、帯に刀を挿した明石が現れた。

「おまえさんは、潔く藤堂君と闘うのだ」

大道寺は、明石の力量を計るようにじっと見つめていたが、やがて後ずさりし始めた。

腰に刀を挿したままでも、明石の気迫は充分に読み取れたのだろう。

「王の依頼など受けずに、直接おまえを殺しておくべきだった」

大道寺は中庭に戻り、洋館の片隅で成り行きを見守る美香と柊真をちらりと見やると、刀を左手に持ち、ゆっくりと浩志の前に立った。

「かかって来い藤堂、今日をおまえの命日にしてやる」

浩志は、刀を右手に持ち、油断なく近づいた。すると、大道寺は、いきなり後ろを振り返り右手をすばやく動かした。

「危ない！」

柊真が声を上げ、美香を突き飛ばしたが一瞬遅く、美香の右胸に小さなナイフが突き刺さった。

「美香！」

浩志は思わず叫び声を上げげた。同時に大道寺は刀を両手で持ち、浩志に斬り掛かってきた。浩志は、転がるようにして斬撃を避けたが、大道寺は、間髪を入れずに斬りつけてきた。体を回転させると、右肩をかすめて大道寺の刀が、地面に突き刺さってきた。

なんとか立ち上がったが、今度は、大道寺の刀が下段から飛んできた。体を右にひねり、刃風を耳元で聞きながら、紙一重で避け体勢を整えた。

大道寺が、両手で刀を胸元に引きつけた。同時に浩志は、しゃがみ込むようにして前に踏み込んだ。浩志の頭上を大道寺の上段の突きが空を切って通り過ぎた。

浩志は膝をついて刀を水平に持ち、大道寺の鳩尾（みぞおち）に深々と突き入れていた。捨て身の下段の突きが決まったのだ。浩志は刀の刃先を下にし、刀身に添えた左手に力を入れて、さらに切り下げながら刀を抜いた。

「藤堂！　貴様」

大道寺は両目を見開き、両手で刀を大上段に構えた。浩志は、すかさず刀を水平に振り抜き、大道寺の首を真一文字に斬り裂いた。大道寺は、断末魔のうめき声を出しながら大の字になって倒れた。

「美香！」

浩志は、柊真に抱きかかえられている美香に走り寄った。美香の顔に血の気はなく、ぐったりとしている。

「藤堂さん！　どこですか！」

振り向くと、信じられないことに瀬川と黒川の姿が洋館の小道から現れた。

「僕が、瀬川さんに連絡したのです」

マレーシアで、柊真に彼らの携帯の電話番号を教えていたのを思い出した。

「こっちだ！」

浩志が呼ぶと、二人は血相を変えて走ってきた。

「これは、いけない。車で来ています。すぐに森本病院に運びましょう」

浩志は、美香を両手で抱きかかえて、瀬川の後に従った。

「浩志。……私、死ぬの？」

いつのまにか、美香の意識が戻っていた。双眸には涙が溢れていた。

「馬鹿野郎！　俺が死なせない」

「よかった」

美香は、力なく微笑むとまた意識を失ってしまった。

浩志は、何があっても美香を死なせないと心の中で叫びながら走った。

この作品はフィクションであり、登場する人物および
団体はすべて実在するものといっさい関係ありません。

継承者の印

一〇〇字書評

切り取り線

購買動機（新聞、雑誌名を記入するか、あるいは○をつけてください）	
□（　　　　　　　　　　　）の広告を見て	
□（　　　　　　　　　　　）の書評を見て	
□ 知人のすすめで	□ タイトルに惹かれて
□ カバーがよかったから	□ 内容が面白そうだから
□ 好きな作家だから	□ 好きな分野の本だから

●最近、最も感銘を受けた作品名をお書きください

●あなたのお好きな作家名をお書きください

●その他、ご要望がありましたらお書きください

住所	〒				
氏名		職業		年齢	
Eメール	※携帯には配信できません		新刊情報等のメール配信を 希望する・しない		

あなたにお願い

この本の感想を、編集部までお寄せいただけたらありがたく存じます。今後の企画の参考にさせていただきます。Eメールでも結構です。

いただいた「一〇〇字書評」は、新聞・雑誌等に紹介させていただくことがあります。その場合はお礼として特製図書カードを差し上げます。

前ページの原稿用紙に書評をお書きの上、切り取り、左記までお送り下さい。宛先の住所は不要です。

なお、ご記入いただいたお名前、ご住所等は、書評紹介の事前了解、謝礼のお届けのためだけに利用し、そのほかの目的のために利用することはありません。

〒一〇一―八七〇一
祥伝社文庫編集長　加藤　淳
☎〇三（三二六五）二〇八〇
bunko@shodensha.co.jp

祥伝社ホームページの「ブックレビュー」からも、書き込めます。
http://www.shodensha.co.jp/bookreview/

祥伝社文庫

上質のエンターテインメントを！　珠玉のエスプリを！

祥伝社文庫は創刊15周年を迎える2000年を機に、ここに新たな宣言をいたします。いつの世にも変わらない価値観、つまり「豊かな心」「深い知恵」「大きな楽しみ」に満ちた作品を厳選し、次代を拓く書下ろし作品を大胆に起用し、読者の皆様の心に響く文庫を目指します。どうぞご意見、ご希望を編集部までお寄せくださるよう、お願いいたします。

2000年1月1日　　祥伝社文庫編集部

継承者の印(けいしょうしゃのしるし)　傭兵代理店(ようへいだいりてん)　長編ハード・アクション

平成21年2月20日　初版第1刷発行
平成22年8月30日　第5刷発行

著者　渡辺裕之(わたなべひろゆき)

発行者　竹内和芳

発行所　祥伝社(しょうでんしゃ)
東京都千代田区神田神保町3-6-5
九段尚学ビル　〒101-8701
☎03（3265）2081（販売部）
☎03（3265）2080（編集部）
☎03（3265）3622（業務部）

印刷所　萩原印刷

製本所　ナショナル製本

ISBN978-4-396-33479-6　C0193

祥伝社のホームページ・http://www.shodensha.co.jp/

祥伝社文庫

阿木慎太郎　**闇の警視　報復編**

拉致された美人検事補を救い出せ！　非合法に暴力組織の壊滅を謀る闇の警視・岡崎の怒りが爆発した。

阿木慎太郎　**闇の警視　最後の抗争**

警視庁非合法捜査チームに解散命令が出された。だが、闇の警視・岡崎は命令を無視、活動を続けるが…。

阿木慎太郎　**闇の警視　被弾**

伝説の元公安捜査官が、全国制覇を企む暴力組織に、いかに戦いを挑むのか!?　闇の警視、待望の復活!!

阿木慎太郎　**闇の警視　照準**

ここまでリアルに〝裏社会〟を描いた犯罪小説はあったか!?　暴力団壊滅を図る非合法チームの活躍を描く！

阿木慎太郎　**闇の警視　弾痕**

内部抗争に揺れる巨大暴力組織に元公安警察官はどう立ち向かうのか!?　凄絶な極道を描く衝撃サスペンス

阿木慎太郎　**暴龍（ドラゴン・マフィア）**

捜査の失敗からすべてを失った元米国司法省麻薬取締官の大賀が、国際的凶悪組織〈暴龍〉に立ち向かう！

祥伝社文庫

阿木慎太郎　闇の狼

大内空手ニューヨーク道場に続発する不審死の調査依頼を受けた荒木。迫りくる敵の奸計を粉砕する鉄拳！

阿木慎太郎　非合法捜査

少女の暴行現場に遭遇した諒子は、消えた少女を追ううち邪悪な闇にのみ込まれた。女探偵小説の白眉！

阿木慎太郎　悪狩り（ワル）

米国で図らずも空手家として一家をなした三上彰一。二十年ぶりの故郷での目に余る無法に三上は…。

阿木慎太郎　流氓（リュウマン）に死に水を　新宿脱出行

ヤクザと中国最強の殺し屋に追われる若者。救助を頼まれた元公安刑事。狭（せば）まる包囲網の突破はなるのか!?

阿木慎太郎　赤い死神（マフィア）を撃て

「もし俺が死んだらこれを読んでくれ」元KGB諜報員から手紙を渡された元公安。密かに進行する国際謀略！

阿木慎太郎　夢の城

一発の凶弾が男たちの運命を変えた。欲望うずまくハリウッド映画産業の内幕をリアルに描いた傑作！

祥伝社文庫

佐伯泰英　テロリストの夏

7千万人を殺戮可能な毒ガスを搭載したステルス機。果たして、恐るべき国際的謀略を阻止できるか。

佐伯泰英　復讐の河

アルゼンチンでの〈第四帝国〉建設をもくろむクーデター計画を阻止するため、日本人カメラマンが大活躍！

佐伯泰英　五人目の標的　警視庁国際捜査班

東京・新大久保で外国人モデル連続殺人が発生。犯罪通訳官として捜査に挑むモデルのアンナに迫る危機！

佐伯泰英　悲しみのアンナ　警視庁国際捜査班

犯罪通訳官アンナが突如失踪。国際捜査課・根本刑事のもとに届けられた血塗れの指。国際闇組織の目的とは

佐伯泰英　サイゴンの悪夢　警視庁国際捜査班

怯えていたフラメンコ舞踏団の主演女優が、舞台上で刺殺された！　犯罪通訳官アンナ対国際的殺し屋！

佐伯泰英　神々の銃弾　警視庁国際捜査班

一家射殺事件で家族を惨殺された十二歳の少女舞衣（まい）。拳銃を抱き根本警部と共に強力な権力に立ち向かう…。

祥伝社文庫

佐伯泰英　銀幕の女 警視庁国際捜査班

清廉な県知事・鳩村が突如自殺した。鳩村の実兄・光彦が過去の事件を洗うと、政財界の背後に元女優の名が

佐伯泰英　ダブルシティ

師走の迫る東京で爆弾テロと都知事誘拐事件が発生！　犯人達の真の目的とは？　渾身のパニック・サスペンス！

佐伯泰英　眠る絵

第二次世界大戦中スペイン大使だった祖父が蒐集した絵画。そこには大いなる遺志と歴史の真実が隠されていた！

佐伯泰英　暗殺者の冬

カリブに消えた日本船がなぜ奥アマゾンに？　行方を追う船員の妻は、背後に蠢（うごめ）く国家的謀略に立ち向かう！

岡崎大五　アジアン・ルーレット

混沌のアジアで欲望のルーレットが回り出す！　交錯する野心家たちの陰謀と裏切り…果たして最後に笑うのは？

岡崎大五　アフリカ・アンダーグラウンド

紛争ダイヤに人身売買…不毛の大陸の黒い富に群がる悪党たち。国境なきサバイバル・レースを制すのは？